eye.

守望者

——

到灯塔去

Wise Children

明智的孩子

Angela Carter

〔英〕安吉拉·卡特 著

严韵 译

南京大学出版社

图书在版编目(CIP)数据

明智的孩子 /（英）安吉拉·卡特著；严韵译. —南京：南京大学出版社，2021.1
书名原文：Wise Children
ISBN 978-7-305-23652-5

Ⅰ.①明… Ⅱ.①安… ②严… Ⅲ.①长篇小说-英国-现代 Ⅳ.①I561.45

中国版本图书馆 CIP 数据核字(2020)第 143317 号

WISE CHILDREN
by ANGELA CARTER, WITH AN INTRODUCTION BY ALI SMITH
Copyright © The Estate of Angela Carter 1991
This edition arranged with ROGERS, COLERIDGE & WHITE LTD(RCW)
through Big Apple Agency, Inc., Labuan, Malaysia.
Simplified Chinese translation copyright © 2020 by NJUP
All rights reserved.

江苏省版权局著作权合同登记 图字：10-2009-169 号

出版发行	南京大学出版社			
社　　址	南京市汉口路 22 号		邮编	210093
出 版 人	金鑫荣			

书　　名　明智的孩子
著　　者　［英］安吉拉·卡特
译　　者　严　韵
责任编辑　章昕颖

照　　排　南京开卷文化传媒有限公司
印　　刷　江苏凤凰通达印刷有限公司
开　　本　880×1230　1/32　印张 12.125　字数 230 千
版　　次　2021 年 1 月第 1 版　2021 年 1 月第 1 次印刷
ISBN 978-7-305-23652-5
定　　价　68.00 元

网　　址　http://www.njupco.com
官方微博　http://weibo.com/njupco
官方微信　njupress
销售咨询　(025)83594756

＊版权所有，侵权必究
＊凡购买我社版图书，如有印装质量问题，请与所购
　图书销售部门联系调换

序

阿莉·史密斯 撰

邵逸 译

安吉拉·卡特的最后一部小说《明智的孩子》所倡导的智慧究竟是什么？首先，它张扬地要我们开心起来。"唱歌跳舞是多开心的事！"此外，还有一种相对内敛的智慧。比如"孩子"（child）这个词。卡特，一位喜欢字词释义的作家，一定知道这个词在历史上的大部分时间在方言中都表示"女孩"。在莎士比亚晚期关于出生、死亡和重生的浪漫主义作品《冬天的故事》（The Winter's Tale）中，老牧羊人在波西米亚的海滩上偶然发现被抛弃的珀迪塔时就曾说过："天啊！是个孩子！很漂亮的孩子！不知是男是女（a boy or a child）？"[1]

智慧与纯真。天真与博学。《明智的孩子》是一部博学的作品，满是层叠的暗示和文学嵌入——深谙种种形式的"嵌入"所涵盖的丰富可能性。这部作品欢快而放纵，是卡特最华丽、最滑

---

[1] 莎士比亚:《冬天的故事》，李华英译，北京：外语教学与研究出版社，2016。

稽、最具满足感的虚构作品，放荡得无拘无束又兴高采烈。这恰巧也是她的最后一部小说。《明智的孩子》出版一年后，当时年仅51岁的卡特就去世了，因此，这部作品在她如今公认极具革命性的文学生涯中具有极高的地位。

"多数思想进步依赖于对旧文本进行新解读，"她1983年写道，"我完全支持旧瓶装新酒，如果新酒能让旧瓶爆炸，那就更好了。"[1] 她是一位坚定的女性主义者和社会主义者，"一个先进的、工业化的、衰落的后帝国主义国家的纯粹产物"[2]，在她看来一切艺术作品都无可避免地具备政治属性，因为它们是历史造就的，属于所在的时代。她对女性主义和社会主义的信仰构成了她创作的双重动力。"肉体走出历史来到我们身边"，她在女性和性别结构的开创性研究著作《萨德式女人》(The Sadeian Woman, 1979)中这样写道，这本书出版后引发了评论界的恐慌和针对其作者的愤怒。20世纪60年代，卡特发表了一系列饱受赞誉、屡获殊荣的小说，此后，她又推出了一部又一部无所畏惧的作品并在其中以艳丽而暴力的巴洛克式风格表达对英国现实主义的抗拒，她的作品中充斥着可恶暴虐的傀儡师、

---

[1] Angela Carter, *Shaking a Leg: Selected Journalism and Writings* (London: Chatto & Windus, 1997), p. 37.
[2] 同上，p. 40。

日落西山的衰弱文明，以及游离在暴力与疯狂之间的、聪明又迷失的女主人公，这一切让她的作品在评论界成了疯狂而无可归类的存在。最终评论家倾向于给她贴上顽劣的魔幻现实主义的标签。她对这个概念嗤之以鼻，正如她反感现实主义是"真实"的唯一版本的这个观念。"我对现实主义没有意见。但现实主义有不同的类别。我认为我自问的问题和现实息息相关。"[1]

卡特的好友兼她作品最兢兢业业的评论家洛娜·塞奇(Lorna Sage)提到，1979 年卡特不仅发表了《萨德式女人》还出版了她最著名的短篇小说集《染血之室》(*The Bloody Chamber*)——这是她第一次在短篇小说集中公然改写传统故事的结局，比如，让蓝胡子的新娘反抗蓝胡子，让小红帽勾引大灰狼——正是在那一年，她对"转变"这个主题的兴趣变得容易被读者接受。此后，一种全新的幽默、更饱满的热情和对挣脱清教束缚的热切渴望开始在她的作品中显现。

显然，卡特的最后两部小说让评论家感到安全得多，在他们看来，《马戏团之夜》(*Nights at the Circus*)中长翅膀的酒吧

---

[1] 'Omnibus: Angela Carter's Curious Room', BBC transmission script, 15 September 1992, p. 24.

女招待和《明智的孩子》中能将腿踢得很高的舞女的世界整体上比她以前的作品"更温和"[1]，卡特以《霍夫曼博士的魔鬼欲望机器》(*The Infernal Desire Machines of Doctor Hoffman*, 1972)和《新夏娃的激情》(*The Passion of New Eve*, 1977)等为代表的早期作品——男主人公变性或被一班男杂技演员轮奸是其中司空见惯的典型情节——是对文学准则的质疑、讽刺和改写。

但是从她的第一部小说《影舞》(*Shadow Dance*, 1966)到《明智的孩子》(1991)，卡特的作品不遗余力地拆解浪漫主义、欲望、主流叙事和社会法规构成的精密机械和小说本身的机理，将一切赤裸裸地展现在读者面前，并向读者演示它们是如何运作的。

从开头轻快的谜语开始，《明智的孩子》中的一切都与双重性相关——尤其是社会双重性，卡特迫切地指出。叙述者是一位过生日的老太太，她是一个双人组合——诺拉和朵拉，"传奇的欠思姐妹"——的一员。她们来自一座由两部分组成的城市的"错误的一边"（她们的家庭、她们从事的艺术，以及艺术的世

---

[1] Entry on Angela Carter, *The Cambridge Guide to Women's Writing in English*, ed. Lorna Sage (Cambridge: Cambridge University Press, 1999), p. 116.

界,都具有双重性)。"很久很久以前,大致可以这样区分",朵拉说道,将现实和财富的到来给一贯贫穷、鱼龙混杂的伦敦南部带来的复杂影响编织成童话。她们只能庆幸自己幸运地在这里拥有一处房产,莎翁路四十九号。"要是没这屋,诺拉和我就得流落街头,拖着几个塑料袋的家当走来走去……好不容易可以进收容所过夜就兴奋高歌,结果因为妨碍安宁又立刻被赶出来,在街头苟延残喘,挨饿受冻,最后孤零零地挂掉,像破布一样被风吹走。"

这部载歌载舞的欢乐小说的开篇对跳舞和歌唱的快乐、黑暗、轻快的表现是史无前例的,全书的五个章节也是五幕精彩的荒诞剧,记述一日光阴又横跨整个20世纪,融合了文学、古典戏剧、廉价的杂耍秀和好莱坞电影,向古往今来的一切娱乐形式致敬。

不过,这部小说更多地是在赞颂将高雅艺术和低俗艺术融为一体的杰出英国文艺炼金术师——莎士比亚。莎士比亚的生日———个微风拂面的春日——也是小说中的双胞胎老姐妹,她们的双胞胎父亲、叔叔及其他亲戚(当然也都是双胞胎)的生日。这场美妙绝伦的演出尽显人间百态,章节以转变收尾,语句有自己的韵律与节奏,关注英国气质和传统,发扬出去"找点乐子"的精神,以莎士比亚式的双重性——双胞胎和替身、父亲与女儿、失去又找回的家庭、戏剧与悲剧——为主题。但《明智的孩子》的审美格局绝对超越悲剧——朵拉曾平静而决绝地说:"我断然拒绝演悲剧。"——也超越喜剧。这部小说深受莎士比亚晚期的浪漫主义戏剧影响,如《辛白林》(Cymbeline)、《暴风雨》(The Tempest)、《泰尔亲王配力克里斯》(Pericles)、《冬天的故事》,极端对立又紧密相连的生死是故事的核心,但真正的艺术在于重生。

卡特的欠思姐妹的离经叛道也(无疑)是双重的——首先,她们是莎士比亚戏剧演员梅齐尔·罕择、英国戏剧"皇室"的国王(卡特笔下最温和的普洛斯彼罗[Prospero][1]式角色,魔术师佩瑞格林的双胞胎兄弟)的私生子;第二,她们自己的"戏剧艺术"——在"杂耍秀场的一角"跳舞,在舞厅谋生——同样不为世俗接受。尽管她们的亲祖母曾经出演过莎士比亚戏剧的所有的女主角,甚至女扮男装演过哈姆雷特,她们最终还是沦为被抛弃的、以欠思[2](罕择不正是欠思的高雅说法,卡特又一次随意却巧妙地赋予了这个词新的内涵)为名的私生子。她们的诞生

1　普洛斯彼罗是莎士比亚戏剧《暴风雨》中的人物。——译者注
2　本书主角姓 Chance,有"机会"或"偶然"之义;其父姓 Hazard,意为"危险"或"冒险"。分别译为"欠思"及"罕择",以传达其中"不假思索"或"机缘巧合"的意味。(此条脚注出自本书译者严韵)

是一个意外,多亏了欠思阿嬷的善良、想象和发明才得以生存,这本书中有很多阅尽世事的非凡老太太,欠思阿嬷就是其中之一。"这个家庭是阿嬷发明的。她将手边有的东西放进来——两个没妈的迷途小娃,一个戴着扁塌男帽、衣衫褴褛的流浪儿——凭借自己的坚毅个性一手创造出这个家……我多次注意到人类有种特性:如果没有家庭,他们会自己发明一个。"

每一章是都对想象力中蕴藏的创造力的赞美。在诺拉和朵拉从小海盗到擅闯舞台的老人的人生旅程中,卡特向我们呈现了艺术和流行文化打破两者所谓边界的精彩互动,并指出要有"棒极了的腿"才能演莎翁剧。奥斯汀、米尔顿、科沃德、狄更斯、卡罗尔、华兹华斯、菲茨杰拉德、布莱希特和肖的穿插(有时其实是客串)"露面"之外,还有弗雷德·阿斯泰尔、鲁比·基勒,W. C. 费尔兹、霍华德·休斯和查理·卓别林(死而复生,下体"尺寸惊人")等明星的短暂出现——这部汇聚了一大群大大小小的明星的小说对好莱坞20世纪30年代制作的《仲夏夜之梦》(卡特在这部360多页的小说中插入的众多的莎翁剧之一)进行了戏仿。"我尝试融入所有的莎士比亚作品,"她在去世前几个月接受作家保罗·贝利(Paul Bailey)的电台采访时说,"我是说,实际上我做不到……你知道的,加入《泰特斯·安德洛尼克斯》就很难……但我加了很多进去!"[1]

同时,每一章都围绕一则家庭事件展开;都庆祝一个生日;都歌颂粗俗、难以违抗的生活,让"他正躺在床上复习莎士比亚"这样的句子变成自成一派的有趣而性感的影射便是一个典型的例子。这里的关键概念是庆祝,尽管它从来都不是一件易事,庆祝活动总是快乐的,狂欢式的。诚如朵拉所说:"管它是好是坏,只要有事发生,提醒我们还活在人世就行了"。这些明智的孩子从很小就知道表演是对各种可能性的开放态度,是一种希望,朵拉称之为期待。"我……向来最爱这一刻,当灯光暗下,布幕亮起,你知道有件神奇的事即将发生。就算接下来发生的事扫兴之至也无所谓,那份期待之情永远纯净无比。"

1980年,在一篇有关作家柯莱特(Colette)及她在法国舞台上摸爬滚打、声名狼藉的岁月的精彩文章中,卡特透露她着迷于那样的生活,"女性在不以身涉险的前提下四处流浪冒险的极致人生"。她认为柯莱特以舞台人生为主题的小说《流浪女伶》(*La Vagabonde*)"仍是对在男性主导的社会中生存的自由

---

[1] 'The Third Ear', Interview with Paul Bailey, BBC Radio 4, June 1991. (我在这篇序中引用了这篇访谈,卡特在其中谈了很多关于当时刚刚出版的《明智的孩子》的内容,非常感谢保罗·贝利为我提供访谈稿。)

女性所面对的两难境地的最真实的展示"[1]。在卡特的其他作品中，剧院被人们烧毁以发泄愤怒，追求自由。但在《明智的孩子》和《马戏团之夜》中，她笔下的剧院是积极的场所：在这个女人和穷人难以生存的世界里，人们对它加以利用并得以谋生，这一切赋予了剧院别样的意义。卡特在《萨德式女人》的开头提到了针对女性的可怖的涂鸦式表现——女性被视作零，一个被动的、环形的"O"，一个"代表虚空的符号"，"一张被拔除牙齿的哑口"，一种虚无的存在——"性别差异的整个形而上学可能源于这一基本图像"。[2]如果将此与卡特在她的最后两部小说中对马戏团、剧院——我们表演的场所——的处理相比较，一种全新的、有潜力的表演形而上学就成为可能。

在卡特的其他作品中，女孩和女人会因她们的镜中倒影及如何解读它们而感到困扰。在这部小说中，镜中倒影有了与以往不同的、更加广阔的内涵。它意味着姐妹情谊、家庭、让朵拉想要活下去的爱，还代表力量。"我们两个本身都没什么特别——瘦瘦小小，鼠棕色短发——但加在一起，人们便为之注目。"欠思姐妹生动地展示了团结的力量。"分开

---

[1] *Shaking a Leg: Selected Journalism and Writings*, pp. 520–1.
[2] Angela Carter, *The Sadeian Woman: An Exercise in Cultural History*, (London: Virago Press, 1979) pp. 4–5.

来看，我们两个毫无特殊之处，但加在一起……"就能写就传奇。

这并不意味卡特——在一个莎士比亚一心只想赚钱的世界里——描写女孩和女人的社会地位时不尖锐。"抱最好的希望，做最坏的打算。"描写女孩们在舞台上拾级而下的场景——一种弗洛伊德式的下降（尤其是蒂芬妮，"下楼梯时脚后留下血痕"）——时，将好莱坞解读为"一间非常古怪的妓院……这里所有供人交易的女孩都是影子"时，金钱、阶级和性别被她紧密地联系在一起，最能体现这一点的莫过于这部小说中的鬼魂——一闪而过、近乎透明的小咪，欠思姐妹的生母，一个在出租给演员的廉价供膳宿舍中负责倒尿壶的浮萍一般的女孩，她意外或者说果不其然怀孕了，随后英年早逝。

但是，根据朵拉的说法，诺拉自己的第一次性经验是又冷又醉时在黑暗的小巷中发生的，对方是有夫之妇，对，也是在杂剧中饰演鹅的演员。朵拉说，有人可能会称之为低贱下流，但与杂剧鹅的结合满足了她的渴望，生活可以拥有超越其本身的意义，只要我们如是选择。

卡特本人喜欢一点出人意料的戏剧性。在她的作品的一篇最新序言中，她提到做一个"因言词犀利恶毒而臭名昭著"，

"能像被激怒的士兵一样骂街的和颜悦色的中年英国淑女"[1]是多么自由。十多年前,她在给洛娜·塞奇的信中提到了她希望留给未来可能有的女儿的智慧箴言。卡特在一个文学聚会上遇到了酗酒、自残的小说家伊丽莎白·斯玛特(Elizabeth Smart),并由此想起了自己对有些恰巧是女性的作家自我放纵、自我伤害的行径的厌恶,她在给塞奇的信中讲述了她为何加入一家新出版社——后来的维拉戈图书(Virago Books)——的董事会。"驱动我这么做的渴望是我希望我的女儿不要陷入写下'我在中央车站坐下哭泣'这样的语句的境地,尽管这是精致的句子。'我在中央车站扯掉他的睾丸'还差不多,我是这么希望的。"[2]

《明智的孩子》的轻快的源头,可以说,是一种大声表达,和它的黑暗双胞胎、镜中倒影——静默。"其他则是沉默"是悲剧中的话语。永葆蓬勃之声的秘诀是,像奥斯汀一样,拒绝沉溺于愧疚和痛苦中。《明智的孩子》的生命和灵魂是朵拉,卡特形容她"以英国气质为人格"[3],最能彰显朵拉个性的正是她不屈不挠

---

1 *Shaking a Leg: Selected Journalism and Writings*, p. 604.
2 Lorna Sage, *Good As Her Word: Selected Journalism*, (London: Fourth Estate, 2003), p. 75.
3 'The Third Ear', Interview with Paul Bailey.

的第一人称叙述——她的声音。"简言之,这就是美国人的悲剧。他们环顾世界,心想:'一定有比这更好的东西!'但是没有。抱歉,兄弟,就只有这个啦。你看到什么就是什么。只有此时此地。"她在第三章中如是说,而这一章的主题正是天堂和天堂的虚妄,在陈述中,朵拉用心地用老生常谈让她锋利的话语更温和,更人道。

老生常谈总是夸张的,其本身就是一种口头的集体意见。卡特对口头语言的政治——传统的口头表达不仅时常令书面语言相形见绌,更常为其提供鲜活的创作养分——尤其感兴趣。"我碰巧出生在 20 世纪,所以识字。"她说道。在卡特的家族史中,识字能力总是偶然获得的,他父亲家族的一些成员接受了早期的苏格兰教育,母亲家族受教育的时间则晚得多,是"19 世纪 80 年代教育法案"出台之后。"我一直认为,对署名作者的拔高,对人类 95% 左右的成员而言是不公平的,大多数人不会写字,但他们一直在不断发明创造……莎士比亚令我十分崇敬的品质之一,就是他不是很在乎自己的作品有没有得到出版。在我看来,为口头文学创作的莎士比亚在很多方面是很老派的。"[1]

1　'The Third Ear', Interview with Paul Bailey.

朵拉·欠思是卡特小说中唯一完全是女性的第一人称叙事主人公——她和卡特一样明白"我们用口舌传承历史",也清楚自己是一位离经叛道的记录者,从现状来看,女性的声音更难在历史上留下痕迹。诺拉的声音,卡特的绝妙创造,蕴藏着双重性,既是个人的,又是集体的,讲述了一个群体共同的经历和人生。她喜欢那些让众多的危险故事得以流传下来的老生常谈:"但诺拉和我知道被包养的女人得如何乖乖听命行事以争上游。"老话也可以是性感的:"怀抱希望的旅程胜过抵达,佩瑞叔叔常说。我也总是比较喜欢前戏。"

这位"非主流的记录者"是欠思姐妹中更精通文学的那一位。两姐妹的名字与两位男性,20世纪的思想与文学的巨擘,弗洛伊德和乔伊斯,有关,但两姐妹逃脱了她们的名字所隐含的命运。朵拉的文学教育来自她的美国男友爱尔兰(明显以斯科特·菲茨杰拉德为原型)——"爱尔兰蛮多才多艺的,尽管有些才艺不很灵光。"——她是一位会对教学内容提出异议的写作者。最终朵拉叙事者的身份是一把双刃剑,认为朵拉的叙述像单口喜剧的卡特会不时提醒我们这一点。她是否只是一个疯疯癫癫、醉醺醺的老女人,"一身寒酸旧皮草,浓妆艳抹活像海报里的女人,蛇皮凉鞋里的脚指甲涂成橘色('波斯哈密瓜')、浑身酒气",希望你给她买一杯酒,让她倾诉人生故事。因为即便

她是20世纪的女版老水手[1],她也同时写出了这样老练而具有冲击力的段落:

> 但是,说真的,在我们人生那些嘈杂但互补的叙述中,这些光辉灿烂的暂停有时确实会出现,如果你选择在这样一个暂停之处结束故事,拒绝让故事继续,那么就可以称之为圆满结局。

在关于柯莱特的文章中,卡特提到西蒙娜·波伏瓦曾在回忆录中记录她和柯莱特同处一室(甚至是直接对话)时心中那种难以置信的感觉。"当然,"卡特沉思道,"就像波伏瓦不可能一丝不挂地在舞台上跳舞一样,柯莱特也写不出《第二性》,这准确地界定了两位伟大女性的局限性。"[2] 与柯莱特或波伏瓦相比,卡特伟大的最后一部小说更接近一部集两家之长的作品。

《明智的孩子》的无忧无虑几乎是隐忍克制的。一本关于老太太的书不可避免地会成为一本关于"所有凡人的人生"的书。

---

1 典出《古舟子咏》(*The Rime of the Ancient Mariner*),英国诗人塞缪尔·泰勒·柯勒律治(Samuel Taylor Coleridge)创作的叙事长诗,讲述了一位老水手在海上的经历。——译者注

2 *Shaking a Leg: Selected Journalism and Writings*, p. 525.

"吾等从何而来？又将去向何处？我当然知道第二个问题的答案：注定遭到遗忘，不留半点痕迹。"这部光鲜灿烂的小说不避讳黑暗，不否认"战争是事实，不能靠打炮打掉"。《明智的孩子》的无忧无虑是对悲剧、贫穷、私生、等级和最令人悲痛的"英年早逝"的回应。要如何应对？"我们也会继续又唱又跳，直到就这么倒下咽气，对吧，小鬼。"在她的评论文章中，卡特多次将轻快与坚韧联系在一起。她说她最喜欢的电影明星之一露易丝·布鲁克斯(Louise Brooks)[1]在帕布斯特的《潘多拉的魔盒》(*Pandora's Box*)中"象征着美与无忧无虑的心中蕴含的颠覆性的暴力"[2]。在这样一部既探讨衰败又讲述新生和世代传承的小说中，年过七十的诺拉和朵拉在大英帝国的一角去一家破落的老电影院看自己年轻时出演的电影《仲夏夜之梦》，"两个疯疯癫癫老骚婆眼睛紧盯自己过去的鬼魂"。

由此可见，这部小说——为生命力高唱赞歌，无数出生、生日与重生在新生绽放的大结局达到高潮——是作者善意的设计。《明智的孩子》从头到尾是一场表演、一场戏。多么精彩的表演。一场关乎爱的表演。一场悬念丛生、超乎想象的表演，换

---

[1] 露易丝·布鲁克斯(1906—1985)，美国女影星，以在20世纪20年代的默片中轻松自如地扮演放荡堕落的角色而闻名。——译者注

[2] *Shaking a Leg: Selected Journalism and Writings*, p. 351.

句话说,一场令人信服的表演。一场关于生存的表演。一场鼓励发声、拒绝沉默的表演。一场关于和衷共济的表演,也证明了父亲、母亲甚至自我的角色可以由多人承担,换句话说,是可以共享的。在这场演出中,过去的遗憾也被修复了,它好似一份回赠给历史的礼物,来自一位喜欢用自己的智慧展示,事物固有的面貌可以——只要我们发挥想象——被改变的作家。"抱最好的希望,做最坏的打算。"到了最后,这句老话被颠覆了。小说的结局充满希望。

卡特的最后一位女主人公知道如何进行角色反转。在她笔下,她不幸的母亲小咪,一个逝去女孩的模糊残影,大胆而性感。在去世前不久接受电台采访时,卡特告诉保罗·贝利:

> 我姑姑辛西娅,我们叫她小咪。我的小咪姑姑是一个极度不快乐、不满足的女人,她六十多岁时惊天动地地发疯了,最后死在了……斯普林菲尔德精神病院。她性格轻佻……总是被外界压制。1914年战争快要结束时,她在这附近上中学,当时我祖母被叫去学校,学校老师不知道拿小咪怎么办好,他们不知道小咪毕业之后要做什么。我祖母纯真且认真地说,我们一直以为她可以去歌舞厅工作……我是说,女校长以为我祖母是说小咪可以去站

街……小咪后来成了一位办公室职员,就像我说的那样,很不快乐。我想也许我会送她去歌舞厅跳舞。[1]

《明智的孩子》是一个失而复得、返老还童的故事。它创造了超现实的世代传承。让其所触碰的一切焕然一新。满载活力、激情、机智、欢闹、希望、技艺、艺术和爱。从很多意义上说,这都是一部重燃生命之火的作品,是卡特最后的遗产,是她留给世界的善良、激烈、刺耳的潜力。睿智无双。快乐无上。

1　'The Third Ear', Interview with Paul Bailey.

好好复习你的莎士比亚。
——科尔·波特[1]

明智的孩子认得爹。
——俗谚

莎士比亚多次描绘父女关系,但从没写过母女关系。
——埃伦·特里[2]

---

[1] 科尔·波特(Cole Porter, 1891—1964),著名的美国流行音乐词曲作家。"Brush up your Shakespeare."此句出于同名歌曲,是波特改编莎剧《驯悍记》(*The Taming of the Shrew*)的音乐喜剧 *Kiss Me, Kate* 中的一首歌。〔编者按:本书所有注解皆为译注。〕

[2] 英文全名 Dame Ellen Alicia Terry(1847—1928),英国著名莎剧演员。

1

问：为什么伦敦像布达佩斯？

答：因为它也是一水之隔的两个城市。

大家早！我自我介绍一下。我叫朵拉·欠思。欢迎来到错误的这一边。

换个方式说。如果你是美国人，先想想曼哈顿，再想想布鲁克林。懂我意思了吧？或者换成巴黎人，差不多就是**河左岸、河右岸**[1]的问题。伦敦呢，则有南北之分。我和我妹诺拉向来住在左手边，观光客鲜少看见的这一边，泰晤士河老爹的**私生子**这一边。

很久很久以前，大致可以这样区分：有钱人住在绿意宜人的城北，搭乘四通八达的大众运输系统购物血拼，来去如风；穷人在要啥缺啥的城南破落市区艰苦度日，得在四面透风的公车

1　若无特别说明，本书中黑体字原文皆为法文。

站枯等好几个小时,听着处处打老婆、砸玻璃、醉鬼唱歌的声音,周遭又冷又暗又满是炸鱼加薯条的味道。但你不能指望事情永远保持原状。这阵子有钱人四处流窜,跳上柴油萨博车分散到全市各处。如今这一带的房价高得离谱,简直让人没法儿相信。这下子可怜的知更鸟该怎么办呢?

去他的知更鸟!要不是阿嬷留下这栋屋子,连我们恐怕都没地方容身。莎翁路四十九号,布里克斯顿区,伦敦,邮递区号SW2。天佑此屋。要是没这屋,诺拉和我就得流落街头,拖着几个塑胶袋的家当走来走去,抱着酒瓶像没断奶的宝宝寻求安慰,好不容易可以进收容所过夜就兴奋高歌,结果因为妨碍安宁又立刻被赶出来,在街头苟延残喘,挨饿受冻,最后孤零零地挂掉,像破布一样被风吹走。七十五岁的老姑娘生日当天想这个,可真够呛的是吧?

没错!七十五了。祝我生日快乐。整整七十五年前的今天,我就是在这屋的阁楼出生。比我晚五分钟上台一鞠躬的诺拉此刻正在楼下做早餐,我最亲爱的妹妹。祝我们生日快乐。

这间是我的房间。我们向来尊重彼此的隐私,不共用东西。不折不扣的同卵双胞胎没错,但可不是连体婴。不好意思,房里不怎么干净,到这把年纪时间太宝贵,不能再整天洗洗刷刷擦擦抹抹,不过你仔细看看梳妆台镜子上那些签名照片——艾弗、诺埃尔、弗雷德与阿黛拉、杰克、琴吉、弗雷德与琴吉[1]、安娜、洁西、宋妮、比妮,全是多年前共事过的朋友。你看最新的那张:高个儿苗条女孩,黑卷发,大眼睛,没穿内裤,写着"你们最亲爱的蒂芬妮",还画了一大堆×××××[2]。漂亮吧?她是我们心爱的干女儿。我们试过劝她别进演艺圈,但她不肯听。"你们做得了的事我也做得了。"是哦,"演艺圈";没有比咱们小蒂蒂更俏的女孩了,但她能露的全都已经露光。

我们做过什么?一言以蔽之,我们以前是歌舞女郎。现在腿还是能抬得比一般的狗高,如果有需要的话。

来呀,来呀……一只猫咪走过来了,它刚出衣柜,正伸着懒腰打呵欠。它闻到培根香味啦。我枕头上还睡了一只,白底橘纹。另外几十只自由来去。这屋子有点猫味,但更多的是老迈歌舞女郎的味道——冷霜、蜜粉、防汗腋垫、陈年烟味、凉掉的茶。

"过来给我抱抱,猫咪。"

---

1 此处所指显然都是当年的歌舞明星,依序应为:艾弗·诺维洛(Ivor Novello),参见第19页注1);诺埃尔·考沃德(Noël Coward),英国剧场人,身兼演、编、导、作词作曲等;弗雷德·阿斯泰尔(Fred Astaire);阿黛拉·阿斯泰尔(Adèle Astaire),弗雷德·阿斯泰尔之姐;杰克·布坎南(Jack Buchanan),苏格兰剧场人,身兼演、导、歌、舞、制作等;琴吉·罗杰丝(Ginger Rogers)。

2 欧美人给熟识亲友写信时,常以画叉叉(×)代表亲吻。

人总得有个东西抱。猫咪要吃早餐了吗?等会儿,猫咪,咱们先朝窗外看看。

冷冽、明亮、刮着风的初春天气,就像我们出生那天,齐柏林飞艇掉下来的那天。美丽的蓝天,本身就是份生日礼物。好多年前,我认识过一个男孩,眼睛就是这颜色。他身上没半根毛,光裸得像朵玫瑰,因为还太年轻。一双天蓝的眼。

这窗子视野很好,可以看出好几里,一眼瞧见河对岸。那是西敏寺,看到没?今天飘扬着圣乔治十字旗。单只乳房似的圣保罗教堂。眨着金色独眼的大笨钟。除了它们,这年头没剩下什么熟悉景象。每个世纪都有这么一段时间,众人伸出手一把抓住亲爱的老伦敦,将它拆毁拉倒,然后又重新建起,就像童谣里的伦敦大桥,再见,哈啰,但新建的就是新的,跟以前再也不一样,连那些火车站都变成阿拉伯露天市集,让人认不出来了。滑铁卢。维多利亚。再也喝不到一杯像样的茶,他们只给你鸡尾酒,脏兮兮的卡布奇诺。到处都是卖丝袜、卖内裤的店。我跟诺拉说过:"你记不记得《相见恨短》[1]害我哭得稀里哗啦?要是换到现在,男女主角在车站里根本没地

---

1 *Brief Encounter*(1945),中译名应为《相见恨晚》,此处依原字义略加改动,因与后文相关。

方相遇,只有天杀的内裤店。他们的手得在英国国旗图案的四角裤底下害羞地相碰。"

"算了吧,你这多愁善感的老太婆。"诺拉说。"大战期间你唯一有过的'相见恨短',就是跟个美国佬在利物浦街车站的公厕后面来了一下。"

"我只是为大战尽一己之力嘛。"我镇静回答,但她没听我说,自顾自咯咯笑起来。

"唉,阿朵,内衣用品店叫这名字还真配——相见恨短哪。"她笑弯了腰。

有时候我想,只要够努力张望,就能看见过去。风又刮起来了。哗啦。字纸篓翻倒,垃圾散了一地……猫食空罐、早餐玉米片包装袋、绽线的紧身裤袜、茶叶……目前我正在撰写回忆录,研究家族历史——你看这儿有文字处理机、档案柜、索引卡片,右手的、左手的,右边的、左边的,每个人的丑事。好一阵大风!咻咻咻猛吹过整条街,这里风吹得一切七颠八倒。

七十五岁了,今天,一个有风有阳光的七颠八倒日子。这种风会吹进你血管,让你野性大发。野性大发!

我突然打了个小小寒噤,因为我知道,打从老骨头里知道,今天会有事发生。某件刺激的事。管它是好是坏,只要有事发生,提醒我们还活在人世就行了。

我们拥有全伦敦唯一一座阉伶[1]老爷钟。

老爷钟放在前门厅,钟面上嵌块小牌注明它1864年制造于因弗内斯;但据我所知,这是座独一无二、货真价实的苏格兰高地式老爷钟,还曾在1851年的博览会展出。它的高地风格,在于钟顶上有一对完整的大鹿角。有时候如果戴帽子出门,我们会把它当帽架,现在我们很少戴帽,但偶尔碰上下雨天还是会戴。这座钟对我和诺拉很有纪念价值——来自我们父亲,是他唯一送过我们的东西,而且还是出于意外。高大、粗勇又生角的桃花心木,报时声却是滑稽的假音叮咚,而且永远不准,永远少敲一下。我们一直没空找人来修。老实说,这钟让我们发笑,一直都是。阿嬷没修它之前这钟倒还好,她只不过敲它一下,里面的重锤就掉了。她对勇士向来都有这效果。

但是,在这刮风的生日早晨,我经过老爷钟,闻到培根香馋疯了的众猫在前面上蹿下跳,这时钟敲响了。敲呀敲,响呀响,这次竟然敲对了,一声不多一声不少——八点整!

---

[1] castrato,即变声前便遭阉割以保持高音的男歌手。

"阿诺！阿诺！有事要发生了！门厅的老爷居然破天荒报对了时间！"

"不只如此哦。"诺拉以满意的语调说,递来一个背面印有家徽的厚厚白信封。"我们的请帖终于来了。"

她动手倒茶,"轮椅"又是嘶嘶喘气又是结结巴巴,我抽出那张我们原先以为永远不会寄来的硬邦邦白卡片。

敬邀
朵拉·欠思小姐暨莉欧诺拉·欠思小姐
莅临
素有"千面演员"美誉之
梅齐尔·罕择爵士
百岁寿诞宴会

轮椅嘶嘶喘气、结结巴巴,终于气翻了,尖声叽呱得快要爆炸,但诺拉安慰她:

"别紧张,宝贝儿,我们不会丢下你！没错,灰姑娘,你也该去参加舞会,尽管帖子上没你的名字。就挑今天把所有见不得人的秘密全抖出来吧！天知道,过了这么多年,我们也该喝点泡泡香槟了！"

我眯眼看着"敬请回复"的字样,遥望摄政公园区那栋豪宅以及罕择夫人,也就是他第三任亦即现任配偶。咱们这儿的可怜老"轮椅"是第一任,请柬上却没提身为前妻的她,所以她气成这样。至于朵拉·欠思小姐暨莉欧诺拉·欠思小姐,亦即区区在下咱们姊妹俩,当然就是梅齐尔·罕择爵士的女儿,只不过,咳咳,不是他任何一任妻子所生。我们是他的所谓自然女儿[1],好像只有没结婚的男女做那档事才自然似的。我们是他从未正式承认的女儿,出于怪异的巧合与他同一天生日。

"他们没给我们多少时间回复。"我抱怨。"宴会不就是今晚了吗?"

"怎么啦,你认为他们不希望我们去?"诺拉后面的臼齿掉了两颗,她一大笑你想不看见都很难。我的牙都还在,除此之外,我俩依旧长得一模一样。多年前,要分辨我们只能靠香水,她擦"一千零一夜",我擦"蝴蝶夫人"。[2]

不过呢,我们虽是一模一样的同卵双胞胎,但并不两相对称——人体本来就不对称,两脚一定大小不一,两只耳朵的耳

1　natural child 指私生子。此处照字面译出,因与后文相关。
2　这两款都是娇兰(Guerlain)的著名香水,原名及初次发售年份分别为:Shalimar(1925)、Mitsouko(1921)。

屎量也不同。诺拉容易拉肚子,我则常便秘;她总是花钱如流水,浪费在男人身上,小可怜,我则试着存点积蓄;她的经血量多得过头,我则少得可怜;她对人生说:"好啊!"我则说:"也许……"但我们现在可是同舟共济,只能守着对方,两个疯癫老太婆。买杯酒请我们,我们就唱支歌儿给你听,如果场合特殊,比方除夕或者酒馆老板添了孙子,甚至还可能抬腿跳个舞。

唱歌跳舞是多开心的事!

我们当然滞留在自己的巅峰时期。所有女人都是这样。如果你叫我们抹去琼·克劳馥式的唇膏嘴形,我们会觉得惨遭摧残;出门时,我们永远把头发梳成胜利大卷[1]。尽管已经变成铁灰色,我们的头发还很多,谢天谢地!此时此刻上了发卷,藏在缠头布似的头巾下。我们总是努力打扮。粉涂得一寸厚,下楼吃早餐前先戴上脸,蜜丝佛陀粉条,假睫毛刷上三层睫毛膏,一应俱全。年轻时我们用凡士林抹亮眼皮,但大战期间放弃了这习惯,现在我们白天只用简单的蘑菇眼影,混合一点烟草棕加深色调,涂灰黑色眼线。我们指甲油的颜色搭配脚指甲,搭配唇膏,搭配胭脂。露华浓的"火与冰"。尽管战役结束,涂抹迷彩的

---

[1] victory rolls,1940年代流行的一种发型。

习惯依旧,我们不知多久没男人了,但妆照化不误。没人能说欠思姊妹乖乖服老。

我们穿上最体面的真丝和服,因为今天是我们生日。我的是淡紫色,背后有樱花图案,诺拉是猩红底菊花图案。和服是我们亲爱的佩瑞叔叔——也就是已故的,且深受侄女哀悼怀念的,佩瑞格林·罕择——去长崎旅行时寄回来的,那是珍珠港事件之前的事。和服下穿着法国蕾丝绲边的无袖连身内衣,我是紫罗兰色丝绸,她是鲜玫瑰色绉纱。秀色可餐吧?当然,我们早在无袖连身内衣重新开始流行之前就这么穿了。

如今我们的骨盆比以前凸出,若只穿内衣看起来挺惨瘦,但会看见我光屁股的只有她,会看见她光屁股的也只有我,而穿起衣服我们的样子还是很过得去。我们的颧骨也比以前凸出,但我告诉你,这可是了不得的颧骨——这副颧骨得自世上数一数二会赚钱的钙质沉积物的真传。一如所有万众瞩目的名人,我们父亲一直很仰赖他的骨架。天佑罕择家族的钙质,骨质疏松症一直找不上我们。我们向来顾长苗条,现在也依然顾长苗条,谢天谢地!有些跳舞的老来发起福简直旁若无人。

"我们今晚该穿什么?"诺拉问,把烟摁熄在小盘里,给自己又倒了杯茶。她简直是个茶壶。轮椅呻吟一声。

"别担心,亲爱的。"诺拉安抚她。"你可以穿你的诺曼·哈内尔[1]配珍珠项链,好吗?我们会把你打扮得漂漂亮亮。"

这下她安心了,可怜的老东西。我们叫她轮椅,世人——很久以前——则称她艾塔兰妲·罕择夫人。她会告诉你,就算不嫁那丈夫,她本来也是完美的上流仕女,不像我们父亲的后两任妻子。她嫁给梅齐尔·罕择时,他只是午场偶像;跟他离婚之后很久,他才因"对戏剧贡献良多"封爵。她本名艾塔兰妲·琳德女爵、"当代第一美女"、衔着银汤匙出生等等,但现在只是个离婚老妇,境况今非昔比,亦即,住在莎翁街四十九号的地下室前半部分。

我会慢慢告诉你,我们怎么会在她老年——说起来也是在我们老年——继承了我们"私生父"的第一任妻子。这么说吧,其他人都不要她,尤其是她的两个亲生女儿。那两个臭婆娘。以前人家叫她们"罕择姊妹花",跟真的一样。美不美得看品行,如果人的长相跟行为一致,那她们足以吓坏小朋友。

我们把轮椅收留在地下室已经整整三十年,对她挺有感情。以前诺拉还会带她出门逛街,让她透透气什么的,直到有一

---

[1] Norman Bishop Hartnell(1901—1979),英国服装设计师,作品深受王室成员喜爱,曾为伊丽莎白二世设计婚纱及加冕礼服。

天她差点造成暴动,对蔬果摊老板说:"这位先生,你有没有什么黄瓜形状的东西?"之后,为了她自己好,我们就得把她留在家里。

有时她有点碎嘴,事实上是讲呀讲呀讲呀讲呀啰唆个没完,念叨着梅齐尔耽误她的黄金岁月,然后抛下她另娶好莱坞骚货,也就是他的二号新娘,说"罕择姊妹花"骗光她的钱,她又跌下楼梯再也没法走路,讲呀讲呀讲呀讲个没完没了,让人简直想拿床毛毯盖住她,就像拿布遮住鸟笼让鹦鹉闭嘴。但她是个大好人,而且我们古早以前欠她一份情。

我也想再倒点茶,但来不及了,只剩半杯湿答答的茶叶,于是我走向餐具洗涤间再烧一壶水。我们就这么身穿晨袍,坐在早餐室电暖炉旁的皮沙发上。有时我们整天坐在这儿喝茶闲嗑牙,轮椅玩单人牌戏或做点刺绣,猫们来来去去。

一到六点,我们便改喝琴酒。

晚饭后,有时我们会把轮椅种在电视前——她最爱看广告,等着梅齐尔拍的那些广告出现,然后对荧幕破口大骂,我们自己则打扮穿戴起昔日华服(比方霍华德·休斯送我们的那两件成套银狐系带大衣),精神抖擞走到附近的酒馆,有时人家会请我们表演一段很久很久以前曾让我们成名的歌舞。有时没人请我们也会表演。

"其他还有什么信吗?"

诺拉翻挖着那堆邮件。电费账单,又来了;《守望相助》月刊,又来了;隔壁邻居抱怨猫的事,又来了;某个正在写电影研究博士论文的新泽西小鬼想访问我们关于天杀的《仲夏夜之梦》,又来了。到我们这把年纪,你会觉得天底下已经没什么新鲜事。我注意到小蒂蒂,我们的心肝宝贝,我们的小妞妞,我们的小亲亲,我们的干女儿,正为她的"大事"忙得没时间对我们的生日表示心意。唉,年轻就是这样。

这时门铃响起,吓我一大跳。瓦斯公司抄表员?不可能,他从不这样死命按门铃——自从他见过全身上下只着指甲油的光屁股诺拉之后,就只会轻手轻脚小按一下,因为那次她从浴室直冲出来,以为有什么紧急电报。不对。这次来人按得又狠又长,然后又按,然后再按。我们吃了一惊,我们僵住了。然后门口那人双拳擂起门来,大喊:

"姑姑!"

我们父亲的幺儿,小崔斯专·罕择。我们其实是他同父异母的姐姐(尽管生在家族床外),他为什么叫我们"姑姑"?你慢慢就会知道。他是不是来祝我们"生日快乐"呢?如果是,为什么慌成这样?他连声直喊,吓得我六神无主,手忙脚乱摸索着门锁、门闩、门链——咱们这儿可是固若金汤。这年头还是小心为上,去年布里克斯顿有犯人大批越狱,翻过花园围墙活像成群结队跳排舞。

我好不容易打开门,小崔斯专像没腿一样跌进我怀里。他满脸胡楂,眼神狂乱,绑成滑稽小马尾的红发东翘西散,飘扬在吹动前门那堆垃圾的风中。他看来神志不清,也比我上次见到他时胖了不少。他紧抓着我,拼命喘气。

"蒂芬妮……"(喘,呼,喘)"……蒂芬妮在不在这里?"

"你振作一点好不好,崔斯专,你把我的真丝和服弄湿了一大块。"我很不客气地说。

"你没看昨晚的节目?"

"我死也不会看你那狗屁不通的节目。"

但轮椅有时会看,以她那上流社会腔调咯咯窃笑,连逐渐有点老年痴呆的她都乐于看见罕择家族这最后一代水准低到什么程度——有时她还能口出妙语,笑得更厉害,说这是"罕择家族的最后一呆"。我们也确实看过某一集的前五分钟,因为觉得不该错过咱们小蒂蒂初次上电视亮相的镜头。

蒂芬妮是那节目的"女助理",鬼知道是啥意思。她不停微笑,她露奶子。真是暴殄天物,要不是半途而废,她可以成为很棒的舞者。我们看了有她的前五分钟。我可以告诉你,五分钟就够了,然后我们退下喝酒,嘀嘀咕咕。他的节目是现场直播,这就是它的特点。

"要是他死了,他们的收视率会更好。"诺拉说过。"唯一不在世的电视节目主持人。多精彩啊。"

崔斯专用手背抹眼睛,我才发现他一直在哭。

"蒂芬妮不见了。"他说。

告诉你,这下我可笑不出来了。诺拉在厨房里嚷:"年轻的罗钦伐[1]怎么啦?"他确实狼狈得很,口齿不清语无伦次,呼出的苏格兰威士忌味足以把人熏昏。我们让他坐在一把扶手椅里,他塞给我一卷录影带。

"看一下。"他说。"我没法解释。你们看看发生了什么事。"

然后他瞄见我们放在早餐室壁炉架上镶银框的小蒂蒂照片,眼泪又开始流啦。我挺同情这可怜的小孩。我还管他叫"小孩",但他已经三十五了,不久就要突破四十大关。总之,他的独家招牌就是孩子气的魅力,天知道要是没了这招牌他该怎么办。但此时我们都打着哆嗦紧张兮兮:他妈的到底出了什么事?于是诺拉马上把带子塞进录影机。

---

[1] 典出沃尔特·司各特(Sir Walter Scott)《罗钦伐》(*Lochinvar*)一诗,该诗描写了一名年轻骑士。

我们买录影机，是为了看星期六下午播的巴斯比·伯克利[1]歌舞片。我们把这节目录下来一看再看，看到喜欢的段落还暂停，搞得轮椅简直要发疯。当然还有弗雷德与琴姐，亲爱的老弗雷德。怀旧是老人的恶习。我们看了太多老电影，连记忆都变成黑白的啦。

经过早餐的培根肥油滋润，轮椅本已陷入愉快的恍惚状态，但录影带一阵空白嘈响将她惊醒。"怎么了？他来这儿干吗？"她怀疑地瞪了崔斯专一眼，因为他不是她的亲人。此时画面出现一道霓虹灯台阶，一阵罐头掌声中他蹦蹦跳跳走下来，红发油油亮亮往后梳齐，牛奶色亚曼尼绉麻西装，崔斯专·罕择，软弱但迷人，游戏节目主持人、电视名人，堂堂纵横英国戏剧界一个半世纪的罕择王朝的最后一口气。崔斯专，伟大"剧场王子"梅齐尔·罕择的幺儿，维多利亚时代悲剧舞台双璧——兰纳夫·罕择与"星舞"艾丝黛拉·罕择——之孙。嗟乎，伟人堕落至何等境地。

"嗨！我是崔斯专！"

镜头拉近，他正唱歌似的说着："嗨，各位财迷！我是崔斯

1　Busby Berkeley(1895—1976)，美国舞台剧、电影导演，兼编舞家，以拍摄华丽新奇的歌舞场面闻名。

专·罕择,欢迎收看……"此时他头一扬,秀出他的喉咙,他有着真正的、老派的、圆润的、艾弗·诺维洛[1]式的喉咙,于是他头一扬,以狂喜的声调叫出:"'有钱能使鬼挨鞭'!'有钱能使鬼挨鞭'!"

节目开始。

定格。

咱们先暂停一下崔斯专和蒂芬妮正要展开的故事,我好跟你补充点背景资料。早该如此了!你一定正在说。这个梅齐尔·罕择和他的家族、他的妻子、他的小孩、他的喽啰一干人等到底是谁啊?正是为了回答这些问题,我,朵拉·欠思,在收集本人自传资料的过程中,无意间变成罕择家族历史的记录者,不过我想这个身份就跟我的血缘身世一样不会受到罕择王朝其他成员的公开承认,不只因为诺拉和我——我已经告诉过你——是外面生的小孩,更因为我们父亲是剧场正典的栋梁台柱,而我们姊妹完全来路不明邪门歪道——不仅是私生女,还跑去歌舞秀场表演,可不是吗!

---

[1] Ivor Novello(1893—1951),原文此处将他的名字拼作 Ivory,演员、作曲家、剧作家,曾制作并主演多出卖座音乐喜剧。

私生子总是很有浪漫卖点,应该能确保我的回忆录稳赚不赔。但是老实说,我们的私生女身份没什么狗屁浪漫可言,最好也只是个闹剧,最糟是个悲剧,其他时间则是长期的不便与困扰。但我动了念头,要在嗝屁之前回答那个问题,那问题始终逗引着我,仿佛答案就藏在布幕后某处:吾等从何而来?又将去向何处?

我当然知道第二个问题的答案:注定遭到遗忘,不留半点痕迹。我们两个都没生过小孩,尽管诺拉一直很想,接近更年期时每次月经来潮她都哭。我可不。每个月见到它我都高兴得很,更高兴见到它突然停止再也不来,就像那首老歌里的老爷钟,不过一点也不像我们的老爷钟,它虽然音调偏高仍老当益壮,多谢关心。

至于来源和过往历史等问题,且让我深深挖进书桌上的考古资料,丢开鲁比·基勒[1]的照片("送给两双玉足舞步美妙的诺拉与朵拉,鲁比敬上")。

找到了。一个磨损的信封,装满古老的照片、明信片。多年来我们又是买,又是求,又是借的收集了不少,有些呈深褐色调,有些上了色突显她红又红的秀发。这是我们的祖母,父亲家谱

---

[1] Ruby Keeler(1909—1993),加拿大演员、歌手,曾参与许多歌舞片演出。

里唯一固定已知的一点。事实上,也是我们整个家谱里唯一固定已知的一点:母亲这边的家族完全是一片未知荒野,而我们的另一个祖母,我们的阿嬷,欠思阿嬷,也就是修理老爷钟的阿嬷,我们继承了她姓氏的阿嬷,她跟我们根本没有血缘关系,这就更让人糊涂了。阿嬷抚养我们长大,不是职责或历史缘故,纯粹出于爱心,这是真正的家族罗曼史,她对我们一见钟情。

但我们从没真正见过祖母,只认识你现在看见的这个她,宣传照里永远年轻的她。"她出生之际星星舞动。"人家说。她名叫艾丝黛拉[1]。这是她扮朱丽叶、扮鲍西娅、扮碧翠丝的造型。你看她那"来这儿!"的微笑。扮麦克白夫人的她一副坚毅蹙眉模样,好个心狠手辣的女人,但仔细看,你会看见她眼里闪动着淘气的亮光。

她不是爱德华时代那种典型的大块头女人,她又瘦又小,一双好大的眼睛。她是鬼火,轻盈又难以捉摸,一声啜泣就能让你心碎,但她儿子,也就是我们的佩瑞叔叔,说她常会在一场重要的戏演到一半时忍不住笑场,比方抬棺那一幕,梦游那一幕,她会笑得直不起腰,其他人都得帮她掩饰。她的头发也老是不听话,披落散开,发夹甩得到处都是,她的长袜会掉到脚踝,走在

---

[1] Estella,此名即源自"星星"一词。

街上衬裙会露出来,衬裤往下滑。她才华横溢,也一团混乱。

这一张是她有名的扮相,反串哈姆雷特。黑色紧身裤袜。那双腿美呆了,长在古典戏剧演员身上真是浪费。我们遗传了她的腿。她手持匕首作态:"一息尚存好,还是了却此生好……"[1]《纽约时报》的讣闻——小心点,这纸已经脆了,很容易碎——说她非常"倚重在纽约与她演对手戏的霍雷肖,后者是矫健英挺的年轻美国演员,极具尊严质感"。

记住这人,他还会再出现。卡西乌斯·布司。没错,就是那个布司家族。他父母还真厚脸皮,给他取名卡西乌斯[2]。

这份讣闻非常婉转地暗示我们的祖母对,咳咳,室内运动很有兴趣。"慷慨、热情、奔放:全心全意投入生活……"但与其说她投入人生,不如说她浪掷人生,可怜的女孩。她最后的下场挺惨。这张是她扮苔丝狄蒙娜,身穿白睡衣,手拿柳枝,正要开始唱:"可怜她坐在枫树下,轻轻叹息……"[3]这张真的很有收藏价值,因为——

不,等一等。我慢慢再告诉你。

---

[1] 《哈姆雷特》第三幕第一景。本书中莎剧台词皆引自《莎士比亚全集》(方平译,台北:木马文化出版社,2001),唯人名译法不尽相同。

[2] Cassius,恺撒的政敌。

[3] 《奥瑟罗》第四幕第三景。

差不多1870年左右(一如许多女演员,她的出生日期就像可移动的流水席),我们的祖母出生在戏服箱里[1],会走路就开始粉墨登场,扮小仙子、鬼魂、妖精,八岁(误差约为一两岁)时已是舞台老手,以《冬天的故事》的马米流斯一角初次在伦敦亮相,地点是稻草市场区皇家戏院,由基恩(是儿子,查尔斯)[2]执导(这上面说那出戏"有些学究气"),戏服模仿某个希腊花瓶上的样式,手底下滚着铁圈玩,这也是模仿另一个希腊花瓶上的动作。路易斯·卡罗尔看到她的表演,送她一本亲笔签名的《爱丽丝梦游奇境》,邀她去喝茶,吃过松脆热煎饼之后要她脱掉连身裙,拍下她的光屁股照片,但她坚守立场,没让他仿效另外某些希腊花瓶上描绘的场面,至少她向来如此宣称。这就是他们那次会面的证据。看到没?他叫它"小精灵"。我在佳士得拍卖会买到的,贵得要死,但我实在忍不住。可没多少人秀得出自己祖母当主角的儿童色情照片哟。我卖了可怜的老"爱尔兰"的其中一封信,才有钱买下。

爱尔兰?他是谁?

---

1 指出身戏剧家庭。
2 Charles John Kean(1811—1868),英国演员兼剧团经理,为著名悲剧演员 Edmund Kean(1789—1833)之子。又,此处艾丝黛拉的经历有知名女演员埃伦·特里的影子,特里亦出身戏剧家庭,九岁时在基恩执导的《冬天的故事》中初次登台,饰演马米流斯一角。小说中出现的年份,与现实略有不同。

你会知道的,要不了多久。这么说吧,要不是可怜的老爱尔兰慈悲为怀,热心教育歌舞女郎,现在我就不会坐在这儿写这个了。是他教我拿笔写字,是他给了我敢用"慈悲为怀"这种成语的信心。我的回报是,让他心碎。公平交换,可不是巧取豪夺。

她一边扮马米流斯,一边在哈乐津剧里扮可伦萍[1]。这是节目单。"小艾丝黛拉"。她什么都能演——让你笑,让你哭,跳支舞,唱首歌。但一谈起恋爱,她就成了傻子。

她的生活很辛苦。我告诉你那生活是什么样子:油彩、煤气灯、马粪、煤烟、铁路——星期天在克鲁换车。她是童星,但她长大了。她在乡间巡演,朱丽叶、罗莎琳德、薇奥拉、鲍西娅,曼彻斯特、伯明翰、利物浦、诺丁汉,小池塘里的大鱼;赫米娅、碧安卡、伊拉丝在伦敦,大池塘里的小鱼,直到1888年她重回稻草市场,大好机会来了,她饰考狄利娅,与兰纳夫·罕择的李尔王演对手戏。

兰纳夫是那种声如洪钟的伟大演员兼剧团经理,现在这类型已经绝迹。我在书上读过,他演麦克白时,维多利亚女王在皇

---

[1] 英国的哈乐津剧(harlequinade)受到法国默剧及意大利即兴戏剧(commedia dell'arte)的影响,为杂剧(pantomime)的前身,有固定的角色类型及剧情走向。可伦萍(Columbine)是年轻女角,与哈乐津(Harlequin)为情人。

家包厢看得紧抓帷帘,抓得指节都发白了——弑君的场面在君王看来可不好玩。表现精彩的时候,他那场宴会戏可以吓得你一愣一愣的,尽管他太太在一旁偷笑不止,背对观众,肩膀抖动。(佩瑞格林说曾听她讲过,她认为麦克白夫妇应该开除厨师。)[1] 兰纳夫·罕择的理查三世俨然"邪恶人性的化身",这是GBS[2]写的,他可不会随便称赞蹩脚演员。

讲句公道话,兰纳夫·罕择表现精彩时确实非常棒,问题是看戏的人永远搞不清楚他什么时候会表现精彩。因为这老家伙可能会晕头转向走上台,含含糊糊讲出另一出毫不相干的戏的台词;或者他也可能精神不济,宿醉未醒,只有前几排观众听得见他说啥——不管他到底在说啥;再不然他就是清醒过头,深陷在消沉抑郁的幽谷。兰纳夫身上总有点欠思虑、碰运气的成分,极端善变,反复无常,这年头的医生准会诊断出躁郁症,开一堆锂盐给他。

但,表现精彩时,他真的是才华横溢。

---

[1] 此处"宴会戏"指的是《麦克白》第三幕第四景,已登基为王的麦克白及夫人宴请众臣,麦克白却一再看见被自己遣人杀害之昔日同僚班戈(Banquo)的鬼魂而惊慌失态。这里艾丝黛拉说麦克白应该开除厨师,显然是玩笑认为他的幻觉乃因为食物中毒或被下了药之类。

[2] 指萧伯纳(George Bernard Shaw,1856—1950)。他曾写过许多乐评、艺评及剧评,风格幽默辛辣。

而且他把莎士比亚当神,简直到偶像崇拜的地步,认为人生所有的一切尽在莎剧中。

就这样,在才华横溢的一场演出里,他遇上一颗流星。两人迸出的火花令人如痴如醉!观众泪水成河,掌声如雷。如今所有戏剧书籍都记载了一个有名段落——演到可怜的老李尔终于跟女儿言归于好时,兰纳夫伸手摸摸自己的脸,惊异地看着指尖,再摸摸自己的嘴,以颤巍巍、没把握的老迈口吻说:"你的泪珠儿是湿的吗?"[1] 观众不掏手帕才怪。书上说,她报以"颤抖、含泪、四月阳光般的"微笑,几乎——但没有完全——抢去他的风采。于是他与艾丝黛拉坠入爱河。他们怎能抗拒?老人与浪子回头的女儿,这是梦幻组合啊!

有件事说来挺妙。崔斯专的母亲,第三任罕择夫人,也是这样逮住梅齐尔——在他担纲的《李尔王》中饰演考狄利娅。

老兰纳夫足足比艾丝黛拉大三十岁,或者三十多,或者三十多更多——他的生日也跟她的一样多变。总之,他们**粉快**[2](这是欠思阿嬷常说的)就在柯芬园的圣保罗结了婚,那是演员的教室,圈内人一半为这对不被看好的新人祝福,另一半则没

---

1 《李尔王》第四幕第七景。
2 原应为法文 tout de suite,"立即"之意,英文中常戏谑讹转为音近的 toot sweet,因此译作发音不标准的"粉快"。

来参加,主要因为兰纳夫欠他们钱或让他们戴过绿帽。她一头红发披背,头戴铃兰花冠,年约十九。羊入虎口啊,旁观者可能会说,看见新郎灰白的头发、颤抖的手、不稳的财务状况——他是破产的醉鬼兼赌徒,已有三任妻子遭他玩弄、背叛、殴打,为他操劳地早死。但新娘可不是献祭羔羊或渐萎的紫罗兰,她是个狂野女孩,尽管始终以自己的方式忠于他。我完全没遗传到她的个性,半点也没。我总是多愁善感,但诺拉有时有点像她。

兰纳夫有留下蜡筒录音,我去过肯辛顿中央街旁边,他们放给我听。嘎啦,嘶嘶,然后是他的声音:"明天——又明天——又是一个明天……"[1] 我一阵哆嗦,不是因为伤感,而是因为那声音跟我预期的不同,很难听,几乎——粗粝,刺耳,一字一字好像硬从他口中夺出。于是我也眼泪汪汪,就像多年前稻草市场的那些唏嘘观众,但不只是因为他的台词和身份,更因为他说话的方式,在我耳中听来如此奇异、如此陌生,他发元音"a"时是扁的,发辅音时就像被切断,如碎片玻璃。只不过一百年前……我的亲祖父。然而那声音来自大洪水之前,来自另一种完全不同的人生,听来如此古老,他的孙女似乎不可能此刻穿

1　《麦克白》第五幕第五景。

着丝质连身内衣,坐在布里克斯顿一栋屋子的地下室,边喝茶边看他曾孙[1]在一个塑胶盒里对看不见的观众讲话,以介于两个世界之间,既不英国也不美国的节目主持人鼻音腔调说:

"再说一遍给我听!'有钱能使鬼挨鞭'!"

嗟乎,伟人堕落至何等境地。SM游戏节目?还能堕落到什么地步?

于是,兰纳夫和艾丝黛拉结婚了。起初他疯狂爱着她,反之亦然,后来巴南,P. T. 巴纳姆[2],"巴纳姆与贝里"的巴纳姆,就是**那个**巴纳姆,看上她在《皆大欢喜》中的美腿,对她提了个建议:在中央公园搭帐篷演出《哈姆雷特》。搭帐篷是因为,他预言,观众会多到没有任何一家百老汇剧院容纳得下。

她一定斜眼瞄了瞄老公,不知他会做何反应;毕竟他是当年最忧郁的丹麦王子,但他的当年已经是一两代以前,而哈姆雷特是不折不扣的小生角色。不过兰纳夫倒很兴奋,一心要把莎士比亚的语言带到美国。于是两人渡越大西洋,兰纳夫称职扮演哈姆雷特之父,而年轻潇洒的卡西乌斯·布司则与她同挑

---

1 原文作曾孙,但按辈分推算,应为孙子。
2 指 Phineas Taylor Barnum(1810—1891),1841 年在纽约百老汇创办美国博物馆(American Museum),该处一度为重要剧院,后逐渐改做其他表演场地,1865 年烧毁。

大梁,饰演哈姆雷特的挚友。

帆布帐篷下的《哈姆雷特》大受欢迎,一演再演,本来大可演个没完没了,但她肚子里的双胞胎即将到来——女性反串哈姆雷特是一回事,怀孕的王子可就是另一回事了。于是一对双胞胎男婴,我们的父亲们,出生在美国:梅齐尔和佩瑞格林。了不得的名字吧？取这种名字,背后有何等堂皇幻觉？若缩短简称"梅尔"和"佩瑞",这两个名字就有种20世纪的、民主的、跨大西洋的味道,但老兰纳夫完全是老派的19世纪浪漫主义者,从不这么称呼儿子;艾丝黛拉倒常这么叫,淘气地眨着眼睛。

注意我称两人为"我们的父亲们",仿佛我们有两个父亲,就某种意义上来说确实如此。当然,做出必要生物举动的是梅齐尔,但充当我们父亲的是佩瑞格林——也就是说,是他公开把我们认作女儿,因为梅齐尔不肯。顺便告诉你,除了轮椅之外,梅齐尔的整个家族,也都坚持这个虚构概念,所以萨丝琦亚告诉崔斯专我们是他的姑姑[1]而非姐姐。但我们深爱佩瑞格林,他对我们表现得更像父亲,更别提还负担我们大部分的账单——我知道我不能只称他为叔叔。

---

[1] 原文中崔斯专称欠思姊妹为 aunt,但若全家人都假装或以为她们是佩瑞格林的女儿,崔斯专应称她们为堂姐,而非姑姑。本书仍依原文译出,谨以此注提醒读者。

说到私生子,早在诺拉和我上台一鞠躬之前,罕择家族就有不少浪漫的,不,该说是夸张通俗剧式的私生历史。因为兰纳夫·罕择在那些漫长的婚内及婚外关系中,始终没生下一儿半女,直到他妻子,反串的哈姆雷特碰上极具尊严质感——更不用说矫健英挺的——霍雷肖。闲言闲语不少,兰纳夫[1]有没有听到?谁知道,已经过了这么久。但他很爱这两个儿子,他们一会走路,兰纳夫就安排他们演囚禁在塔中的小王子[2]。

关于兰纳夫,有一点你必须知道:他一半是疯子,认为自己有"使命"。这下子,他将全世界都视为传教地点(在我们这些后代中,最忠于狂热传道的家族传统的是耶稣会会士葛瑞司·罕择),老头满心狂热,要前往海外四处宣"道",太太儿子不管愿不愿意也得跟着跑,把莎士比亚带到从不曾有过莎士比亚的地方。

那年头,地图上处处都是纷红[3],处处都讲英文,没有语言问题。他们就这么前往帝国边境,一而再,再而三渡越大洋,随着海浪节奏起伏。像看电影一样,我在脑海中看见这景象——远洋客轮松开缆绳,滑离码头,汽笛大作,群众抛掷花朵,红发女人站在甲板上,微笑,挥手,微笑。

---

1 原文此处为梅齐尔,但依语境,此处指的应是兰纳夫,故斟酌改译。
2 指《理查三世》中被夺权登基的理查囚禁而后杀害的王储及其弟。
3 指大英帝国版图仍然辽阔。

佩瑞格林叔叔遗传了她的红发,我们同父异母的妹妹萨丝琦亚和伊莫珍亦然,崔斯专也是。我们比较倒霉,只有婚生子遗传到。至于我和诺拉,起初是鼠棕色,后来开始染发(黑色);等到停止染发,才发现头发不知不觉中已经灰白了。

佩瑞格林叔叔最得母亲疼爱。

有一次,在澳洲巡演时——他告诉我——我们匆匆走在悉尼街上,圆形码头旁,正要去某个女士午餐俱乐部:她常客串演出,这对收入有帮助,兰纳夫永远缺钱。我们当然迟了,因为她找不到一件干净洋装,翻来翻去挖出一件只有两小块酒渍和一抹橘子果酱的,于是她别了一束红花缅栀遮住污渍最严重的部分,设法梳起那头不听话的头发。梅齐尔留下来陪父亲排练他的恺撒。走着走着看到一个摇手风琴的卖艺人,于是我们停下脚步欣赏那只猴子。她给了卖艺人六便士,那人弹起《雏菊,雏菊》。她拉着我的手,我们就这么在人行道上跳起舞,她的发夹散落满地,我的赛璐珞领圈也断成两半。猴子拍手,路过的人都盯着我们看。"来呀!"她对全世界说。"一起来跳!"然后每个人都开始跳舞,牵起自己身旁陌生人的手。"我太爱你了,爱得半疯啦。"她看着自己的成就,觉得很开心。我们错过了汤,错过了鱼,抵达时鸡肉正上桌。她披头散发,花束也没了,一只鞋跟断掉,她的小儿子没领圈也没领带,肩上还坐着那只猴子——她拿自己的金表换的。她为她们表演了鲍西娅那段演讲："慈悲，并不是来自……"[1]让她们听得很高兴。甜点是杧果冰激凌，我们最爱了，各吃了三碗。墨尔本有一种圣代以她为名——"艾丝黛拉冰激凌"，杧果冰激凌浇上百香果泥。小花朵拉，如果哪天我们一起去墨尔本，我就请你吃"艾丝黛拉冰激凌"。

我们的佩瑞格林总是这么幸运，连记忆也不例外，充满笑声和舞蹈。他总是记得快乐时光。

佩瑞格林·罕择，冒险家、魔术师、猎艳高手、探险家、电影编剧，有钱人、穷人——但永远不做乞丐或小偷。诺拉和我到了这把年纪，朋友死的比活的多。我们常去墓园，为年轻时的朋友除除草，但是我们连你埋在哪儿都不知道，亲爱的佩瑞，我们不知该去哪儿给你上坟送花。你在旅途中度过童年：今天在这儿，明天到那儿，长大成人后依旧定不下来。你喜爱改变，喜爱性交，喜爱惹麻烦。说来好笑，到最后你还喜爱蝴蝶。佩瑞格林·罕择，迷失在蝴蝶间，迷失在丛林里，消失得如此利落彻底，仿佛你用向来爱玩的魔术把戏把自己变不见。

墨尔本有种冰激凌圣代以艾丝黛拉为名，新南威尔士则有一整个干巴巴小镇改名为罕择——在她和兰纳夫露天演出《科

---

[1] 《威尼斯商人》第四幕第一景。

利奥兰纳斯》之后。塔斯马尼亚的贺巴镇有条街也叫罕择。他们还去印度巡回演出,不止一次,来来回回穿越印度次大陆好几次。闪亮铁轨在滚动车轮下后退,烟囱阵阵冒烟,日历一页页落下被风吹走……一位印度大君送一只象宝宝给两个男孩,但他们没法带它上火车。大君爱上艾丝黛拉,答应送她与她等重的红宝石,只要她留下,天天为他朗诵薇奥拉"柳条小屋"那段台词[1]。那她怎么做?我们问。她让他快乐,佩瑞格林说,并因此得到一份礼物。她让他快乐,然后离开。离开时也得到一份礼物。

红发女人,微笑,向逐渐消失的海岸挥手。她离开印度大君,离开一路上世界各地大城小镇剧院火车站里的短暂激情,但没有离开兰纳夫[2]。

上海,一间早已拆除的剧院,以罕择为名;然后香港;然后新加坡。这时一切都已有点磨损,有点破旧。再度漂洋过海,重回美洲——蒙特利尔、多伦多,来来回回穿越美洲大草原。亚伯塔省的罕择,平坦得像一盘雪;北达科他州的罕择——再小的城镇也能迎接他们,也能以改名来回馈他们的大驾光临。巡回演

---

1 《第十二夜》第一幕第五景。男扮女装的薇奥拉代自己的心上人公爵向奥丽维娅(Olivia)求爱时所说的话。
2 同第30页注1。

出逐渐变成了一种疯狂。在阿肯色州,巡回传教牧师离开后留下的空地,搭起罕择夫妇补了又补的破烂帐篷:兰纳夫瘦削、憔悴、留着胡子,愈来愈像施洗者约翰——如果施洗者约翰活到老年的话。

他们终于抵达西南部,来到得州一个原叫枪管后来改名罕择的小镇,在干枯灌木丛间搭起帐篷演出《麦克白》,雇一批墨西哥农夫扮苏格兰士兵,把多刺的扇状仙人掌举在头上充当勃南森林。在那么多各式各样的狂野陌生地方,佩瑞记得最清楚的是得州的罕择;后来他旧地重游,一两个满脸皱纹的老头想起她曾如何让自己快乐,还朝着啤酒掉眼泪,于是让她儿子当上名誉警长。

道具和戏服掉的掉、破的破、被偷的被偷,之后或靠求讨,或临时应变,或缝缝补补。兰纳夫喝酒赌钱,大声讲台词。他也逐渐不行了。他对美国大喊,但美国不再听他说什么。一晚,在亚利桑纳州的土桑,他赌输了《李尔王》的王冠,艾丝黛拉用硬纸板帮他另做一顶,涂上金漆。"这就成啦。"

她为什么留在他身边?见鬼了,也许她真的爱他;也许那么多她曾使之快乐的人都只是余兴节目。但她已经失去让兰纳夫[1]快乐的能力。

1　同第30页注1。

然后,有一天,他们正在中西部乡下一处迷你小镇搭舞台,预期会有不少观众,因为那里晚上无事可做,只能呆看玉米成长。这时,兰纳夫接到纽约来的电报。罕择夫妇为散播莎士比亚的荣光而四处漫游乃至衣衫褴褛的同时,卡西乌斯·布司——也就是艾丝黛拉当年的霍雷肖——则留在一个地方功成名就,现在他自己也成了演员兼剧团经理,在不夜大街[1]有自己的剧院。难道他会忘记老朋友?才不!佩瑞说,当时艾丝黛拉表情如谜,露出微笑。别忘了她还年轻,不到三十岁,或最多不超过三十五,而兰纳夫已近七十,孤注一掷赌这一把,赌最后一场胜利的祈祷聚会。他要让他们通通好看!他将最后一次在百老汇发出白炽火光,犹如莎剧的火葬柴堆。但他选择的戏码却是,唉,《奥瑟罗》。

不管三十还是三十五,她看来仍是明信片宣传照上那个少女,身穿睡衣,头发披在书上。"唱杨柳青,杨柳青,杨柳青。"[2] 卡西乌斯·布司饰演伊阿古;这故事不需要手帕,但她丈夫还是杀了他们俩,先杀她,再杀他。他们一起溜出首演夜的宴会,毕竟两人已是旧识。也许这时,老兰纳夫已分不清莎剧和现实生

---

1 Great White Way,指纽约百老汇、时报广场一带的剧院闹区。
2 《奥塞罗》第四幕第三景。

活。第二天,剧评大加赞誉,谋杀案的新闻则等到中午才见报,因为艾丝黛拉饭店房间的女仆送上迟来的早餐时才发现他们的尸体。一共三具。他开枪射杀他们两人,然后自杀。

众人下[1]。她总是很懂何时该退场。

但日子还是得过下去。

两个小男孩困在纽约,可怜的悲剧流浪儿,几乎死在那里,至少佩瑞是这么说——因为他们吃得太撑,肚里塞满糖果、热狗、冰激凌派,都是那些在饭店大厅做生意的、胸部下垂、头戴羽毛帽的可爱女士好心买给他们的。演员父母没留下半毛钱,只留下未付的账单、假珠宝和夸张招摇的态度,但广场饭店宽限他们赊账,于是他们学会过入不敷出的生活。

他们虽然是双胞胎,但长得并非一模一样。十岁的梅齐尔深色头发,心事重重,未来将雄霸夏斯伯利大道的侧面轮廓已见雏形。这侧面轮廓对梅齐尔的重要性,一如双耳之于克拉克·盖博。深色眼睛、卷翘长睫毛是人们总说"长在男孩身上太可惜"的那种,体格正适合跳跃、斗剑、爬上阳台等等莎剧演员所需要做的事。我知道这一切,当然还有他"极具尊严质感"这一点,全都显示卡西乌斯·布司是他父亲,但别忘了可怜的老兰

---

1 原文为拉丁文 exeunt omnes,用于昔日剧作(如莎剧)的舞台指令。

纳夫当年也曾是午场偶像,尽管在那当年,女人还穿有撑架的大蓬裙。这对兄弟的生父问题仍挂着大大的问号,不过不管实际贡献浆[1]的是谁,那两名可能人选都绝不会让小孩觉得丢脸,而对我这个孙女而言,我喜欢认为他们**两人**都有份,你懂我意思吧。

但佩瑞格林爱笑爱闹得要命,没法板起脸装正经,就像他母亲。有一次,演小麦克德夫[2]时,他头戴尿桶上场,对伯斯郊外当晚来看戏的剪羊毛工而言,那是全剧最精彩的一刻。之后,梅齐尔再也不让他上台了。即使当时才小小年纪,两人性格就已截然不同,梅齐尔一心为了艺术,佩瑞格林则为了好玩。别以为兄弟就一定喜欢彼此,差得远了,他们道不同不相为谋。

他们靠客房服务和陌生人的善意[3]过活,直到船从利斯港[4]起航,他们的报应来了——尤非美雅·罕择小姐,阴郁有如地狱,彻头彻尾的长老会教徒,他们的姑姑。她是皮洛克瑞附近一家救济院的院长,视舞台及演员为不共戴天之仇敌,一滴眼泪

---

1 原文 jism 是俚语,指精液,此处试译为近来网络上流行的"浆"。
2 《麦克白》第四幕第二景。麦克德夫因反对麦克白而随王储马尔康(Malcolm)出奔,其妻与幼子都被麦克白派人杀死。此处小麦克德夫即指该幼子。
3 典出田纳西・威廉斯(Tennessee Williams, 1911—1983)剧作《欲望号街车》(*A Streetcar Named Desire*),女主角最后说:"我总是依赖陌生人的善意。"
4 Leith,苏格兰东岸大港。

也没为哥哥嫂嫂掉,因为她认为他们的凶死正是上帝的报复,是一种凶野的正义。她一把揪住梅齐尔衣领,把尖叫着的他塞进标示"非随身行李"的皮箱,接着伸手要抓佩瑞格林,但他一耸肩、一扭身,姑姑手中只剩下他的旧粗呢外套,他则咻一声跑不见。佩瑞格林跳出窗台,爬下防火梯,这个身穿衬衫、一头胡萝卜色头发的十岁男孩沿着人行道慌忙狂奔,撞翻一个热狗摊,撞趴一个擦鞋人,然后……消失无踪。

就这么在美国消失得无影无踪。尽管他后来讲过少年时期种种奇遇的精彩故事,但他真正的遭遇我一无所知,只知道那不可能轻松愉快,只知道他刚发现我们时已经富可敌国。

于是佩瑞格林一溜烟逃走,舍命狂奔,但梅齐尔困住了。

梅齐尔一直很敬爱父亲,甚至崇拜父亲,他从父母人生那场大灾难中只保留了一样小小纪念品——兰纳夫扮李尔王时戴的硬纸板王冠,就是艾丝黛拉做的那一顶。天知道梅齐尔是怎么瞒过姑姑,留下这破烂遗迹。

他身上流着演员的血,不是吗?在那些充满雨水和麦片粥的阴郁年月,当他躺在冰冷的床上,盖着姑姑给他仅此一条的针织毯时,他会把父亲演过的伟大角色的台词一字一句背给自己听。麦克白。哈姆雷特。(但奥瑟罗当然排除在外。)阿非姑姑的苏格兰高地钟——你已经见过了,就是现居莎翁路四十九号的这座鹿角老爷钟——敲响十二点,然后一点,然后两点,他被自己的独角戏感动得哭着入睡。姑姑完全禁止他接触舞台,连想都不准想,但她看得出他有这方面天分——修辞等等——便力劝他当牧师,后来她愈来愈坚持,他终于决定不再受她摆布。

他用一件换洗衬衫和内衣裤包起硬纸板王冠,拿一条手帕绑捆,永远告别了皮洛克瑞。此刻我可以看见他出发闯荡人生的模样,就像杂剧[1]里的狄克·威丁顿,他走出救济院关上门,阿非小姐的钟敲响五点。当时一定寒冷刺骨,没有星星,四周仍一片漆黑。一辆满载包心菜的马车驶过,他搭便车前进了一两英里。然后,天逐渐亮起。他没有朋友,没有亲人,只有远在大半个世界以外的、感情从来就不好的、失踪的弟弟。在这世上他一无所有,只有熊熊燃烧的自尊与野心,一双深色眼睛,尊严质感的天分,以及一顶金漆剥落的玩具王冠。

他终于抵达伦敦,没多久便一穷二白,不,该说是穷得一塌糊涂,然后来到此屋,当时这里是出租给演员的供膳宿舍,不过

---

1 英国的 pantomime(简称 panto),继承许多杂七杂八的表演传统,很难归类,此处暂译为"杂剧"。基本上是相当庶民化的剧种,糅合奇幻情节与俚俗趣味,通常在圣诞节次日演出直到3月,内容多以童话故事为本,后来受歌舞秀场兴起影响,也包括各式各样其他表演,如歌舞、喜谑闹剧、杂耍特技、男扮女/女扮男等。对照第24页注1。

我得说,都是些不得志的演员。

在整个欧洲都熄灯¹之前,布里克斯顿满是剧院、歌舞厅、各式各样的"帝国"或"皇家"²,应有尽有。从布里克斯顿搭电车,四通八达。街上高高窄窄的建筑里塞满脱口秀艺人;慢板舞者;喜剧抒情女高音;变戏法的;拉小提琴的;狗、鸽子、山羊等各种表演动物;跳舞的侏儒;男高音、女高音、男中音、男低音,有独唱,也有以上四者任选排列组合的二重唱、三重唱等等。还有一些人以倾泻满腔热情为生,因此自认高人一等。

那年头,我们的母亲负责倒尿桶,装满洗手用的水罐,耙干净炉栅里的炭灰,生火,提热水上楼,偶尔帮绅士擦擦背,偶尔提供她自己作为服务——

或者只有那么一次。

欠思是我们的姓氏,也是我们的本质。我们的出生不在计划中。

梅齐尔睡在这里。这间阁楼,全屋最便宜的房间,比最便宜的还便宜,因为他从没付过房租。我仿佛看见他在一方镜子前,戴上破旧王冠,摆出姿态,听花园那头的槭树在风中摇曳窸窣,

---

1 指第一次世界大战。
2 指戏院名称。

假装那是观众的鼓掌喝彩声。走投无路,饥渴万分,汲汲名利,在各个经纪人之间来来去去一天一天又一天,回莎翁路吃水煮包心菜,睡又窄又硬的床。不知道他在这里是否曾用嘴巴和屁眼讨好别人,借此获得提拔?我想母亲一定觉得他很可怜。我可以想象,她在这寒冷房间脱光衣服,转身面对那挨饿的男孩。她当时是什么神态?害羞?紧张?好色?

然后画面整个转黑。我不忍继续想象下去,那太让人心痛。人总是喜欢认为在自己的制造过程中有些爱,或至少有点乐趣,但我不知道,我无从猜测,那深色眼睛的陌生人将手伸进那一文不名孤女的裙子时是愤世嫉俗?是温柔?是绝望?还是一时冲昏了头?她以前有没有做过这事,知不知道自己在做什么?她是否害怕?还是充满欲望?还是半推半就?天知道,他当时确实够英俊,女人都为他疯狂。也许她就是第一个为他疯狂的女人。每天早上帮他铺床时,她是否想着他?她是否把自己的脸贴在枕头上,希望枕头是他的脸颊?

"她只是个小东西,但胆子大得很。"阿嬷以前常说。

我想把事情想象成这样:她进房,关门上锁。他正躺在床上复习莎士比亚。他抬头一看,连忙放下那本快翻烂的《莎翁作品全集》。她动手脱衣。"这下我可逮到你了!"她说。绅士除了乖乖照做还能怎么办?

九个月后，我们出生，她的心脏停摆。此外我对她一无所知。没有照片可看，我们连她长什么样都不知道。她叫小咪，像只小流浪猫，没爹没娘。也许欠思太太这屋对她来说甚至算是避风港，尽管得爬楼梯——她每天楼上楼下一定得来回跑个二三十次。还有炉栅得清理，门前台阶得刷洗。

倒不是说欠思太太是法国人所谓的**吹毛求疵**。她经营的这家供膳宿舍并不豪华，勉勉强强维持住正派格调，而同样的形容也适用于她。脚架支撑的绿釉盆种着波士顿蕨，地上铺着土耳其地毯，但整个地方看来始终*不像真的*，像舞台上的演员宿舍布景，仿佛阿嬷把此处布置成这样是为了配合她刻意选择的一个角色。欠思太太是个谜般人物。

梅齐尔·罕择睡在这里，但为时不久。他辛苦守在剧院门口，拼命参加试演的努力有了成果，我们的母亲发现月经迟到时，他和他的纸板王冠已经离开了。她每天早上悄声呕吐，不让欠思太太听见。那年八月大战开打，但我想母亲根本不在意。欠思太太没听见呕吐，但听见了哭泣。

一个星期一早晨，我们呱呱坠地，那天晴朗风大，齐柏林飞艇掉下来。先冒出一个号啕大哭的小女娃，然后另一个，全程都由欠思太太处理。她打过电话请医生，但医生始终没来。母亲看了我们一眼，虚弱得没力气抱我们，因为她从星期六就开始分娩，但欠思太太总是说她好好地看了我们一眼,还勉力露出微笑。

她有什么好微笑的?当时她才十七岁,没有男人,没有家,又身处战时。不过欠思太太总是告诉我们她露出微笑,而欠思太太尽管有时吝于吐实,却从不说谎。"她有什么原因不笑?她没妈没爹,小宝宝也是亲人哪。"

欠思太太说,那个早晨天很蓝,晾衣绳上的衣物都随风跳起舞来。星期一,家家皆洗衣。多么壮观!整个布里克斯顿只见黑长袜与男士的保暖卫生裤并行,条纹衬衫与法兰绒睡衣共舞兰贝司走步舞,法式内裤与花边衬裙大跳康康舞,枕头套、床单、毛巾、手帕像旗帜迎风招展,一切都在动。轰炸停止了,小孩出来玩游戏,在阳光下唱歌。我们出生时那些小孩唱的歌,也是以前欠思阿嬷有时会对这两个小孩唱的歌:

> 月光光,照在查理·卓别林身上,
> 他的鞋子裂痕一行行,
> 因为没有上油擦亮,
> 他的松垮裤子也欠缝补
> 才能前往
> 达达尼尔海峡。

可怜的老查理,现在已成了雏菊的肥料。老查理,死得透透的啰。

莎翁路处处歌舞,欠思太太一手抱着我们一个,走到窗前,于是我们湿漉漉的婴儿眼睛看见的第一样东西就是阳光和舞蹈,然后一只海鸥振翅而起,掠过窗前,飞得又高又远。她跟我们讲那只海鸥讲过太多次,使我相信自己看见了那只海鸥高高飞上天,尽管当时刚孵出来的我对此毫无记忆。

身后一声轻叹,她走了。

十分钟后,医生才到,写下死亡证明。就这样。欠思太太收养我们,但从不让我们叫她"母亲",以示尊重亡者。我们都叫她"阿嬷","欠思"便成了咱们的姓。

但我也从来不认为"欠思"是她的本名。关于她,我只知道:她1900年元旦来到莎翁路四十九号,拿一张银行汇票付第一年房租,看起来就像是个在新世纪来到新地方,用新姓名(至少证据如此显示)开始新生活的女人。她自称"太太",也跟我先前提到那种勉强保持正派格调的努力有关,因为我从没见过任何丈夫的痕迹,而且,老实说,她始终有种浪荡不羁的味道。

她个子不高,约五尺二寸或二寸半,但体形扎实活像装甲车。她总是扑上好厚一层蕾秋蜜粉,你若拍拍她,会冒起一阵细细粉雾。她脸颊正中央涂着又大又圆的胭脂,黑色眼影之浓,每次经过电力大道,那里的小孩都对她唱上一段《一双美丽的黑眼睛》。我们认识她的三十年间,借染发剂之助,她的头发是金丝雀那种金。她总是在左嘴角下画一个大大黑黑的美人痣。

出门时,她穿黑,永远提着四方形油布提袋,袋内有肥厚的皮包、一条装在信封里的干净手帕(信封上她用铅笔写着"干净手帕")、两枚安全别针(她说以防万一衬裤掉下来);通常还有一两个要拿到酒铺回收的空瓶。她头上会戴无边黑色小帽,垂下斑点面纱。我一直记得她的灰色及膝棉线袜,用两条松紧带打结固定。

在家里,只要没有房客在,她通常一丝不挂。她奉行天体主义,认为让皮肤晒晒太阳吹吹风对我们小娃儿也好,因此我们很少磨损或穿坏衣物。我们常光着身子在后院嬉戏,让循规蹈矩的邻居大吃一惊。布里克斯顿已经变了很多,如今就算你在花园大玩 3P 也没人会眨一下眼皮,只有隔壁戴耳环的男人可能会插口问一句:"保险套够吗?"

她开口与其说是讲话,不如说是演说,而且发音奇特。不过她有时会忘我到连空气都为之一变。有一次,我们刚从市场回来,买了一大堆活像兔子饲料的食物——她热爱生菜沙拉,这是天体派作风的一部分。她最严格的时候,会拿菜给我们当饭,夏天生吃,冬天水煮。我们正挑拣菜叶,身后传来一个故作庄重的声音,无礼地议论阿嬷:"……她以为她是谁……"

阿嬷陡然转身,举起拳头:"你他妈的是啥意思?"

我们始终不知道是谁给她钱在莎翁路安顿下来,她也从没主动提。她发明了自己,演出仅此一次,自始至终成谜,尽管她把一切都留给我们,我们一切都是欠她的,而且愈老愈像她。后天战胜先天的明证啦,宝贝儿,再清楚不过了。

我发誓,直到现在,有时深夜我还会听见轻声啪啪,是她的光脚踩在台阶上,下楼确认厨房瓦斯关好了,前门锁好了,我们都已安全在家。有时,早餐室仍有一股徘徊不去的新鲜薄荷味,因为她最喜欢的饮料是薄荷酒冰沙加一枝当令的薄荷,不过其他时间她都是有什么就喝什么。还有她的水煮包心菜——起初,我们还以为是排水管道的味道,不管怎么努力,那味道就是驱之不散。长大后,我们再也不碰包心菜了,见过阿嬷把包心菜煮得死去活来的毒手,我再也不忍看到它——连屠宰场杀牛都没那么狠。

她跟小孩相处就像鸭子游水一样自然,让你纳闷她自己怎么没生。多年后我问过她一次,她说,直到那一个早晨她抱起我们拥在怀里,这才知道男人是干吗用的。"以前我常纳闷要男人干吗,"她说,"看到你们两个才恍然大悟。"

别忘了,我们出生在大战期间。虽然我们带给她快乐,但伦敦南区整体而言可不怎么快乐。一开始,邻居的儿子都出征去了,死在战场,上帝保佑他们!然后轮到丈夫、兄弟、亲戚,最后所有的男人都走了,只剩下快进棺材和仍在摇篮里的,于是这里成了女人城,黑衣红眼倚门而望,当时阿嬷就说,后来1939年又说了一次:"每二十年,这种事总要发生一次。这是代与代之间的问题。老男人受不了竞争,就把找得到的年轻男人全杀掉。他们不敢自己动手,这样会泄露居心,家家户户的母亲不可能会支持,于是全世界男人就聚在一起谈交换条件:你们杀死我们的男孩,我们杀死你们的男孩。就这样,没两下就完成了。然后老男人又可以高枕无忧。"

空袭轰炸一开始,阿嬷就会跑到屋外,朝天上的老男人挥动拳头。她知道他们最恨女人和小孩。然后她回屋抱着我们,唱摇篮曲给我们听,喂我们吃东西。她是我们的防空洞,我们的余兴节目,我们吸奶的乳房。

房客日渐减少。浴室里太多婴儿大便,小宝宝光着身子满地爬,没人铺床,没人煮麦片粥——原先的帮手全在军火工厂找到肥缺,可不是吗,这令阿嬷十分厌恶。她正长篇大论教训他们,他们就拍屁股走人了。阿嬷要怎么赚钱呢?也许偶尔——我说的真的是"偶尔"——会有女歌手租房一个小时,练习音阶,或者不太挑剔的慢板舞者想歇脚二十分钟,嗯哼,咳咳。房客走前门,上前厅楼梯;我们走屋外直通地下室的台阶,从那个门出入。

我们才刚牙牙学语叫"阿嬷",那座钟就来了——那座雄鹿头的老爷钟。由已故尤非美雅·罕择小姐的遗产管理人直接寄自皮洛克瑞,附一张纸条说莎翁路四十九号是她侄子梅齐尔已知的最近期地址,于是钟便送来这里。她把这座钟遗赠给他,其他一切全捐给穷人。

读到这纸条,阿嬷又咒又骂,无法接受我们只得到这么一座钟。她费尽九牛二虎之力到处找我们父亲,连一块石头都不放过,以防——后来她告诉我们——他躲在石头底下。接着,突然就休战了,他出现在伦敦西区,演的还是罗密欧!于是阿嬷戴上无边小黑圆帽,去看一场午场演出。一个在二楼租房休息的特技舞者暂时代为照顾我们,教我们后空翻,我们玩得可开心了,直到阿嬷一脸盛怒回来。"你看来需要喝一杯。"特技舞者说,于是她们退下,我们继续翻跟斗,后来我们想吃面包喝饮料,跑跑跳跳来到早餐室,才无意间听到阿嬷的话:"他矢口否认,我屁也不能做。"诺拉和我都听不出所以然,但她们俩抱起我们。"可怜的小东西!"然后我们吃到双份点心:一人两片面包,还抹了点覆盆子果酱。

后来那特技舞者嫁了个贵族。这世界真够妙的。

于是日子照常继续,直到同一年几星期后的某个黄道吉日,有人来敲门。

叩叩叩,谁呀?我蹦蹦跳跳去开门。

叩叩叩。

敲门的人吓了一大跳。

陌生人面前出现一个赤身裸体的小孩,一丝不挂,只有棕发上绑着蓝色大蝴蝶结,脸上戴一个黑色眼罩。我手拿银纸剪成的大弯刀,另一个一模一样的小孩蹲在楼梯上,与其说是双胞胎,不如说更像眼花造成的幻觉,两人好似一个模子印出来,只不过她的蝴蝶结是绿色的,肩头绑着一面骷髅头加交叉骨头的红旗当披风。两个小女孩都以冷冷的圆眼看着来人:这是啥呀?

真是拒人千里!拒人千里得太厉害了。他忍不住大笑起来。

哦,那时候他真是个英俊小伙子。如果我用廉价罗曼史的语言形容他,你必须原谅我——佩瑞总带有那种味道,尤其在他风华正茂的二十来岁,宽肩,结实大腿,一头黄铜亮泽的乱发,鼻梁上散布着星星点点的雀斑,爱笑的绿眼闪着金光。他身穿一件磨损的陈旧夹克,缀着美国空军飞行部队肩章,左臂吊着绷带。这是我们来自美国的佩瑞格林叔叔,但我们一点也不认识他。

他发现他的笑伤了我们的感情,于是打住,唇边仍有一抹笑意颤动。他跪下来,好让我们三个一般高,仔细打量新发现的这对侄女。他在口袋里翻找,掏出的不是糖果,不是零钱,而是一条洁白无瑕的手帕,抖开给两个小女孩看:里面没有藏东西吧?

我们摇头。没有。我们看得出来,他跟我们一样,都没有藏什么东西。

他把手帕打个结,又给我们看。一个简单的结,除了结什么也没有。

我们看得入迷,逐渐靠近他。

他煞有介事地解开手帕,看哪!一只白鸽飞出来,在门厅里绕了两圈,接着蹲在老爷钟的鹿角上,叫:"咕噜噜噜!"然后在地毯上拉了一泡屎,让从地下室走上来察看的阿嬷很不高兴。谢天谢地,阿嬷有穿衬裤。然后我们全移师到厨房喝彩,两个小小女海盗坐在佩瑞格林·罕择膝上,乱翻他口袋想找到更多鸽子,没找到,只找到一个富乐氏核桃蛋糕,阿嬷戒慎礼貌地接受了。如今富乐氏核桃蛋糕也已呜呼哀哉,太不幸了,此刻我多想来块富乐氏核桃蛋糕啊!因为我们都很爱吃富乐氏核桃蛋糕,大家吃掉好几块,气氛稍微轻松了点,不过佩瑞格林出于责任感前来代刚重逢不久的哥哥进行的任务,仍令他极度气愤又尴尬。

何况他并非感觉该替梅齐尔尽责,而是感觉该替亡者——我们的祖父母——尽责。

哪,口袋里装着鸽子的佩瑞格林·罕择,怎会在那个风和日丽的下午出现在布里克斯顿,逗得我们好开心?别忘了,你上一次看到他时,他刚躲过阿非姑姑的魔掌,沿着不夜大街窜逃,逃往——逃往哪里?这可是个难题。

关于他接下来发生了什么事,佩瑞格林多年来提供的答案犹如满汉全席。他把他的种种历史全告诉我们,我们可以从中自行挑选——但那些历史老是变来变去。嘿,这就是麻烦所在。他是否真的在埃尔帕索某家廉价旅社遇到安布罗斯·比尔斯[1],随他同去墨西哥打仗?(关于这点的证据——我得说,唯一的证据——是一本题赠给他的《魔鬼辞典》。)他是否曾冒充班·特拉文[2]?我确知他在马戏团工作过,或者歌舞厅,再不然,就是他为了在阿拉斯加的漫漫冬夜娱乐其他探矿者,才把舞台魔术、杂耍把戏练得那么纯熟。最重要的是,他怎么会变得这么有钱?

---

1 Ambrose Bierce(1842—1914?),美国作家,代表作品有后文提及的《魔鬼辞典》。
2 Ben Traven(1890? —1969),小说家,隐姓埋名,其真实身份直到1979年才为人所知。

"这简单。"他说着咧嘴大大一笑。"我在阿拉斯加挖到了金矿。"

但他的杂耍技巧真的非常好,这点不容否认。他曾告诉我他的杂耍是 W. C. 费尔兹[1]教的,但我不确定我相信这些话。

阿嬷很高兴看到这么一个英俊小伙子逃出老男人的魔掌,只留下一处皮肉伤,也就是卡在他左上臂的破弹片。她说这让她对人类的存续有了希望。他跟阿嬷愈聊愈投机,直到最后,他万分尴尬地说出来访原因……原来他自告奋勇来向阿嬷传达梅齐尔即将成婚的大好消息。

是的!梅齐尔订婚了,想付钱把我们打发干净,免得将来给他找麻烦。

"他的口气变了嘛。"阿嬷说。"那天《罗密欧与朱丽叶》的午场结束后,我直接杀进后台找那王八蛋,当时他身上只有紧身裤和睫毛膏,居于劣势,但还是否认父女关系。"

"私下跟你说,"佩瑞格林透露,"我相信他真的很怕你会带着俩女娃在婚礼上冒出来。"

两人哈哈大笑。我们小孩子当然一个字也听不懂,但我们看看这个又看看那个,也跟着笑起来。"无辜的小可怜。"阿嬷

---

[1] W. C. Fields(1879—1946),美国喜剧演员。

说。小海盗的父亲要跻身上流社会了——史密斯广场圣约翰教堂的盛大婚礼,十二名伴娘,宾客包括诸位公爵,新娘身穿渥斯[1]设计的白纱,这是我们第一次听到她的名字:艾塔兰妲·琳德女爵。

"小姐们,新娘有钱得很。"佩瑞告诉我们。

"嗯,"欠思太太说,"就让他分一点不义之财给我们吧。"看见佩瑞狐疑的表情,她接着说:"没买彩票就不可能赢钱,我的宝贝儿。俄国俗话说得好:'抱最好的希望,做最坏的打算。'"

这是她的座右铭,也是我们的。

但是,后来绅士地负起责任的是佩瑞格林自己。也就是说,每个月初寄来莎翁路的支票上签的是他的名字。阿嬷问起这事,他的雀斑脸红了,说,梅齐尔和他决定对外表示——如果任何人问起的话——做出这档肮脏事的是佩瑞格林,还有,真的很对不起,她可不可以原谅他?因为他擅自用了她的名字。也就是说,为了让会计满意,身为领养我们的阿嬷兼监护人的欠思太太,在账面上成了我们的母亲。"这不等于让我们结婚了吗!"她说,笑得跌下椅子。

但我们小女孩没去注意这些,只趴在佩瑞新送的留声机

---

[1] Chârles Frederick Worth(1826—1895),英国设计师,被誉为时装之父。

旁,诺拉小心翼翼把唱针放在那张奇妙的黑色电木[1]圆饼上,佩瑞叔叔说只要转动把手,圆饼就会唱歌给我们听。嘶嘶,呼呼,然后,大喇叭传出轻声微弱音乐,仿佛这是他又一个惊人的把戏——小喇叭、伸缩喇叭、班卓琴、鼓。一首歌,我们的歌,对我们做出了我们父亲永远没遵守而由其他人履行的承诺:我能给你的只有爱,宝贝。

一听到音乐,我们就情不自禁,仿佛有个声音叫我们,我们身不由己,站起来跳舞。我说"跳舞",但当时我们还不知道怎么跳——只是随着节奏四处蹦跳拍手。佩瑞笑看了我们一会儿,然后说:"来,女娃,我跳真正的舞给你们看。"他再转了转留声机把手。

我能给你的只有爱,宝贝,
这是我唯一富有的东西,宝贝……

阿嬷的大笑稍稍恢复平静,佩瑞伸手向她邀舞。她身材虽壮实,仍不失有模有样——她的舞姿是关于她过去唯一的线索。然后我们全跳起舞来,就在那儿,在早餐室里,而我们,我们

1　Bakelite,一种合成树脂。

跳舞可还一直没停,是吧,诺拉?我们会一直跳到嗝屁为止。

  一会儿做梦,一会儿盘算……

  唱歌跳舞是多开心的事!

  那年头,佩瑞给我们的远不只爱而已。他每月寄来的支票多加了个零,供我们学跳舞。他不只是尽责的父亲,更是甜心干爹。每隔一星期的周日,他总是带来"哈姆利"和"哈罗德"和"塞尔福里奇"[1]的大包小包,从我们耳朵变出红缎带、从自己鼻孔变出旗子,让我们坐在他膝上吃富乐氏核桃蛋糕,然后转紧留声机,大家一起跳舞。之后他和阿嬷会喝几杯,说说笑笑,活脱儿一对密谋共犯。

  但他有流浪者的名字,也有流浪者的本性[2],不久浪迹天涯的渴望又牢牢攫住他,他必须起而行,必须起而做些什么。他留下一箱薄荷甜酒给阿嬷,踢踏舞鞋给我和诺拉,便离开了,没有转信地址,不过差不多每月都会寄来明信片,每年圣诞节我们都会收到一篮烂掉的水果或一箱稻草加碎片(本来是高级瓷

---

1 哈姆利(Hamleys)为著名连锁玩具店,后二者皆为著名百货公司。
2 佩瑞格林原文 Pergrine,意为"隼",字根同于 peregrinate(周游四处),发音又略近 pilgrim(朝圣者、流浪者)。

器），是他从我们在地图上怎么也找不到的地方打包寄来的。他总是搞不懂什么东西能寄，什么东西不能寄。

但最后一份小礼物是自己走来的，没有敲门，只在我们一家起居作息的地下室门外卑微地抓刮了一下。阿嬷打开门，她就站在那儿，又瘦又小，破鞋没袜，身裹披肩，头戴男帽。当时她十四岁，伸手塞来一张纸片，上面是佩瑞的字迹，写着我们的地址。

"他说你会给咱工作。"她说。"帮忙照顾小孩什么的。他说你会给咱一个地方住。"

"我可没打算开未婚妈妈之家。"阿嬷气冲冲地说。当时下着瓢泼大雨，"咱家阿欣"全身湿透。

"我还没变成未婚妈妈。"咱家阿欣说。"但有这可能。"

她一走进这个家，就再也不离开，成了不可或缺的一部分。她带来了一股新鲜空气。要是阿嬷在酒馆里待太久，忘了磨胡萝卜泥给我们当晚餐，阿欣就会做羊排，或者猪肝和培根。简直是禁果啊！我们吃得口齿留香。她嫁给那个计程车运将[1]之后，他们的小孩也总是在我们家来来去去，这是第二代管我们阿嬷

---

1 原文cabby是计程车司机的俗称，因较口语，故斟酌译为"运将"；另，后文还会提及此人，因此这里说"那个"运将，表示她们都知道都认识的人。

叫"阿嬷"的小孩。阿欣的老大梅维丝怀了美国大兵的种,就是我们的布兰达,而轮到布兰达"有麻烦"时也是我们照顾她,带来的就是我们的小心肝蒂芬妮,全家第一个黑人。

"家。"我说。这个家庭是阿嬷发明的。她将手边有的东西放进来——两个没妈的迷途小娃,一个戴着扁塌男帽、衣衫褴褛的流浪儿——凭借自己的坚毅个性一手创造出这个家。只可惜她没来得及见到我们的小蒂芬妮。我们这个家庭的历史总是缺少父亲,不过蒂芬妮后来确实有了自己的爸爸,因为布兰达几经波折终于嫁了个前拳击手。轻重量级,恪遵教规的浸信会教徒。他们住在英亩巷,转个弯就到。布兰达现在可是社会中坚人士啦,人家绝对想不到她的第一个男人脚底抹油似的靠不住。

蒂芬妮真是漂亮!我从没见过那么漂亮的宝宝。"天生要吃舞台饭。"我对诺拉说。她三岁就被我们收为徒,学跳芭蕾、踢踏。那时候我们开了间小学校——"布里克斯顿舞蹈学院"——在一楼的前屋,我们的布兰达负责弹钢琴伴奏,她也是教堂的司琴。一楼前屋是个蛮好的房间,很大,有扇凸出的八角窗。我们在房里贴上泰晤士河绿的等宽条纹壁纸,装上一面大镜子,小女孩们努力练习,上唇汗珠像小胡子。一、二、三,猫儿们都跑去花园,躲得远远。一、二、三。但蒂芬妮九、十、十一岁时,开始嫌这不够好,她想跳迪斯科、放克那类东西。我们当然一窍不通,时代差太多了。

她搬出去,跟几个女孩合租公寓,之后便怒放起来。有时间她还是会回来看看两个老阿姨,黑皮衣,红眼影,假发垂到屁股,天知道还有什么。她爸是个业余传道士,不许她穿那样进家门,所以她夜店下班后会绕来我们这儿,卸妆,换上她存放在空房的平底鞋和规矩洋装。

更正:空房的其中一间。如今这屋到处都是空房间。轮椅住在地下室前半部分,这样可以自己推进推出早餐室,用楼下那间厕所。阿诺跟我分占阁楼。其他则是旧衣服,灰尘,一沓沓捆好的报纸、剪报、旧照片。

其他则是沉默。

就这样,某个黄道吉日,蒂芬妮来了,发现有个以前没见过的英俊小伙子正陪她的阿姨们喝茶,而他其实也让诺拉和我有点震惊,因为他是罕择家族第一个来看我们的孩子。

可怜的小蒂蒂当场对他一见钟情。

崔斯专,他的孪生兄弟叫葛瑞司——都是些天杀的凯尔特人的蠢名字。另外那个,那个葛瑞司,是耶稣会修士,十几岁就皈依,然后四处传教去了,至少这是他的老保姆告诉我们的。老保姆不时会来坐坐,算是这个家的朋友,关系说来复杂——她以前是轮椅的老保姆,那差不多是中古世纪的事,远在圣经大洪水之前。然后她成了轮椅女儿的老保姆。然后是崔斯专和葛瑞司的老保姆。可以说，她就是罕择家族的专属老保姆，这愈老愈勇健的老女娃。老实说，我们很依赖她的小道消息。是老保姆告诉我们葛瑞司跑去遥远丛林，这至少已有十年，他八成早就成了烤肉，或者脑袋被亚马孙的黑瓦洛人做成风干小人头。

葛瑞司和崔斯专，传教士和游戏节目主持人。我想两者其实也没那么不同。两人都从事表演业；两人各以不同方式延续了罕择家族的伟大传统——让人愿意姑且信之。两人都承诺：只要你参入游戏，就可获得免费奖品。

崔斯专和葛瑞司，我们父亲的第三任妻子所出。让我扼要重述一遍：第一号，艾塔兰妲·罕择夫人，娘家姓琳德（又名"轮椅"）；第二号，岱丽雅·迪蕾尼小姐，来自美国好莱坞（又名黛西·达克）。第三号，一个很久以前曾饰考狄利娅，与我们父亲演的李尔王同台的女孩；娶跟自己演对手戏的考狄利娅，显然是罕择家族的一种传统。当时她才二十一岁，刚从RADA[1]毕业，本来是——哦！青春年华的种种背叛哪！——梅齐尔女儿萨丝琦亚的好朋友。至于梅齐尔，当时就已老得可以退休，又刚因"对戏剧贡献良多"封爵，所以至少给了她一个现成的夫人

---

1 皇家戏剧艺术学院(Royal Academy of Dramatic Art)的简称。

头衔。萨丝琦亚从此和她绝交，不过老保姆——好个坚持不懈的八卦王——告诉我们，萨丝琦亚出现在崔斯专兄弟的受洗礼上，活像《睡美人》里的坏心仙女，不怀好意地瞄着襁褓中两个白胖小婴儿，说不定已经开始坏心算计他们的未来。

然而第三号对未来自有打算。她是个向前看的女人。往前一望，她看见了——电视！当时其他人认为电视不过是个灰色小方盒，不比一包早餐玉米片大，画面晃动着模糊形影，就像浓雾里的特拉法加广场。谁想得到那影影绰绰的小盒子会害我们通通失业，歌手、舞者、特技艺人、莎剧演员无一例外？但梅齐尔的第三任妻子为20世纪后半时期做了计划，将全家人投身电视行业。他们飞黄腾达。

或许这只是迫于时势，不得不然。当时，梅齐尔已露老态，台词讲得含混不清，走路绊到自己的剑，戏演得迷迷糊糊，简直分不出他演的是布鲁特斯还是安东尼。他年纪大了，开始利用自己的名气赚钱，铆起劲来开采面前的丰富新矿脉——烟草、陈年波特酒、迷你雪茄等广告里的老头。你逐渐把他的脸——尽管我不时嘲笑他，但还是要谢谢他遗传给我这副罕择家的好骨架，愈老愈耐看，好酒一般愈陈愈香——跟艾尔加[1]的音乐联

---

[1] Sir Edward William Elgar(1857—1934)，英国作曲家。

想在一起。

他聪明的年轻妻子放弃自己的事业,全心栽培两个优秀的儿子,不过也常抽空出现在电视上,推销菜瓜抹布、洗碗精、卫生纸……"戏剧界的王室御用认可"。她的**力作**是身穿襞领[1]黄长裙,站在堡垒墙头,坚定凝视面前的盘子,盘上一包半磅装的产品:"该用奶油还是不用奶油……"乳玛林[2]夫人阁下。她也担任特别来宾或剪彩,酬劳可商议。她比我认识的任何女人都更快迈入中年。

倒不是说我真的**认识**她,但我们都有看报纸,保持消息灵通。毕竟,罕择家族是大家的,是国宝。

后来,年长的继女也投入电视界。萨丝琦亚——我的同父异母妹妹兼**厌惧对象**——做起烹饪节目,现在成了**鹤立鸡群**的电视大厨。另外那个,伊莫珍,以金鱼角色闯出另一片天。我没开玩笑哦。那是个儿童节目,故事背景设在水族箱,主角是只叫阿金的鲤鱼。这节目播到现在已经二十年,鲤鱼长寿嘛。有时候,我真搞不懂英国人。

除了不小心转错台时在电视上惊鸿一瞥,我们从没见过罕

---

[1] ruff,绕脖子一圈的白色圆形绉领,用于西方16、17世纪的男女服装,即一般俗称的维多利亚领。
[2] margarine,植物性人造奶油。

择家任何人，只在报上看过。自从梅齐尔唯一试图跨足电影界的作品《仲夏夜之梦》完蛋大吉，他就离我们远远的，因为当初他让我们参与那部片子只是为了求好运，但你看结果多惨！从二次大战到现在，我们只跟他同桌过一次，那次也是哭着收场。至于乳玛林夫人阁下，她从来没兴趣跟丈夫的私生女聚餐，尤其是那两个私生女年纪大得足以当她的妈。但我们在报上读到新闻，知道她两个儿子去读比得莱斯[1]，后来崔斯专因饮酒和性交遭到开除，葛瑞司倒没有。

崔斯专被开除时，八卦小报多兴奋哪！轮椅乐得咯咯直笑。小崔，六八年被逮到抽大麻，身穿丝绸背心和天鹅绒内裤，一头提香式的卷发。他曾在《毛发》一剧中裸舞。七六年，酒醉驾车，撞烂了他的第一部莲花跑车，打扮是（永远走在潮流尖端）一头刺猬发加格子长裤。哦，他可真淘气，害他母亲担心个没完，八卦版面总少不了他，天天上报，性爱、嗑药、摇滚乐。

葛瑞司则不然。

一定是乳玛林夫人阁下帮崔斯专弄到电视节目的工作。她一定已经束手无策了。除非是萨丝琦亚那个狡诈恶女搞的鬼。两年前，他第一次来看我们时，还没花大钱投资帅气的绅士

1　Bedales School，著名私校。

行头,仍处于牛仔裤配领带的阶段,只是助理制作人,想找我们——至少他是这么说的——上脱口秀。

"妈呀。"诺拉说。虽然还不到我们平常打扮起来的时间,她仍换了件洋装,头发也梳了梳,因为他是来谈正事的。她看起来一副放荡相。"我们老得跟什么似的,你还想找我们去露大腿!"

"我对我的姑姑感到自豪。"崔斯专说。"萨丝琦亚告诉我传奇的欠思姊妹就是我的亲姑姑时,我简直乐昏了。"

"姑姑",听到了没?那个萨丝琦亚!我们扬眉互看,但保持沉默。我得说,他确实有他的魅力,一种滑不溜丢的魅力。我看得出诺拉几乎对这构想动心,正用指甲敲着上排牙齿,这是她的习惯动作,而且那时我们也挺需要进账。但一想到我们两个年迈老太婆跳起查尔斯顿舞取悦观众,我就觉得恶心,而且如果萨丝琦亚掺了一脚,这其中必然有鬼。

然后蒂芬妮进来了。她有钥匙,来去自如,不用敲门。门打开,她出现。

好一个出场!她看起来完全是个浪女,可怜的小女孩,穿着网袜和迷你皮裙。布兰达和里洛伊总是太保护她,什么都要给她最好的,她是全校第一个有迷你音响的小孩。"等着看吧,她一定会物极必反!"我们总是说。只有处女才会穿那种裙子。没有比我们蒂芬妮更甜美更无辜的女孩了,尽管她不懂得不该在报纸上到处露奶。"六尺二寸,柔软灵活的咖啡色可人儿",第三页的照片说明写道。她从来不敢告诉父亲,但幸好他基于原则绝不许家里出现《太阳报》。全伦敦最甜美的女孩,但天真无知。

她进门,崔斯专连忙起身,椅子撞翻在地。见到她,也难怪他慌了手脚。轮椅年轻时被大肆吹捧为"英格兰第一美女",但她跟我们蒂芬妮比起来差远了——这是她自己说的。

脱口秀没做成,因为隔周另一家电视台就找他主持那个游戏节目,他去了,还带上蒂芬妮。他带蒂芬妮回他的公寓,那是在伯蒙德西的一栋改建仓库,楼下是葡萄酒吧。他买了件珠珠礼服给她,然后她每周出现在电视上,露出五岁小孩的微笑,让所有观众顺着她的乳沟往下瞄,而她唱歌似的说道:"是的!'有钱能使鬼挨鞭'!"那种铿锵有力的坚信,只可能出于真爱。

因为她确实爱上了他,爱得神魂颠倒。她回家拿换洗内衣裤时,她爸怒气冲天大骂不已,她只好哭哭啼啼来我们这里。布兰达悄悄溜来,给了她一个大大拥抱。"我爱他呀,妈。""朵拉阿姨,我爱他呀。""我爱他呀,诺拉阿姨。"

我们三人悲哀地面面相觑。我们加起来的恋爱经验足有两个世纪,而眼前的预兆并不好。她坐在那儿只顾揉眼睛,睫毛膏弄得满脸。她爱昏了头,但崔斯专连给她擦屁股都不配。于是我们做好准备,等着迎接心碎,但心脏这器官没我们害怕的那么脆弱,目前还没有沉船迹象。

话说回来,如今我们也很少见到她。圣诞节她搭计程车翩翩而来,送来一瓶扎红缎带的琴酒,在我们脸上印下心形唇印,留下一包大礼物给她妈,然后拍拍屁股走人,去参加某个晚会。她对她母亲倒是一直很尽心,不过布兰达得把礼物全留在我们屋里,这样里洛伊才不会看见那些罪恶的果实。复活节她也来过,送给我们一些黄水仙。

但诺拉和我知道被包养的女人得如何乖乖听命行事以争上游,上次见到小蒂蒂时,她显得非常憔悴,而且一直跑厕所。

按下"播放"键。

"有钱能使鬼挨鞭!"崔斯专·罕择叫道,伦敦现场直播特别节目,为他大名鼎鼎的父亲祝寿。如果你看过这烂节目——上帝原谅你——你会知道崔斯专接着就该介绍可人儿蒂芬妮出场。她穿着珠珠礼服闪闪发亮地走来,笑得像个过生日的乖孩子,然后用甜美低沉的声音与他一同说:"是的!'有钱能使鬼挨鞭'!"

但今晚可人儿蒂芬妮在哪儿?到处不见踪影,尽管崔斯专期待地瞥向她平常出场的那道霓虹灯台阶。天杀的蒂芬妮不在,这还是现场直播耶!

不过,身为炉火纯青的专业高手,他完全不留开天窗的余地。

"请大家以我们'有钱能使鬼挨鞭'的独门方式,问候一位非常伟大的年长绅士,英国剧场的化身。"他压低嗓门,露出一流的微笑,半鞠躬半行礼做了个男女通用的服从姿态。"我的父亲……梅齐尔·罕择爵士。"

他带着灿烂微笑,转过身张开双臂:"爸,你好!"

掌声大作,倾盘倾碗[1]的乳玛林夫人阁下扶着老头走向麦克风。我们感到一阵混乱情绪,五味杂陈——首先,是隔了这么多年再次看见他本人;其次,看见他如此出丑丢脸;第三,看见他已白发苍苍、颤颤巍巍。但轮椅就没这么复杂,她立刻直起身,说:

"好呀,好呀,好呀!我得说,他保养得可真好!看起来简直像阉过一样!"

如果你没看过崔斯专的鸟节目,内容如下:摄影棚(为这集特别节目处处装点着霓虹灯棕榈树)里有一个大转轮,像赌轮盘或二十一点的转轮,只不过比较大,满是灯泡,中间一个霓虹灯箭头。游戏玩法如下:你说一个数字,蒂芬妮转动转轮。天杀的大转轮——抱歉啦,牧师——转呀转,停时如果箭头指着你

---

1 这里是仿照倾国倾城的消遣说法。

选的号码,他们就给你五百块。这是第一回合。

第二回合:奖金加倍、三倍、四倍,或输光,单看箭头指到哪里。简单得很,重点只在于贪心。镜头流连在现场观众的脸上,他们眼睛瞪得快掉出来,拼命流口水。钱!不劳而获的钱!在崔斯专·罕择的"有钱能使鬼挨鞭"赢上一把,简直比得上王室年度预算。

转轮转动时,崔斯专慢慢念起来,观众全跟着拍手:"**有钱——能使——鬼——挨——鞭!**"

每次我不小心瞄到这节目,都以为自己发疯了。

此时,崔斯专对父亲说:"爸,你准备好要玩'一大堆生日礼金'了吗?"

老头眨眨眼,环顾四周,仿佛刚起床,不知自己身在何处,被灯光吓到,简直快哭出来。天知道他干吗这样羞辱自己。为了儿子,为了帮助崔斯专可悲的事业?或者为了在进坟墓之前再露一次老脸?或者是……他终于时运不济,需要这笔钱?

有意思。我从没想过这一点。

我们的父亲打起精神,露出旧日纯正的美妙微笑,那微笑能一路传到剧院最后排,一路深深传进你私处。

我们的父亲微笑,说:"我准备好了。"

但蒂芬妮在哪儿,穿着紫色亮片露乳紧身装的蒂芬妮?

蒂芬妮不在。

别忘了，这完全是现场直播，可不是吗，所以小崔这下尴尬了。你可以看见他眼中露出恐慌。

接着，画面上看不见的观众有了变化，至今他们存在的唯一证据只是偶尔的咳嗽、偷笑和几阵掌声。但此时传来一阵清晰可闻的哆嗦：他们看到某样我们看不到的东西，并因此感到困惑。一阵不自在的沉默，然后沉默被打破。

我从不知道我们的小蒂会唱歌，歌声甜美又清亮。啦，啦，啦。你还是看不到她，只听到她的歌声，那没有歌词的歌似乎没有开始也没有结束，创造出的沉默让你听见歌声，惊畏的缄默就像池塘里的涟漪，在那仿佛不属于尘世的歌声四周向外一圈圈扩散。

崔斯专转向声音来源。一个特写镜头，我们看见他满脸惊骇。

他们为什么不当场中止直播？原来有个摄影师喜欢上蒂芬妮，认为商业频道的花心大萝卜崔斯专只知作践那可怜小女孩。崔斯专确实如此。但那又怎样，他是个男人，而我怀疑这英雄救美的摄影师就算跟她在一起，时日一久又能对她好到哪去。总之，这摄影师不让别人中断转播，此时就是他把镜头陡然转向站在霓虹灯台阶上端的蒂芬妮。

我得说,看到她那模样就连铁石心肠的人也会不忍心。她没化妆,没做头发,穿着一条手工蕾丝镂空的灰绸法国内裤、紫色细高跟鞋、一件有背号的美式足球衫——也是紫色,但巨大的号码69则是红色。这是去年圣诞崔斯专送给她的玩笑礼物——正说明了他把她当什么看。

她发际、耳上插了几朵桂竹香,双手也满握着花,黄水仙、蓝钟花、中国水仙,一定是她从伯蒙德西大老远走来摄影棚的一路上,从住家前院、窗前花台和公园摘的。

她颤巍巍踩着那双紫色高跟鞋摇晃半天,鞋跟半路上扭坏了,现在她踢开鞋子。一只,两只,第二只很明显地击中了[1]崔斯专的胫骨,尽管我不认为她是有意的。(至于此刻活生生坐在姑姑身旁的崔斯专本人,则跟荧幕上的自己同声呼痛,发出短短一声叫喊,吓得趴在他膝上那只猫跳起跑走。)

崔斯专这么一叫吸引了她的注意,她棕色大眼定定看着他,好像有点认出他,但印象极为模糊,仿佛回想一场梦,不是什么美梦,但也不是噩梦。梦境忧伤,但并非梦魇。

观众完全摸不着头脑,只略略移动、窃笑,试图说服自己,这

---

1 "很明显地击中了"("a palpable hit")一语典出《哈姆雷特》第五幕第二景,哈姆雷特与雷阿提斯(Laertes)比剑的场景。

神志不清的女孩只是节目的一部分,很快就会做出什么逗笑举动,或者脱下足球衫让大家大饱眼福。但她只是继续唱歌,啦,啦,啦。

然后,慢慢、慢慢地,她的眼睛仍定定地看着崔斯专——他动也不动,仿佛被她催眠——她开始走下台阶。

诺拉和我在歌舞女郎生涯中不知走下过多少台阶,如果每道台阶换算成一英镑,我们早就发了。

但蒂芬妮走下那道台阶的模样一点也不像明星,可怜的孩子,她每一步都晃得好厉害,我觉得她一定会摔倒,忍不住靠向荧幕,万一她跌下来可以及时伸手扶住,我看得太入神了。诺拉已经哭得一塌糊涂,连老轮椅都吸鼻子啜泣,伸手到袖子里掏手帕。尽管我的眼睛也变得雾蒙蒙,但我还是看见小蒂足球衫下的隆起,想起她上次来看我们时猛跑厕所,当场恍然大悟。

"你做的好事,崔斯专!"我实在忍不住,立刻冲口而出。

诺拉马上收住眼泪,瞬间停止哭泣,按下"暂停"键,画面冻结在我们可人儿小蒂摇晃的半途。

"怎么回事?她有了?"

"我还没准备好当父亲。"崔斯专说。"我担不起这个责任,我还不够成熟。"

"男人永远不会成熟。"轮椅以她那尊贵夫人的声调宣布。

我们三个全怒视着他，他瑟缩。

"姑姑。"他说。"原谅我。"

"轮不到我们来原谅你。"诺拉说。"这要看她，看你怎么补偿她，如果那甜美无辜的孩子真能宽大为怀原谅你的话。而且你这兔崽子最好赶快补偿她，否则等她父亲发现你不肯好好负责，你在荧幕前的日子就不长了，更别说你活着的日子。现在我们来看看你又对她做了什么烂事。"

说着她利落按下"播放"键，堵住他的嘴。

我说不上来，蒂芬妮是否知道台阶下方那人是崔斯专，或者完全不认识他；她是否觉得这人看来面熟、似乎在她心碎之前某个难以追忆的时候见过？或者他在她眼中是张新面孔，让她稍微联想到另一个人，另一个已经死去不在的人。她仍走下台阶走向他，没有笑容，发上插着花，衣衫不整，一双可怜颤抖的赤脚。

她的那双脚向来很漂亮，长，但是形状完美，漂亮的小脚趾由高到矮排列整齐，不像有些人长长的大脚趾好似树根。她漂亮的赤脚在身后留下血痕，原来脚跟已经被那双紫色细高跟鞋磨破。穿着那么高的鞋从伯蒙德西一路走来！

此刻，崔斯专看似努力扶住老梅齐尔免得他倒下，但也可能是梅齐尔努力扶住儿子；两人紧紧攀住对方，像溺水的人紧抓桅杆。崔斯专的事业完蛋了!他老爸的生日特别节目毁了!遭他蹂躏的花朵般的孩子跑来这儿让他丢脸,疯疯癫癫出现在好几百万观众眼前!他怎么这么命苦?

她伸手拿下耳际那朵桂竹香,递给崔斯专。他不知该怎么办,只好闻一闻。她看了看,露出微笑。他试着把花还给她,但她不肯接。

"桂竹香,又叫墙头花。"她说。"你也知道墙头花是什么意思——就是没人要的壁花。"

这整段时间,棚内观众都不安地动来动去,不时有某个工作人员冲过来,拼命想打断整个场面,但转播依然继续,继续,继续,再继续。

"给你。"她说。"拿着。"

这时,她将手中七零八落的春天花束塞给崔斯专,自己只留一朵黄水仙,凑在嘴旁,好像我们多年前用的那种直立式麦克风。喂,喂?接着她把花凑到耳边。没人接。然后她把那朵花也递给崔斯专,带着好忧伤的微笑——当她再度看向那花,发现它其实根本不是电话时,那微笑变成了苍白的哧哧笑。

"慌水仙,慌慌水仙。"[1]她说着再度唱起来,但这次有歌词。

---

1 "Daffy dill, daffy dilly。""黄水仙"的讹传。

> 哦,我的小妹莉莉,在皮卡迪利做鸡,
>
> 我妈在史川德大街卖淫——

我心想:这下可好了!这下他们一定会淡出她的画面。但没有,没有,还是没有,尽管把花送掉的她这时突然叫起来:

"拿去吧!你只是借给我而已!没有一样东西是我的,从来没有!"

她就这么脱下那件69足球衫,丢在地上猛踩。在那残酷灯光下看见她的乳房,令人震惊——沉重的长型乳房,乳头又大又黑,这是真正的乳房,不像她以前在美美地镜头前炫耀、一如借来的华服的那对。这乳房是真实肉体,你看得出它会流血,看得出它哺育婴孩。

这时,梅齐尔做了件大好事。谁想得到这老头有这副心肠?梅齐尔突然出现在镜头里,拿着一袭金黄貂皮长披肩,一定是直接取自妻子肩头。他一手按在她赤裸的肩上,说:"漂亮的漂亮小姐。"

也许是他的声调吸引了她的注意,仿佛叫卖浓甜的老式黑糖蜜太妃糖。她一转向他,他便将长披肩围在她肩上,遮掩她的身体。

然后,乳玛林夫人阁下也上场了。她一直在一旁待命,准备最后出来控制场面,免得丈夫做出什么老糊涂的事。我得说她身材保持得很不错,这要归功于大量运动,还有适时的修修垫垫。她的脸颊泄露了天机,绷得又紧又满又亮,活像花栗鼠,明摆着两个字:拉皮。这种事总是看得出来,但还是保持得很不错。她结婚时是棕发,不过显然愈老愈金,如今梳着浅金发髻。她也在哭,或许是因为貂皮披肩没了,但说句公道话,大概是被当下的气氛感染。乳玛林夫人阁下三十五年前为家人放弃舞台,心中某个小角落一定始终抱憾,当命运忽然又给了她一次机会,她立刻紧紧抓住。

"哦,亲爱的。"她对蒂芬妮说。"我们都好希望他娶你。我拜托过他,恳求过他。"

这话让呆若木鸡的崔斯专突然惊醒,仿佛他可从没听说过这回事。但蒂芬妮没理会,似乎没听见。尽管身披貂皮,她仍在发抖,但她侧头以脸颊摩擦那毛皮之后露出微笑,笑得那么可爱那么动人,就像乖小孩收到生日礼物时的微笑。毛皮触感仿佛给予她一点那动物的力量,她恢复镇定,似乎当场振作起来。其实她并没真的恢复清醒,但变成了另一个冷静沉着的人,朝场景外看不见的某处以洪亮声音喊道:"喂!谁帮我叫辆计程车好吧?计程车!马上叫!"

然后她转身面对镜头,一如每周。喜欢她的那个摄影师将镜头拉近,她把貂皮的一端披甩上肩,姿态潇洒不羁,好像从今以后什么事都可能发生,然后她朝观众露出纯正的大大微笑,展露满口熠熠白牙的职业微笑,连刚冒出头的智齿都可看得一清二楚。她抬手,挥别。

"大家晚安!"她一贯的退场台词。"好好睡觉,别让虱子咬!晚安!"

摇手摇到一半,这个有着蒂芬妮的脸,坚强叛逆的新人忽然掩嘴仿佛想吐,花容失色,就这么一身貂皮披肩丝绸内裤冲下场,留下三个罕择家人张口结舌站在原地。

崔斯专最快回过神来,尽管手上还捧着花,但记起摄影机正看着自己,他甚至挤出一个微笑。

"我们也祝各位晚安,我是崔斯专·罕择,以及非常特别的百岁寿星来宾,梅齐尔·罕择爵士——"

行之有年的道别公式,让棚内观众安了心。一两个人开始鼓掌,仿佛这么做就能把刚才看到的内容变成本应看到的内容。

"——以及爵士夫人——"

更多掌声。

"——我最最特别的爸妈——"

掌声加倍,三倍。

"——下周别忘了按时收看,看幸运的人赢大钱!"

满堂彩。掌声。工作人员名单开始出现,重叠在向镜头外观众勇敢挥手的三人画面上。诺拉郑重起身关掉录影带,电视先是发出嘈杂沙响,然后恢复沉默。

"我以为蒂芬妮会来这里。"过了一会儿,崔斯专说,边吸鼻子,边用手臂抹眼睛。"其他地方我们全找遍了。"

"你为什么不一开始就来这里?"

"天啊,好可怕的一夜……警察局。急诊室。我们还找过游民夜间收容所。"

"这个'我们'是谁?"诺拉厉声问。

"最后,呃,我昏过去了。"崔斯专说。"我再也承受不了。她把我带回她家。"

"这个'她',"我更厉声问,"是谁?"

好像我们不知道似的。他是太害怕不敢明说,不然就是想瞒着轮椅。话说回来,他以前从没顾虑过半点她的感受,现在又怎会突然好心起来?但诺拉倾身向前,细长手指从他领子上轻轻拈起一根头发,跟他头发一样红,但比较长,长得多。她把这根头发高高举起,任它晃荡,铁证如山,昨夜他居然还是去找——

在罕择家族满坑满谷的家丑中,这是最见不得人的一个秘密:崔斯专从小就跟萨丝琦亚有一腿,尽管她是他同父异母的姐姐,老得足以当他母亲;事实上,很久以前她的确是他母亲最好的朋友……我本以为小蒂已让他断了奶,但这份证据显示大谬不然。

"像只狗,"诺拉朝那根头发冷笑,"又回去吃自己呕吐的东西。"

"哦,天啊!"崔斯专说。"请试着体谅一点。蒂芬妮消失得无影无踪,我担心害怕得快疯了——"

地下室通向屋外的门砰然甩上,连后窗都被震得发抖。走道传来沉重的脚步声。我们侧耳倾听。布兰达总是自己进门。

"我猜想,"诺拉的语调非常讽刺,因为知道崔斯专马上就要遭报应,"你根本没想到去她母亲那里问一问吧?"

厨房门轰然进开。从她脸上的表情看得出,她已见到他的保时捷停在屋外。她小时候又瘦又小,但生完孩子胖了不少,现在就算分一两磅给里洛伊,还是壮得像匹马。她头上仍卷着发卷,脚上跋着毛毡拖鞋,但她已经超越哀伤进入暴怒,脸色刷白。

至少崔斯专不用自己去告诉布兰达,警方已经通知他们家。里洛伊将崔斯专未审先判,断定就算杀了他也情有可原。布兰达告诉他:"要是她爸逮到你……"并狠狠一巴掌扇过去,这时我想我还是离开现场烧水泡茶好了,让他们自己解决。

突然间,我觉得好老。要是最年轻的比你先走……

茶叶罐上方的墙挂了张艾芙林·蕾伊的照片:"送给二十只灵活玉趾,致上满满的爱。"我想到蒂芬妮,"这根小指头上市场"[1],想到她的脚,下台阶时留在身后一道血痕。要是她当初肯用心,一定能成为棒透的舞者。

这时,我的心猛地一紧,因为刚才我用过去式想我们亲爱的蒂芬妮,不是吗?

小蒂蒂啊。

诺拉也走进餐具洗涤间,伸手挽住我。我们看水壶在瓦斯炉上又蹦又嘶,听早餐间传来吵打声。哗啦!一个盘子砸了,猫们争相逃出供宠物进出的小门。"她配不上你,是吧!"接着是崔斯专闷声呼痛。"只知道作践她,是吧!等着瞧吧,有你好看的!"然后电话响了。我看向诺拉,她闭上眼。我们知道那铃声代表坏消息。

我们把茶端进早餐室。接电话的是轮椅,因为另两人都没注意到电话,打得正凶——崔斯专眼圈乌青,鼻孔流血,外套扯裂,衬衫撕破,脖子有勒痕(看来她似乎曾试图用他的领带勒死

---

[1] 这是西方童谣,边点着手指边念诵大拇指做什么、食指做什么等等。

他),不过别无大碍,他还清醒。早餐在扭打中一片狼藉,到处都是培根肥油,但布兰达已经耗尽力气,双手无力软垂,哀声呜咽。"她就那么只穿内裤,出现在电视上,当着大庭广众唱肮脏的歌。她爸全看到了。我永远也不能原谅你,永远。"轮椅放下电话。只消看她一眼,我们便知道大事不妙。

"亲爱的,是警察打来的。"她对布兰达说。你不能不承认这老女娃儿真有一套,她的态度恰到好处,冷静但不冷血,充满同情但不哭哭啼啼。"先坐下吧。这恐怕是坏消息。"

布兰达没坐,仿佛怕自己一坐下就再也没力气站起。她紧抓着椅子活像阴森死神,喉底发出低微声响。

"今天早上,他们在河里发现一具年轻女孩的尸体。"

橡胶轮胎一阵呼咻,是轮椅充满悲悯地滑向布兰达,双臂尽可能环抱布兰达下半身——仍然是上流仕女从事社工的风范。

"可怜亲爱的,你要有心理准备。这消息很糟糕。"

大战期间,空袭过后的早上,人们脸上就有布兰达此刻的表情。

"她的脸不见了,布兰达。显然是警方派出的船,螺旋桨——"

那尖细拔高的尖叫声,我也记得在战争期间听过。

然后,她镇定下来,喝了杯甜甜的热茶,你总是要给受惊的人喝甜甜的热茶,不过她似乎不知道自己正在喝。然后她坐上崔斯专的保时捷,两人前去认尸。现在再跟他吵也没意义了,不是吗?他只会说:"我真的很抱歉。"一而再,再而三地说。如果我是布兰达,光为这个就要狠狠揍他一拳,但我想那可怜女孩现在对他根本视而不见、听而不闻,脑袋一片空白,只想着我们的小蒂躺在冰冷停尸间,淹死的身体里还有个淹死的宝宝。

轮椅告退,滑进地下室前半部分,过了一会儿她的留声机唱起来;她自己有一台,要是我们得共用留声机,非打得你死我活不可。她放起一首丧礼歌曲,很古典,很伤感,一个洪亮、棕色、伤感的声音唱着:"没有你叫我怎么活?"

这有点过火,我想。她跟小蒂并没那么熟,而且我真希望她别挑这么催泪的歌。

没有你叫我怎么活?

你走了还剩下什么?

诺拉掀起茶壶盖,倒进一点朗姆酒。

"这会提振一下我们的精神。"

"你想我们是不是该打电话给萨丝琦亚,告诉她她男朋友上哪去了?"

"我们已经四十年没跟萨丝琦亚讲过话,我看不出现在有什么理由建交。让她去七上八下吧。反正这一切都是她天杀的错。要不是她对崔斯专伸出魔掌……"

轮椅那留声机的歌声重复问着还剩下什么,然后唱道:"欧利蒂斯[1]……"再悲哀不过的声音。"欧利蒂斯!"

诺拉做了个不以为然的手势,陷入沉默。我们把清理留到晚饭后再说,抬起脚闲坐。天空灰霾,屋外仍刮着大风。今天早上,我还心想这风会吹来一场冒险,无论是什么都好。这下看它吹来了什么! 大雨阵阵落在花园,打着连翘花。连翘,正是漂染过的金发颜色。每次看到连翘,我都会想起阿嬷。

"他忘了带走录影带。"诺拉说。"值些钱吧,我想。"

但她语气并不热衷。我们早就不干勒索这档事了。

"你想他们会不会取消宴会?"

"才不会。"诺拉说。"我是说,她又不算真正的家人,不是吗? 只是沾亲带故。"

---

[1] 欧利蒂斯是希腊神话中诗人俄耳甫斯(Orpheus)之妻,她死后,俄耳甫斯悲伤欲绝,冒险进入地府,以歌声取悦冥王后获准带她重返人世,但俄耳甫斯未能遵守规定,尚未离开冥界便忍不住回头看了亡妻,欧利蒂斯因此飘回地底,再也唤不回。

我们往茶里加了更多的朗姆酒。毕竟今天是我们的生日呀。

"那我们呢?我们还去不去?"

"日子还是要过。"诺拉说,突然又变得活力十足。"就算给我一亿,我也绝不肯错过那场宴会。"

2

一、二、三,跳!看我跳波卡舞。

很久很久以前,在克拉彭广场中央街一家缝纫用品店楼上,有个老妇身穿快绷开的黑绸裳,猛弹着一台直立式钢琴,她女儿则穿粉红蓬蓬纱裙和皱兮兮的紧身裤袜,你若脚抬得不够高就会被她拿藤条打脚踝。每周一次,每个星期六早上,欠思阿嬷会把我们梳洗干净,头发绑成腊肠卷。我们穿紧身背心,棕色长袜用吊袜带系紧。欠思阿嬷一手一个紧紧牵住我们,然后——走啰!上舞蹈课去,我们小跑着赶电车。

我们总是搭电车从布里克斯顿到克拉彭广场中央街。电车行进姿态庄严,庞大堂皇地占据道路中央,一路上不会左倾右斜,但不时一阵反胃摇晃,就像阿嬷从酒馆回家。

一、二、三,跳。

一面面积尘的大镜子,满墙开放。此刻,我仿佛看见我们穿着背心、内裤和小小粉红舞鞋,朝自己的镜中倒影屈膝行礼。阿嬷坐在门口,提袋放在膝上,眯眼透过斑点面纱看我们。她看似忧虑,仿佛生怕我们扭伤,但这只是因为她正含着一颗狐狸牌超凉薄荷糖。房间里充满汗水和瓦斯暖炉的味道。老妇猛敲钢琴,穿着下垂的蓬蓬纱裙的沃辛顿老师教我们**单足趾尖旋转**,可怜人,她足有六十岁了。

一、二、三,跳!看我们满场飞。

我们手扶横杆练习。诺拉穿着海军蓝灯笼裤的屁股在我前方扭动前进,像两颗水煮蛋包在手帕里;然后我们转身,轮到她看我的屁股。屋外,一辆电车呼噜噜经过,上方电缆闪出火花,发出一声咔嗒。

老实说,我们简直是为了舞蹈课而活,认为整个星期存在的目的就是星期六早晨。

那时,我们七岁。

食品储藏室里有个蛋糕,插着七根蜡烛,糖霜高高堆到你眉际,粉红洁白的惊人美丽只被一个小指印破坏——是诺拉忍不住偷尝。它端坐在食品储藏室,等着我们看完这辈子的第一次午场回来,那是我们的生日礼物。咱家阿欣挥手送走我们,我们穿着最体面的外套,毛茸茸绿粗呢,领子是天鹅绒,不让粗呢磨伤我们的脖子,还有搭配的小帽。阿嬷把我们打扮得公主一般。我们的手套总是上好的光滑小羊皮。

阿嬷大手笔买了正厅前排的座位,我和诺拉兴奋得几乎承受不了,狂喜得哑然无语。墙上高举镀金饰带和水晶吊灯的小天使石膏像;红色丝绒;正厅前排座位上穿花朵淡彩丝洋装的女士,以及她们身上传来的爽身粉、香水、香皂的混合气味;还有那垂挂在我们与乐趣之间的神奇布幕,我们期待难耐地知道它不久就会拉起,然后,然后……然后会有什么神奇秘密显现在我们眼前?

"等着看就知道啰。"阿嬷说。

灯光暗,布幕下方亮起。我爱死这一刻,向来最爱这一刻,当灯光暗下,布幕亮起,你知道有件神奇的事即将发生。就算接下来发生的事扫兴之至也无所谓,那份期待之情永远纯净无比。

怀抱希望的旅程胜过抵达,佩瑞叔叔常说。我也总是比较喜欢前戏。

唔。倒也不是总是啦。

当那第一次灯光暗下、布幕亮起,诺拉和我互看一眼。我们的小小心脏怦怦乱跳。

布幕升起,我们看到弗雷德与阿黛拉被赶出住处,流落街头,身旁满是家具杂物。她摆好椅子,调正沙发,在立灯上挂了个牌子:"天佑吾家。"我们简直要快乐而死,紧抓彼此的手活像阴森死神,怕自己一觉醒来发现原来只是做梦。诺拉最喜欢阿黛拉,喜欢她做墨西哥寡妇打扮跳西班牙舞那段,但我喜欢的是老弗雷德,从那时起直到永远,他那张胡桃钳似的滑稽脸孔,亮得简直像画上去的、半根不动的头发。谁想得到,长大后我们竟能跟他熟到"嗨,弗雷德""嗨,女孩们"的程度?

天知道是什么第六感让阿嬷选了《女士珍重》作为我们七岁的生日礼物。"我只是想找部好看的歌舞喜剧,"她说,"但是不要有洁西·马修斯[1]。"她认为洁西·马修斯太普通,不过我倒一直觉得她好得很。但《女士珍重》为我们照亮了路,我们的大马士革之路。之后,我们在家里二楼前半部分花了好多时间,卷起地毯,放起音乐。最后那段,她穿着提罗尔[2]式服装,他打扮得像个水手娃娃。我们轮流当女主角。

"你们两个满眼星星啊,女娃。"中场休息时,阿嬷说。

茶放在托盘上送来,该花的都没省下。饭店似的银茶具服务,小黄瓜三明治。阿嬷将面纱翻到鼻子上,把一块糖霜小蛋糕送进紫红双唇。就连那时候,我们也知道阿嬷看来有点古里古怪,跟她出门时总抱着一种叛逆全世界的感觉。我们掸去身上碎屑时,二楼正面前排特别座传来一阵骚动。阿嬷正要把托盘递回给女侍,动作突然僵住,就像狗看见兔子。女侍及时接过茶

---

1 Jessie Matthews(1907—1981),20 世纪 30 年代英国歌舞片极受欢迎的女演员。
2 Tyrol,奥地利西南的州,在阿尔卑斯山区。

具,阿嬷陡地站起身举起手,往那儿一指。

若从她指尖画一条线通往特别座,线那头会连着一个男人的鼻子,一个非常英俊的年轻男人,高个子,深色发肤,深色大眼,仪表堂堂,纽扣孔插朵红玫瑰,有一点点略长的黑发显示他是艺术圈内人,身旁一位侧面看来像绵羊的浅金发女士,身穿时髦的薰衣草色羊毛洋装。两人显然刚到,无疑是来打发时间,待会儿就要去参加城里最拉风的演出的鸡尾酒会。他们沿着那排座位走,说着抱歉借过,所到之处备受注目,有人侧头瞥视,有人瞪眼直看,甚至偶有一两声"哦!"和"啊!"。他们年轻又风光,除了我们之外,每个人都知道他们是谁。灯光渐暗,乐队开始调音,阿嬷仍站在那里,气得发抖。

"那男人是……你们的父亲!"

这番揭露对我们并没造成太大震撼,因为那个年纪的我们还不太清楚父亲是干吗的。既然我们不知其一,也就不知有其二,不知道自己跟人家不一样。是啊,你也想得到,邻居一定会推搡示意、互眨眼睛之类的,但阿嬷紧闭嘴巴什么也不说,保持一副正派表象,至少在酒馆开门之前如此,不过要是送牛奶的人或邮差哪天上午透过纱帘往屋里瞧,可能会发现她正光着屁股打扫掸灰,那才会让邻居闲话讲不完呢。

因此,当阿嬷如此戏剧化地宣布,那是你们的父亲!我们乖乖听话往那儿看了一眼,但接着布幕发亮,乐队奏起序曲了。

"哎,劳驾坐下吧,太太。"后排一个男人说,于是她强忍怒火坐下,但后半场她已经看不下去,老是扭头往回瞧,低声嘀咕各种难听话,而我们已经飘到另一个世界,对周遭一切浑然不觉,眼里只有弗雷德和阿黛拉。

散场时人好挤,等了好久才领回外套,我们又仍做梦般回味着电影中的歌舞,因此错过了他们。我们走到戏院外人行道时,我们的父亲和他太太已经搭上计程车扬长而去,留下阿嬷徒然朝他们挥伞咒骂。

"该死。"阿嬷说。"该死,该死,该死。"

她脸上的表情告诉你她是说真的。

电影的魔咒已解除,这下我们有时间思考她的话了。

"阿嬷。"诺拉说。"再跟我们多说一点,父亲是什么?"

回家路上,坐在电车上层,她全跟我们说了。她是天体派,吃素,和平主义者,所以你想她讲起性教育还会是哪样?但我们听了很难相信,不只无法相信她说的那根棒槌会变粗变长等等,也无法相信她说的那根棒槌的用途。我们以为这是她编出来逗我们的。想想看,我们存在这个世界上,只因为一个我们从没见过的男人很久以前对一个我们不记得的女孩做了**那件事**!我们确知的是,阿嬷爱我们,而且我们有全世界最棒的叔叔。不过咱家见多识广的阿欣以为佩瑞是我们的父亲。

但那天下午，有某种东西，某种好奇，在我们心里生了根。起初只是细微小事。在报上看到他的照片，我们会叫起来；到西区佛立德[1]买新舞鞋时，我们会绕路到夏斯伯利大道，去看他主演的随便哪出戏的照片。年复一年，这份好奇变成一种渴望，一种期盼。我在内衣抽屉的秘密角落偷藏了一张他的照片，是身披白鼬毛皮的理查二世扮相，结果，诺拉今天下午才告诉我，她这辈子就瞒过我这么一件事，原来她也偷藏了一张他扮年轻的哈尔王子[2]的照片。我想你可以说我们迷上了梅齐尔·罕择，一如其他许多女孩。你可以说他是我们的初恋，最后结果又苦又甜。

总之，那是我们这辈子第一次看见父亲；也是第一次看见弗雷德·阿斯泰尔；也是第一次自己花一分钱——去上公厕。皮卡迪利广场那间，里面铺着白瓷砖，穿白围裙的小老太太接过你的一分钱投进门锁，让你不必弄脏手。这些都是小孩会记得的事。那天彻彻底底是个值得纪念的快乐日子，而且惊奇还没结束。我们回到家，蛋糕已从食品储藏室移到厨房饭桌上，蜡

1　伦敦知名鞋店，尤以舞鞋闻名。
2　即日后的亨利五世。

烛烧得灿亮,我们不在时还送来了一箱包裹,足足占去半个厨房。咱家阿欣指指包裹上的标签:"送给我两个可爱的女孩"。

"他没有忘记。"她说,为我们高兴,也为父职之道高兴——佩瑞虽然行事不循常道,毕竟还是个尽责的父亲。她完全不知道实情。

箱里是一个玩具剧院,可爱又精致,他在威尼斯买到的古董。前台镀金拱架中央,喜剧面具与悲剧面具并挂,一个嘴角往上,一个嘴角往下,它们是守护神——在人生中亦然。戏如人生,不是吗?

布景画有花草树木加喷泉,有月夜,有蓝天白云,有嘉年华会,有卧室,有盛宴,人物是金属棍架起的小小男女,哈乐津、可伦萍、胖大鲁等老式角色[1]一应俱全。这简直是公主的玩具,我们以庄严喜悦的态度将它从垫于箱内的木屑中取出。这一刻,我们终于清楚知道自己要的是什么。

我们万分珍惜那座玩具剧院,简直把它当成教堂,永远只在星期天下午玩:洗净双手,午饭后换上最体面的洋装。我们不得不跟它道别时,我哭得一塌糊涂。后来,布兰达有了麻烦,我

---

1 参见第 24 页注 1。胖大鲁(Pantaloon)是老丑角,年轻女角可伦萍恋情的阻碍者:可能是她的父亲,想把她嫁给自己属意的对象,或者是她的监护人,自己想娶她。

们把它送去苏富比拍卖。你绝对想不到它为我们换来多少钱,让小蒂芬妮一直有免洗尿布可包,直到她学会坐在尿桶上嘘嘘。

阿嬷点燃我们蛋糕上的蜡烛。

"许个愿,吹蜡烛。"她说。你也猜得到这两个迷上舞台的小孩许了什么愿。

我们闭上眼,立刻恍如置身布幕那一侧的月亮画下,绘制的云永远不会飘,一切都是平面。诺拉看看我,我看看诺拉:亮片,紧身网袜,高跟鞋,头上插羽毛。我们微笑,抬起右腿,就这样……准备好了,等乐队开始奏乐。

让我们面对音乐[1],然后——

当然,那时我们不知道,罕择家人永远会抢尽我们的风头。悲剧永远比喜剧有格调。区区歌舞女郎怎能痴心妄想?打从出生开始,我们便注定是剧场中俏丽的昙花一现,像生日蜡烛辉亮一时,然后熄灭。但是,六十八年前那个生日的午茶时间,我们一口气吹熄所有蜡烛,结果,没错!后来人生确实让我们如愿以偿,因为"幸运欠思姊妹"面对音乐,跳了足有半世纪的舞,尽管我们永远都在左手边,只能跳跳舞、唱唱歌,提供轻松余兴;把

---

1 英文中说"面对音乐"("face the music"),意为负起责任,面对后果或批评等,此处直译,因与后文意象相关。

重量级的带上来吧!

或者该说"重色级"。这一行变得不堪,我们的职业生涯也跟着走下坡,最后沦落到杂耍秀场一角露大腿,跟着那些巡回演出的节目——都叫什么"清凉快报!""九点清凉!""世界清凉!"[1]之类——陪衬阿奇·莱斯那一类的喜剧演员。秀场女郎就这么空站着当活雕像,我们的歌舞表演在流苏胸罩忽露忽掩的乳头之间进行。二次大战之后那最后五年的巡回演出中,我看到的乳头比前半辈子加起来的都多,而我可是被天体派的阿嬷带大的,别忘了。

好吧,我们的中年不怎么像样,但我发誓,我们年轻时可很正派。那年头,没有什么比小演员的生活更守旧了,伦敦南区到处是合音伴舞的男男女女各色人等。不表演时,他们在积尘的水蜡树篱后的双拼式房屋里休息,坐在起居室的人造皮沙发上,烟熏色橡木餐具橱里放着一瓶甜雪利酒,半打灰扑扑玻璃杯底下是发黑的银托盘,刻着"送给一位一流的团员,快活马丁敬赠,海畔傅林顿[2],1919"之类字样,上方挂着镶框照片,照片中的人有大腿粗粗穿着紧身裤袜的女孩和头戴绉绸帽的男子,大

---

1 英文"裸体"的复数形式(nudes)与"新闻"(news)音近,故这几个名称都以此玩文字游戏。
2 地名。

家都签名画上一大堆叉,墙上则是装框的彩色复制画,描绘一群红鼻子修士大啖鹿肉、野猪肉。

我们求了又求,阿嬷终于答应让我们额外多上几堂舞蹈课,之后我们就成了老师的宠儿。阿嬷常和沃辛顿老师及她那弹钢琴的老母在舞蹈工作室(这是沃辛顿老师的用词)后面、挂着"地窖管理员赛门"图片的小厅,共进一两杯波特酒加柠檬。阿嬷翘着兰花指,举止端庄,满脸微笑,发出她那别具特色的母音就像吃樱桃吐核;之后走上街,她会打个大嗝,怒目环视四周,说:"是谁打的嗝?"

就这样,一年又一年,沃辛顿老师教室里的镜子照出二乘二个欠思姊妹,是我们和我们的倒影,高高踢腿仿佛活生生的特效摄影。咚,当,沃老师的老妈弹钢琴;啪!啪!啪!沃老师的藤条打在我们腿上,但我得承认她的确有真才实学。家里,阿嬷拿铅笔在早餐室门上为我们身高做记号。三尺,三尺半,四尺,四尺六,五尺,五尺二。沃辛顿老师说:

"他们在选角。"

"什么?"

"这两个女娃可以帮你赚点钱,欠思太太。"穿着早该退休的粉红蓬蓬纱裙的沃辛顿老师说,手撑着藤条站在那儿,看着身穿背心、内裤的我们,五尺二,亮泽棕发满是阿嬷每晚用破布缠出的小卷卷,两人一模一样。沃辛顿老师以前也是职业舞者,直到腿举不高。

"不过,"她又说,因为她有在注意时尚流行,"那些腊肠卷得去掉。"

于是,我们剪了短发。坐在理发店,热毛巾围着脖子,忍受剪刀可怕刺耳的咔嚓声,看着鼠棕色卷发落在四周地面。我们得意非凡,知道随着这些卷发落地,自己也不再是小女孩了。阿嬷挂掉之后,我们清理她东西时,在柜子最下层抽屉发现一个信封,信封里两卷头发:"朵拉",系着蓝丝带;"诺拉",系着绿丝带。

那是一场杂剧表演,不是吗?长话短说,我们首度以职业身份登台,演的是鸟——棕色小鸟,八成是麻雀,一、二、三,跳。剧目是《林中孩童》[1],在牧人灌木区的帝国剧院,阿嬷一路护送我们来回,提袋装着半瓶琴酒,以防万一。

以防什么万一?以防万一酒馆没酒了啊,宝贝儿。她说。

一模一样的鸟。他们为我们安排这段特殊表演,因为我们长得一模一样,而且,我们就是用树叶盖住那些"孩童"的鸟哦。

---

[1] 《林中孩童》(*Babes in the Wood*)原是一首古老民谣,描述两个孩童在树林中迷路死去,知更鸟飞来用翅膀遮覆住他们的尸体。

分开来看，我们两个都不显眼，但加在一起，我们就让人们直眨眼。哪个是朵拉？哪个是诺拉？那年头，我们连身上的味道都一样："印度之花"[1]。其他的我们不懂。以前，我们都从"好利市"[2]偷来用。

那第一个晚上，我们多年演艺生涯中无数首演夜的第一个晚上，更衣室里挤满合音小鬼，我们紧张得五脏六腑都化成水，妆又一直掉，没有一件事对劲。我的长袜抽丝，她的鸟喙固定不住。然而，我们仍跳了我们的舞，洒了树叶，拍拍翅膀飞走；他们爱死我们，又是喝彩，又是鼓掌。最后一幕，我们朝前排撒彩纸拉炮，观众为之疯狂。我们做了我们生来就要做的事，而且更棒的是，明天还要继续做。

阿嬷当然把咱家阿欣一起带来，但另外还有个人一同分享我们的小小胜利，带着满满一帽盒佛南牌巧克力，雀斑皮肤被异国炎热太阳晒成古铜色……我们的浪子叔叔穿过歌舞群的荷叶边走来，大敞双臂："我的好女孩！"

我们的幸福之杯满得溢出[3]：他及时回来，赶上了我们的首

---

1 Phul Nana，英国 Grossmith & Sons 牌的一系列美容产品，包括香水、香皂、蜜粉等，约 1890 年上市。

2 Bon March，法国一家历史悠久的百货公司。

3 典出《圣经·诗篇》(23:5)："你用油膏了我的头，使我的福杯满溢。"

度登台。

我们爱死了那一切,登台亮相,花俏服装,莱其纳七号[1]。一走进剧院,我们就会大口呼吸那室闷空气,提振今晚的表演情绪。给我那无可比拟的熟悉浑浊气息:柳橙汁、杰耶牌消毒水、人的体味、瓦斯……我甚至愿意用它代替"蝴蝶夫人"涂在耳后。当音乐自乐队席响起……我跟你说,那一刻我们简直湿了!跳舞之际,我们的私处多么血脉偾张!

我们爱死了表演,更不敢相信还有工资可领,但阿嬷把钱存进银行,说我们愈快开始赚钱愈好。尽管佩瑞的支票都准时寄到,而且现在他又回家了,礼物如雨点般落下,但阿嬷说,**天有不测风云**。抱最好的希望,做最坏的打算,她说。

尽管当时我们这两个迷得晕头转向的侄女不可能理解,但佩瑞叔叔**确实**有个缺点。单单一个缺点。那就是他太容易觉得无聊。小蒂蒂三岁时都比佩瑞有耐心持续做一件事。对他而言,人生必须接二连三充满小小乐趣惊喜,否则他就觉得毫无意义。

八月一个假日,我们刚满十三岁不久,他搭着计程车呼啸

---

[1] 这里指的是舞台妆用的油彩,莱其纳(Leichner)为品牌名,依颜色不同分别编号。

而来。大大抱我们一把,捏捏我们脸颊。"你们看来有点憔悴哟,女孩儿!这可不成。"他把我们全赶上车,诺拉、我、阿嬷,也没忘记咱家阿欣("哎呀,罕择先生!"),外加皮卡迪利广场杰克森茶店的好大一只提篮。"咱们需要布莱顿[1]医生,司机老兄!"运将先是目瞪口呆,而后粲然一笑。"没问题,大人。"我们就这么出发了。

小石子海滩上铺起亚麻桌布,佩瑞和运将现在已成了拜把兄弟,手挽着手漫步去买泡泡香槟,我们则摆出火腿和鸡肉,将面包切片,打开鹅肝酱罐,佩瑞叔叔请客时一切都是上好货色。我跟你说,四周的人全瞪着眼看——三个瘦巴巴女孩和一位戴斑点面纱的胖女士,佩瑞鲜红头发、码头工人似的壮硕宽肩、饱满的大大微笑,再加上穿皮衣的运将。阿嬷——斟满玻璃杯,带头敬酒:"香槟敬这里诸位,另外那些王八蛋愈倒霉愈好。"佩瑞从我们鼻子里变出水煮蛋,从运将的帽尖为我们倒出热腾腾的咖啡。

大家吃饱后,佩瑞握住桌布一侧的两角——咻!一抽,那些精致瓷器、刀叉(沉甸甸的高级银器,可不是便宜货)、鸡骨头、面包屑、空酒瓶,全当场消失不见。他说他把那些东西送回店里

---

[1] 布莱顿是英格兰东南部一个传统海滨度假胜地。

了。他怎么变的？我不知道。我们的佩瑞叔叔可有一两下子，棒呆的一流魔术师。他应该以此为业才对。海滩上一半的人都自动自发鼓起掌，佩瑞更来劲了，说：哪位有锯？有的话，他可以把阿嬷锯成两半。门儿都没有，阿嬷说，天知道我肚子里会跑出什么东西。她挽起裙子，露出宽大的红色灯笼裤，踩水玩了一会儿，然后喝杯薄荷酒冰沙帮助消化，打个嗝，眯盹儿了。咱家阿欣跟运将正谈得投机，剩下我们三个沿着码头散步去也。

佩瑞魁梧得活像北极熊，上帝保佑他，身穿香草色柞蚕丝西装和硬领红条纹白衬衫，打红领带，头戴系着红黑相间缎带的草帽。他个头虽大，但帅气又敏捷。古龙水是爽利的柠檬柑橘类气息。后来，大战期间，灯火管制中我昏沉沉醒来，突然闻到这味道：川普牌莱姆精华。我心想：我一定是跟佩瑞格林做了！我浑身血管充斥恐惧和喜悦，心想，我做了什么呀……但当我打开灯，对方根本不是佩瑞，而是个"自由波兰人"。

穿冰激凌色西装的佩瑞一手抱一个女孩，我们两个本身都没什么特别——瘦瘦小小，鼠棕色短发——但加在一起，人们便为之注目。走过供人骑乘的驴子，走过卖冰激凌的，走过布莱顿行宫的宣礼塔[1]、塔楼和细格棚,那建筑不知怎么总让我想起阿嬷,尽管她的色调偏于暗沉,就说像灯火管制期的布莱顿行宫吧。那天下午,行宫看来也仿佛幻象。那真是美丽的一天。荷叶边似的海浪波光粼粼,海鸥呱叫,小孩欢笑,水声泼洒。而且午餐时,他还让我们一人喝了一杯泡泡香槟。一切都合谋让我们快乐。

之前我快乐过,之后我也快乐过,但是,跟诺拉和佩瑞叔叔无忧无虑逛在布莱顿码头时,是我第一次年纪够大、够懂事、够了解自己的感觉,足以用言语说出:"天呀!我真快乐!"如今,只要想到快乐,我总会想到布莱顿,想到十三岁那年八月那个假日,因为同一天内我们飞上云霄,又跌入谷底。快乐是多么脆弱的东西!我们从滑稽可笑变得至高无上,然后心碎。

"他们为什么叫皮耶霍?"诺拉在码头演艺厅外问。

"因为他们在码头上表演啊。"[2]

我最爱午场表演那种人工黑暗,那种刺激的黑暗一如午餐

---

1 布莱顿行宫(Royal Pavilion)是当年王室避暑之处,兴建时正值英国上流社会着迷于东方异国情调,建筑风格东西合璧,因此会出现清真寺宣礼塔(minaret)似的细长高塔、俄罗斯红场"洋葱头"式屋顶等。
2 皮耶霍是法国及英国传统剧场的类型角色之一,基本造型:脸涂白,身穿长袖蓬领的宽松白色服装,头戴帽缘软垂的大帽子。又,皮耶霍(Pierrot)一词与码头(pier)近似,故佩瑞有此一答。

后拉起窗帘上床睡觉。码头演艺厅底下海水来回冲刷,厅里潮湿温暖,充满"夜色黎""紫罗兰灰烬"等假日香水味,混合了干鱼(也就是外面卖的烤鱼)和湿鱼(也就是下方的死鱼)味,还有屋顶锡皮被晒热和人群胳肢窝的气味。因为表演前半场快结束了,门口没人收票,我们悄悄溜进去。

　　白色荷叶边的皮耶霍们闲站一旁,看来只是陪衬,舞台上一个喜剧演员正表演到一半。他穿着一条好大的老式高尔夫球裤[1],裤管蓬得活像两个热气球,颜色是阿嬷称为"疯癫莓"的粉红(翻译起来是鲜草莓,你自己想象吧)——亮粉红绸裤,裤管塞进浅紫色高尔夫球袜(袜踝处绣有粉红图案),穿一双粉红麂皮高尔夫球鞋,好大的浅紫色鞋舌翻垂在外。他手里拿着与服装搭配的高尔夫球杆,用来做淫秽动作,做母亲的纷纷捂住小孩的眼睛。

　　那年头我从没听过他,后来他可有名了,但他刚入行时,你会以为他再有名也不适合出现在阖家阅读的报纸上。他管自己叫……叫什么来着……一会儿我就会想起来。他有句招牌用语,"咱们的乔治一点也不古怪[2]"。后来他在好莱坞冒出来,

---

[1] 原文为 plus-fours,裤长过膝,裤管略呈灯笼状,下配长袜。
[2] queer 一词可解作"古怪",另有"同性恋"之意。

跟我们合演《仲夏夜之梦》,真是意外啊;他演的是"线团儿"[1],当然是线团儿,不然还会是什么。

"炫彩乔治"。他管自己叫炫彩乔治。

"……这男孩的念头慢慢转向"——高尔夫球杆往半空中大力一捅——"所以他对他爸说:'爸,我想娶隔壁的女生。'"

"'呵,呼。'他爸说。'我有消息要告诉你,儿子。我在你这年纪时,常有一腿——'"

喝彩、尖笑、口哨。但观众这么激动全是捕风捉影,我告诉你,因为他露出震惊的表情,撅起嘴唇,摇着球杆表示责备。

"有些人脑袋里净是**肮脏**念头哪。"他旁白哀叹一句。又一阵口哨和尖笑。

"被各位无礼打断之前,我本来要说的是……"

这是他的另一个招牌句子。

"'……是,我常有一腿——'"

做母亲的纷纷捂住小孩的耳朵。

"'——我常有一腿跨过花园围墙——'"

他用球杆往空中狠狠一戳,眉毛直抬,好像要阻止别人想歪。

---

[1] 该剧中一个绿叶配角。

"'……总之,长话短说,你不能娶隔壁的女生,儿子,因为她是你妹妹。'"

空气为之一变。母亲逼着不情愿的小孩离开,用冰激凌当贿赂。

"于是,这男孩买了辆脚踏车"——他跨上球杆,做出踩踏的动作,观众又一阵哄笑——"踩着踏板出门了。我说的是踩,太太,你以为我说什么啦?他踩呀踩呀来到飘飘镇。"

他的口白好极了。连阿嬷本人都不能把那个长长的"幺"音说得更有声有色。

"他回来之后,跟他爸说:'爸,我在飘飘镇遇到个好女孩。''飘飘镇?'老爸说。'抱歉啦,儿子,我在你这年纪也常飘到飘飘镇去,然后——'"

他停口,动动眉毛,拿球杆比画比画。其他不用多说,观众笑得眼泪都出来了。

"这可怜的男孩买了张当日来回票,坐到维多利亚车站,在时钟底下遇到个女孩。我说时钟,太太。但他父亲说:'我们那年头也有火车啊,儿子……'"

会意的笑声。

"男孩到厨房喝茶,长吁短叹。老妈说了:'你的脸怎么拉得这么长,长得像——'"

眉毛。球杆。哄笑。

"被各位无礼打断之前,我本来要说的是,是……小提琴!"

观众笑得直跺脚。

"'我看我永远结不成婚了,妈。''怎么啦,儿子?'他把事情一五一十讲给老妈听,然后老妈说:'别担心,想娶谁就娶谁去,儿子——'"

电光石火,短短一下暂停恰到好处。

"'他不是你父亲!'"

众人又跺又踏,地板简直要垮了。佩瑞看得好生讶异。"唔,老天保佑天杀的英国人。"他说。"我从没想过他们还有这一面。"

观众静下来之后,舞台大灯加上一层粉红滤镜,照得炫彩乔治满身发红。他露出一副伤感表情,猛吸一口气,男高音表演时间到了。伴奏女士跟沃辛顿太太同一路数,把钢琴一阵猛敲。乔治双手交握球杆,摆出庄重姿态,然后,你能相信吗,就在那里,他穿着粉红服装在粉红灯光下,在布莱顿码头的尽头,在那个天杀的八月假日,他唱起了《英格兰玫瑰》。

英格兰玫瑰,呼吸英格兰的空气,
如此高尚的花儿,无与伦比……

皮耶霍也全变成粉红,一群群聚成花束一般,跪下来迎接歌曲激昂的最后一段。这种表演换到这年头根本没人要看,除非是那种所谓的"敢曝[1]"。然后乔治举起一只手止住观众的掌声,走上前来,以充满感情的声调说:

"各位女士先生,各位大朋友小朋友……吾王万岁!"

伴奏女士弹起《希望与荣耀之地》(尽管低音部有几个音弹错),乔治把高尔夫球杆当成来复枪架在肩上,开始绕着舞台踏步行军,麂皮鞋的浅紫鞋舌淫逸晃荡着,慢了半拍。

左,右,停。

舞台大灯又恢复白亮,他站在正中央向观众敬礼,光线像头皮层落在他肩上。伴奏女士用钢琴尽可能模仿一通擂鼓,他的绸帽随之脱下。

诺拉和我不解地互看一眼。这葫芦里卖的到底是什么药?

又一通擂鼓。

他的玫瑰粉红外套脱下。

愈来愈古怪了。

原来,今天下午这场节目的重头戏就是乔治,乔治本人,乔

---

[1] camp,是同志社群发展出的一种独特的语言美学,或能以苏珊·桑塔格在"Notes on Camp"(1964)里整理出的夸大、装饰、人工化、雌雄同体、嘲讽等作为特征。

治的赤裸本色。

因为乔治根本不是喜剧演员，而是一份庞大的宣言。

要不是亲眼看见，我绝对不会相信。他全身是一幅完整的世界地图，头为北极，脚为南极。

他鼓起右臂的二头肌，那座近似三角形的滑稽小岛跳了起来，"爱尔兰自由省"微微颤抖。伴奏女士一弹起《天佑吾王》，一半观众就出于习惯忙不迭起立，散落手套和巧克力包装纸，但他们随即坐下让他继续表演，因为他接下来的动作是，脱裤子。

诺拉和我只是小女孩，从没看过没穿裤子的男人（尽管阿嬷给我们画图讲解过），所以——我得说——我们都非常好奇，急切伸长脖子猛看，但原来他长裤里还有一条非常宽裕的丁字裤，事实上更接近三角裤，就算给马穿也不嫌暴露，图案是英国国旗。虽然内裤把他的私处妥善遮住，但现在你可以看见他肚脐上的好望角，在他堂皇爱国地九十度转向时也能看见一路往他股沟延伸的马尔维纳斯群岛，这时掌声再度变得热烈，其实这整段表演中掌声始终未歇，只是时起时落。

我们着迷地盯着那鼓动的胸肌。《大不列颠，君临天下》声伴随他最后一次转身，我们看见他的地图文身大多涂以鲜粉红，不过被舞台大灯照成灰败的覆盆子色，看来有害健康。

然后，穿着爱国内裤的乔治用高尔夫球杆做了几个动作，模仿刺刀练习,伴随更多的假鼓声和群众的叫好声。我发誓,有些人眼里还含着泪,喊道:"好样儿的乔治！有你的,乔治!"但我们姊妹俩觉得挺逗:这是哪门子表演？阿嬷不是跟我们说过吗,战争是为了除掉年轻男人,把女人全留给丑怪老头,否则那些老头根本找不到女人？因此我们知道战争是干吗的,而且,老实说,从乔治讲的笑话听来,他似乎认为做父亲的也向来希望如此。

至于他屁股和肚子上那些粉红色块,我们心底深处已经知道,我们这些生在左手边的人并不包括在内；可以说,我们是英格兰私生国王的后代,什么也继承不到,所以管它去死呢。

刺刀练习结束后,炫彩乔治穿上高尔夫外套,用球杆做了个令人安心的猥亵动作,一边退场,一边向喝彩的群众飞吻,喃喃说道:"天佑各位!"我们三个像猪一样猛出汗,因此也赶快闪人,免得被发现我们没买票。码头上满是钓客——有人吊起一条鲭鱼,亮得像新锡罐。或者那就是一个锡罐。我记不清了,那可是六十几年前的事。那年头,人们爱看那些爱国的活人静物[1]。我们实在不知该作何感想,我们还只是小女孩,从没见过男人露屁股,倒常看见彼此的屁股。

1　指演员或模特儿摆出特定姿势,形成静止不动的画面。

佩瑞一根手指顺着衣领内侧抹去汗水,神情有点愣。

"我永远搞不懂英国人。"他表示。我们也都这么想哪,宝贝儿。

"好,"他深呼吸好几口新鲜空气之后,对我们姊妹俩说:"现在轮到你们露一手啦,我的小歌舞女郎。"

阳光,海面粼粼闪烁,微风,四周满是笑声,满是快乐的人。现在回想,我记得有个不知哪来的乐队奏起音乐,可爱的小乐队,没什么繁复编制,只有三四样乐器,加上鼓手。天知道他们打哪冒出来的,也许他们参加便宜的一日游从伦敦来这儿沿街卖艺,或者大饭店之类的找他们来为夜总会伴奏。总之我真的好像记得有四个穿西装戴草帽的黑人绅士,小喇叭、单簧管、伸缩喇叭、打击乐器。或者其实是佩瑞一直吹着他的口琴伴奏,让我们跳舞给他看。我们跳"黑屁股"给他看,我们好喜欢"黑屁股",那是他送我们的一张唱片,唱着《雷妮老妈的大黑屁股》。我们跳那支舞但没唱那首歌,否则就太自以为是了。

反之,我们想了一会儿,商讨一番,选了一首歌纪念炫彩乔治的笑话,唱起《你呀你究竟是不是我的宝贝》,佩瑞的脸当场涨成紫色,因为他又想笑又要吹口琴。然后他收起口琴,脱下帽子,朝围观人群讨赏。我不记得那乐队怎么了,他们就这么消失。一镑耶,你能相信吗?那年头,一镑可是很值钱的。差六便士就一磅,全是零钱。他数算清楚,把钱递给我们。

"请我喝杯茶吧,你们付得起。"他说。我们走进镇上,想找一间富乐氏茶室,因为他想来点核桃蛋糕配茶,就这样我们来到皇家剧院门外。

"要命。"佩瑞说,但口音是美国腔,像这样:"要——命。"

梅齐尔·罕择领衔主演
《麦克白》
佳评如潮。
"天才横溢。"《泰晤士报》如是说。

我们挤在一起,我们瞪着眼看,我们不知所措,我们紧偎着他的壮硕身躯寻求保护,我们藏起脸来,仿佛怕看那些照片。

"你们确实知道,"佩瑞对我们说,"你们不是我的孩子吧。不幸,我现在不是,也从来不是你们的父亲。你们也确实知道,对不对,你们的父亲是——"

——朝照片一比——

"他。"

我们点头。我们知道梅齐尔·罕择是我们的父亲,现在我们也已经清楚知道父亲是何时、在哪里、对谁做过什么好事,之后又发生了什么。这些我们都知道了。而他就在这里，神气活现登台演出莎士比亚的剧目，我们却刚刚在街头唱歌。十三岁的那一天，看着"父亲"腰系苏格兰裙的光面照片，是我们这辈子感觉最见不得人的一刻。

这时我的吊袜带松脱，左脚的袜子降了半旗。

佩瑞掏出怀表，估算时间。

"勃南森林，"他说："现在正悄悄接近邓西嫩。"[1]

我有点猜着他心里可能转什么念头，吓到了。

"我们回去找欠思阿嬷吧。"我用好似脖子被掐住的声音说。

但，我是多么、多么渴望，渴望推开那玻璃门，渴望得超过世上其他一切，渴望好好看看我的父亲，我那风华正茂的英俊父亲；并且，不用开口，不用转头，我知道诺拉也是这么想。我伸手拉诺拉，她的手热热黏黏，还是小孩的手，尽管——现在我想——当时我们看来已很有年轻小姐模样，身高超过一般同龄孩子，身穿佩瑞在巴黎为我们买的黄色香奈儿洋装，头系蝴蝶结，老实说，看来不像出身新娘学校，倒像卖弄风情。换到现在，

---

[1] 典出《麦克白》第四幕第一景，弑君篡位的麦克白惊疑不定，求问于女巫，后者说若勃南森林朝（其王宫所在的）邓西嫩移动他才会覆灭，麦克白以为此事绝无可能，信为吉兆。后王储马尔康举兵讨伐，行至勃南森林，命士兵砍树枝，持之以乱敌人耳目；麦克白望之宛如森林朝他而来，始知自己将败。

我想人家会叫我们"性感少女"¹吧。未成年的狐狸精。

诺拉和我紧攥彼此的手。

"阿嬷一定奇怪我们跑哪去了。"诺拉说。"她会担心的。"

但她动也没动,说到"担心"时声音都哑了,简直是在哀鸣。佩瑞看看她又看看我,两个可怜兮兮的小东西眼里噙着泪,满腔的爱被拒于门外。

"该死的。"他说。"跟我来。"

他一把抓住我们手臂,拉着我们往舞台后门跑,塞了一张钞票给看门人,接着爬上有过堂风的后台楼梯,又一张钞票塞给管服装的人,那人带我们进入父亲空无一人的更衣室,手指按在唇上要我们保持安静,就走了。佩瑞让我们坐在沙发上,我们惊讶崇拜地看着父亲用来擦手的毛巾,用来刮胡子的剃刀,用来画在那张我们所爱的脸上的油彩——这些东西都比我们更亲近他,在我们眼中近乎神圣。他的镜子多么快乐又荣幸,竟能负责映照他。

我好想伸手揪一截他的莱其纳七号做纪念,但我不敢。

房里有张半身照,是个头戴珠宝冠的绵羊女,我们斜眼看。她是谁我们清楚得很,当年第一次看午场,我们爱上他时,不就

1　nymphette,此词源于纳博科夫的小说《洛丽塔》(*Lolita*)。

见到他挽着她？（想不到我们晚年竟会与她共度，老可怜。）

但别以为我们把房里乱翻了遍。光是坐在那里，呼吸他呼出的空气，就已远远超过我们的期望。这下我们确定佩瑞不只会变戏法，他根本是真正的魔法师，能猜出我们最最秘密的欲望，那欲望我们甚至不曾向彼此透露，因为我们不需要告诉对方，因为我知道她知道，她也知道我知道。

天啊，我们多么谦卑。懂事以来，我们常悄悄溜去看戏，付点小钱买票，坐在高上云端的偏远位置，观赏他在舞台上的一举一动，只要能看到他就心满意足。但一进入他的私人更衣室，这个我们做梦也不敢想有朝一日能来的地方，我们的野心就变大了。也许，出其不意在这儿见到我们，他的可爱女儿，出生前就已失去，如今在初春即将绽放花朵之际（这是"爱尔兰"会用的措辞）重新相见，也许他会让我们摸摸他的手，甚至允许我们亲吻他的脸颊……也许，就这么一次，我们可以获准说出那个这辈子不曾用过的词："父亲。"

父亲！

光是想到这，我们皮肤就一阵刺麻。

佩瑞心不在焉，望向开着的窗户外的屋顶、烟囱、砖墙。一只海鸥停在烟囱上，啼叫一声。风吹来一阵铜管军乐，是海边的乐队在演奏《不羁上校》。他手指敲打着窗台。要不是当时太惊呆、太荣耀于终于要见到他,我或许会注意到我们的佩瑞难得竟有些后悔,而如果我注意到了,或许就会对我们即将面临的"欢迎"更担心一点。但当时我激动得无法招架,没有多想。更衣室封闭温热,我们腋下汗湿。我突然很想尿尿。

掌声响彻这栋古老建筑,掌声退去后他随即出现,快得超乎想象,快得让我们没时间做心理准备,快得仿佛直接从舞台飞进更衣室。

他深色发肤,高大英俊。天啊,那时候他真是英俊。还有双棒极了的腿,这是莎剧男演员必备条件,尤其是演关于苏格兰的戏,非得有双好看小腿穿起苏格兰裙才像样。我确实相信,除了颧骨之外,我们的腿也遗传自他。

事实上,见到他时,我真的尿了出来,不过只有一点点,沾不湿沙发。

那双眼睛!梅齐尔的眼睛温暖黑暗又性感,就像大战期间伦敦计程车的后座。他的眼。

但那双眼,那双脱下你的内裤、从座位后方解开你胸罩的眼,却是当时我遇过最苦涩的失望。不。不只当时,而是我这一辈子最苦涩的失望。之后的任何失望都无法相比。因为他那双眼看着我们却没看见我们,尽管我们坐在那里,忍不住浑身发光,嘴角忍不住微笑。

我可以告诉你,看到他对我视而不见,我脸上立刻没了笑容,诺拉也是。父亲的眼神直接滑过我们,完全不碰、不接触我们,只看向佩瑞。

"佩瑞格林!"他叫道。直到今日,他的声音仍让我背上一阵酥麻。电视上冒出他,敲着烟斗。"浓郁,深沉,香醇……"可不是吗。

他伸出双手迎向佩瑞,只有佩瑞。

"佩瑞格林……真高兴你来看我。"然后,直到这时,我们才获得一丁点面包碎屑般的注意,但那碎屑像一颗子弹同时射穿我们两颗心。

"还把你的可爱女儿也带来了!"

我记得——尽管我知道这段记忆不可能是真的——佩瑞一把将我们拥入怀里。我记得,当父亲不认我们,是佩瑞张开宽如翅膀的双臂紧紧抱住两个孤女,我们的脸压在他的外套上,吊裤带的纽扣顶痛了脸颊。或者他把我们一人一边放进外套口袋。或者他把我们塞进衬衫,靠着他柔软温暖的肚子,用他怦然作响的心跳抚慰支持我们。然后,嘿!他就一个后空翻跳出窗外,救走我们。但我知道后空翻离开这段是我想象出来的。

真实情况是,他向我们伸出双臂,我们哀鸣着奔入港湾。

"明智的孩子认得爹。"佩瑞格林咬着牙说,仿佛吉卜赛人的警告。"但认得自己孩子的爹才更明智。"

他带我们走出房间,砰一声摔上门。没有亲吻,没有欢迎,我们得到的待遇比不受承认更糟糕。我可以告诉你,我们眼泪哗啦啦流个不停,哭哭啼啼,哭得连路都看不见,但一转眼我们就回到海滩,从佩瑞身旁投入欠思阿嬷的丰厚怀抱,她擦干我们的眼泪,叫咱家阿欣去咖啡馆买壶热茶,于是我们喝点茶提振精神,还吃了一两个奶油面包。面包是佩瑞从阿嬷乳沟间随着一大阵爽身粉雾变出来的,他想逗我们笑,我们也努力露出苍白微笑以免让他失望,而且有东西啃确实能让我们分心,但我可以告诉你我们食不知味。

结果,咱家阿欣和运将,这一天郊游下来处得融洽之至,决定在一起了,于是大家又是亲吻又是握手,回伦敦的路上阿欣就坐在前座司机旁,诺拉和我则靠着佩瑞肩膀,穿过萨塞克斯郡傍晚微黄微绿的天光,夏日甜美气息从车窗流入,佩瑞和阿嬷低声交谈,免得吵到颤抖在睡眠边缘的我们。这一天实在让人累坏了,但我们直到诺伯利才真的睡着,于是到家时他们得把我们抱上小床,当年在我们的白色少女时光,我们共住一间阁楼。

阿欣跟运将要去西区庆祝,于是在伊顿广场放佩瑞下车。伊顿广场?阿欣是这么告诉我们的。那个淘气男孩,一时冲动到伊顿广场做什么？他们放他下车的地方是一栋非常优雅的住家门口，他走上门阶，同时拉拉领带、掸掸外套。车开走时，只见他手触帽檐为礼，咧嘴露出那大胆鲁莽的大大微笑。

我虽然非常爱他，但还是得承认他确实有坏心眼之处。

尽管我们的同父异母妹妹，也就是老轮椅的女儿，长大后像毛色鲜红的绵羊，但出生时，她们跟其他婴儿一样都是秃头，两人像得要命。她们那儿以乌鸦飞行的标准而言离沙翁路不远，但乌鸦算是鸟类世界的无产阶级，而其他大多数鸟类都会认为那两个女孩出生在另一个国家，有谢拉顿[1]家具、波斯地毯、用之不竭的热水、仆人。包着长长蕾丝布的萨丝琦亚和伊莫珍在圣约翰教堂的史密斯广场受洗，随即由塞西尔·比顿[2]为她们拍摄与妈妈——"全伦敦最可爱的女士"——的合照，刊登在《速写》上，写着："五月的亲亲小花蕾。"因为她们生在五月，跟咱家阿欣五个孩子中的老大同一天。

那两个女娃出生当天，我们来潮了。真滑稽的巧合。我上厕所时发现内裤上满是证据，忙不迭跑去找诺拉，她看一下自己的内裤，也是一样。阿嬷给我们一些棉花。尽管我们在许多

1　Thomas Sheraton(1751—1806)，英国家具设计师。
2　Sir Cecil Walter Hardy Beaton(1904—1980)，英国摄影师、舞台设计师，以人像摄影著名，后成为英国王室御用摄影师。

方面都不对称,但说来好笑,打从那第一次开始我们每回都同时来,除了出"意外"的时候;每回都同时来,直到二十五年前水龙头关上,停止,再也不来。

我总是认为她们出生和我们进入青春期这两者间有种坏心的关联。萨丝琦亚最会对我们耍这种低劣把戏,让我们在她们变成婴儿的同时变成女人,永远差了一代,这点最讨厌。我们跟她们永远不平等。她们跟我们相比总是有这优势,那么有钱,那么有势,那么合法。

那些全是个屁。

那么年轻。

"五月的小花蕾"。欠思阿嬷扳着手指算了算,脸上露出莫测高深的表情,但这对新生儿的父母乐得很,佩瑞这段日子看来却忧伤出奇。高轮婴儿车里的萨丝琦亚和伊莫珍被系缎带的保姆推出来散步透气,而朵拉和诺拉在磨损起毛的木板地上前后左右跳个不停。格拉斯哥帝国剧院,爱丁堡的王子剧院,伯斯的皇家剧院。那儿的冬天能把你屁股冻掉。曾有观众扔只松鸡上台表示欣赏,就一只,连一对都不肯给。那是在阿伯丁,阿伯丁人把钱攥得死紧,紧得跟屁眼似的。

我们踩着舞台木板猛蹦猛跳,因为那时华尔街股市崩盘已葬送了佩瑞所有的钱,每一分每一毛,他无法再按月提供我们生活费，还好我们姊妹俩如今可以自己赚钱，因为以后我们得自食其力了。

他来向我们道别时，搭的是电车。嗟乎，伟人堕落至何等境地。这次可没有跳表的计程车等在人行道旁，没有夏伯内&沃克牌巧克力。是他让我们品位超过"印度之花"（"啧！"）的层次，现在却已没能力送我们高级法国货。但我们并不在乎这些，一心只念着他不在我们会多想他。我们一人坐在他椅子的一边扶手，看他吃松脆热煎饼涂奶油，自己难过得什么也吃不下。

他说，他会一路打工回家。家，他的家在炫彩乔治身上没涂成粉红色的部分。他会打工抵船票，在横越大西洋的轮船上的宴会厅表演餐后余兴节目。

"到家之后呢，你打算怎么办？"欠思阿嬷边问边把又一盘煎饼放上烤架，因为他吃得狼吞虎咽，好像直到抵达洛杉矶之前都可能没东西吃。

"搞电影。"佩瑞格林说。

朵拉和诺拉，两个踩着舞台木板蹦跳的女孩。圣诞节，我们演杂剧。有一年我们在肯宁顿演《杰克与魔豆》。你能相信吗，很久很久以前肯宁顿还有现场演出的剧院？生意可旺着。豆子穿绿色紧身裤袜；专属我们的特别演出是墨西哥跳豆，穿红色紧身裤袜。一人一星期两镑。那年头两镑可是很耐用的。那时候还用镑、先令和便士,两镑等于四十个银先令,四十先令等于四百八十个那种大得车轮似的、让你满手金属臭味的棕色便士,而每一便士都有个洞等着,等着它补缀莎翁路四十九号捉襟见肘的经济。演出地点在肯宁顿就能省下住宿费,我们住家里,夜里搭电车回家,全身每根骨头一致酸痛,双脚像火烧,姊妹俩半睡半醒相互偎靠,雨水打着车窗,在我们从车站跑回家时把我们外套淋得湿透。要是我们感冒,那可是大灾难!就连一模一样的墨西哥跳豆也是可以取代的,所以我们带着低烧、喉咙痛、流感和咒骂继续跳不停,跳呀跳呀跳,保持微笑,永远微笑,露牙、踢腿,扛起重担,挑起包袱。

周三和周六,我们甚至可以在午场表演后回家喝茶,这样就能省下在里昂斯茶馆买水煮蛋的钱,把那四便士存下来买丝袜。丝袜永远是个问题,我们不知花了多少时间补那些天杀的玩意儿。

然后,一天下午,后台好一阵忙乱骚动。怎么回事?我们大吃一惊。一个身穿高级洋装的绵羊女坐在包厢,带着一名系缎带的保姆和两只发色锈红的小绵羊。戏剧界的王室成员莅临了我们卑微的小小剧团。

"我才不上台。"向来性子烈的诺拉说,把墨西哥帽丢在地上乱踩一通。"太羞辱人了!"

但第一任罕择夫人是位真正的高尚仕女,不像现任这位,而且,就算在当时,我也不认为她来肯宁顿是存着可恶的心眼,打算让小女儿欣赏她丈夫的私生女高高踢腿跳舞的好戏。后来我当然问过她,她说当时他又巡回演出去了,她一个人在那广大豪宅里晃来晃去闲得发慌,不知怎么打发湿雨的周六下午,而她的老保姆,也就是当年照顾过还是小宝宝的她、现在又在照顾她的小宝宝的同一个老保姆,这老保姆想带两个小女孩去肯宁顿看杂剧,因为她的——也就是说老保姆的——妹妹就住在剧院过去一点的转角。(后来我们发现,那个妹妹是咱家阿欣新婚丈夫的婶婶或舅妈之类,因此大家建立起深厚情谊,老保姆的妹妹搬到渥辛之后,老保姆还是常来看阿嬷。)老保姆想看完杂剧可以顺便去看妹妹,而艾塔兰妲夫人临时起意说道:"等一下,我去戴个帽子,我也一起去吧。"

当然,戏还是照演,我们也照上台不误。不然呢?难道要平白丢掉一天的收入?搞不好连工作都会丢掉,然后又得回头去一家家找经纪人,天天苦等,绝对不要。

她说,她一看到我们就知道了,对照过节目单之后更加确定,因为佩瑞跟她在一起后把我们的事都告诉了她。后来她送过我们花,匿名,但是很容易猜到来源——勿忘我。当时我觉得挺感人的,但诺拉觉得,真恶心。有一次她还邀我们喝茶,但诺拉说:"门儿都没有。"

我们的同父异母的妹妹当时对那场表演的反应,已经显示出未来的人格特质。萨丝琦亚一看到豆子上台便发出厉鬼般的哭嚎声,仿佛第一眼就认出我们,铆足劲儿要抢我们的风头;伊莫珍睡着了,从头到尾张着嘴,为她将来扮鱼的事业预做准备。但艾夫人——至少她多年后是这么告诉我的——满眼珠泪、满心内疚地看着我们。她也许不小心出轨了那么一次,但无论如何,她是真心爱我们的父亲。她一定真的很爱他,否则她既有贵族头衔又有钱,父亲还是上院议员,何必嫁给一个除了英伦三岛最棒的腿之外一无所有的男人。

当时,她也没有佩瑞的音讯。

然后杂剧季节结束,我们再度上路。这时我们十五岁,五尺六寸,棕色妹妹头,不过诺拉常向往地说要染成金发。她觉得未来会是金发吃香。染呢?还是不染?有一点很确定的是——她不能自己一个人染。分开来看,我们两个毫无特殊之处,但加在一起……

这时我们已经是经验老到的巡回戏剧团成员了。我们印了名片:"朵拉与莉欧诺拉,伦敦莎翁路49号,邮递区号SW2。"总是得在星期天上路,星期天火车为了尊重安息日开得特别慢,有时还会半途停在郊野,好像被吓到。我们不怕虱子,不怕蟑螂,跳蚤也打击不了我们的士气。我们学会看不起"木头家族",也就是空座位。表演结束后,房东太太为我们准备的迟来晚餐是"苏格兰蛋"。听到苏格兰蛋,阿嬷气坏了。"只是腊肠肉啦。"我说。"腊肠肉包水煮蛋。你也知道腊肠肉是什么做的,就木屑和旧橡皮筋而已嘛。"阿嬷才不肯听。"你们这些食人族!"她说。

但现在我们知道,阿嬷不赞许并不代表世界末日。明知她会说什么,但在其他女生怂恿之下,我们大着胆子终于买了几小块兔子毛皮来御寒保暖。"死掉的兔子。"阿嬷见到时说。我们愈长愈大,和她之间出现裂痕;她爱我们,但常不赞许我们做的事。

我们只是小女孩,但很快就有模有样。我们有自己的小小手提包,装着小小的镀金粉盒和粉扑;每有疑虑,我们就拿起粉扑给鼻子补粉,趁这时间想想该如何机巧应对。有一次,在诺丁翰皇家剧院,我的粉扑给老鼠啃了。我们用标准双层锡盒装化妆品——胭脂,莱其纳,还有那种固体眼线:削下一小片,用迷你锡盘盛在烛火上烤融,然后拿火柴棒沾着画,快,快,快,不然它又要变硬了。

阿嬷保存了我们所有演出的节目单,从最初那出《林中孩童》直到ENSA¹那些，累积了大本大本的剪贴簿。她走后，剪贴簿全堆在阁楼一口箱子里——我们的整个人生。看到那些剪贴簿，我们很难过，想起以前常取笑她，还买腊肠卷和鳄鱼皮手提包回家，但她依然继续剪剪贴贴。一叠又一叠的剪贴簿，剪报被时间变成老太太手背上老人斑的颜色。那是她的手。也是我现在的手。那些旧报纸一碰就化为棕色尘埃，宛如骨灰。

最后一本剪贴簿在1944年戛然而止，让我们永远停留在将满三十，固定在最后一个姿势，你能相信吗，居然是扮成牛头犬：《牛头犬一族》。那是场蠢透的慈善募款午场表演，想用现金取代失去的情人，失去的儿子，死在滇缅公路的男孩，那些不可取代的人。我们干吗要参加啊，诺拉？"我们总得尽点力。"她说。"总之，我们娱乐了官兵。"

确实没错。

我现在仿佛还能看见阿嬷，坐在厨房餐桌边，把这张照片加进剪贴簿，上下排门牙轻咬舌尖，喘着粗气，专心一意。她拿起钢笔，吸饱墨水，在底下用她那圆圆的字体仔细写上："约克公爵剧院，1944年5月20日。"

---

1 "国家艺工协会"（Entertainments National Service Association）的简称，隶属军方，大战期间从事劳军表演。

然后她伸手拿黑啤酒,却发现酒瓶空了。哦,阿嬷!那真是名副其实"要命的一杯啤酒"!要是那天晚上你忍住渴,就能活着看见盟军胜利日了。她手扶另一把椅背站起来,嘴里哼着歌,也许是:"会有青鸟飞在/多佛的白色悬崖……";或者:"当伦敦灯光亮起,我也将随之发亮。"她对着水槽上那方旧镜子,把那顶斑点黑面纱的小帽在头上戴好,用黑色眼影画好美人痣,空酒瓶一个个放进那永远的油布提袋。空袭警报响了,但她才不会让希特勒妨碍她喝酒,是吧?

她去酒铺的路上被炸弹炸死。

警报解除后我们回到家,发现她留下的剪贴簿还在原处,旁边是剪刀和糨糊罐。还有那个空杯,杯壁内蕾丝似的残余泡沫已经发硬。

我们就是这样失去阿嬷的。

我们之所以变成深色头发,原因在于阿嬷和健力士。一个没表演的晚上,我们在家休息,围坐在这张厨房餐桌,就是这张独一无二的厨房餐桌,喝几杯酒。

"如果不要金发,"诺拉说,"何不用指甲花染红?红铜色。姜汁饼干色。面对现实吧,朵拉,我们需要一点与众不同的特色。"

"不要红发,"我说,"因为萨丝琦亚和伊莫珍。"

阿嬷好好端详我们一番,看看我们的灰色大眼、我们线条优美的坚毅的罕择家骨骼,这骨架日后会很有帮助,但对十五岁女孩没什么用,因为我们从来就没有那种清纯少女的模样。人家都说我们硬得像钉子,这就是欠思姊妹。

阿嬷正喝着瓶装黑啤酒,浑然不知日后这会变成她的死因。

"不要红色。"阿嬷说着瞄瞄酒杯。"黑色。"

染发剂瓶上标签写着"西班牙乌木"。浴室冷得跟地狱似的,现在依然如此。我们只穿短衬衣站在那儿,冻得直发抖,看着染发剂,仿佛不敢放出困在瓶中的精灵。要记得,这对我们来说可是一大步,整个人格都将因而改变。

"一不做二不休。"诺拉终于说,一头埋进洗手盆,我便为她施涂油礼,倒上染发剂,揉进发里,那玩意儿又浓又黑,让我连着好几星期指甲都乌漆抹黑。她直起身,大颗水滴流下前额,流进眼睛,刺痛得她哭起来。污渍溅得到处都是,毛巾看来活像"假黑人秀"的演员用来洗过澡,头发干了之后我们还得自己剪出刘海,因为前额胡楂似的黑痕怎么也洗不掉。因此,还没轮到我,她已经哭着后悔了,但既然一个已经染发,另一个就得跟进,没有选择余地。然后我们套上和服,尽可能清理干净浴室——但毛巾上的痕迹再也洗不掉——互相用发夹别好头发固定弯角,下楼跟阿嬷喝茶,神态无比沮丧,她看了便给我们的茶加点白兰地,那是她因为天气太冷而刚开的一瓶。

"七月还这么冷,太离谱了。"她说着一饮而尽。

但等头发干了,好好梳理之后,我们简直不认识自己了。半码长的黑绸像逗点勾着我们的脸。这是转折点,此后我们便自称"幸运欠思姊妹"。此后,我们成了主力表演。此后,我们十六岁,合法了。

诺拉向来敢爱敢恨,把自己的心到处乱掷,好像那是用过的公车票。她成天不是为爱神魂颠倒,就是为情心碎。她的第一次是跟杂剧那只鹅,那年我们在泰恩河畔的纽卡斯尔[1]演鹅妈妈的小鹅。那鹅老得足以当她父亲,要是被阿嬷逮到,一定会拔了他的毛,拿颗苹果塞他屁股送进烤箱;鹅的太太亦然——她凑巧是演主男[2]的。所以,要找到——用爱尔兰的措辞来说——圆房的地方(不过爱尔兰最讨厌把句子从中拆成两半)对他们就是个问题,因为那时我们还没有专属更衣室,他太太又是个有够多毛的女人,眉间啦,腋下啦,腿上啦,总是有新毛冒出来,

---

1 地名。
2 principal boy,是杂剧的男主角,传统上由女性反串,戴金假发、穿短衣、紧身裤、高跟鞋。

需要拔拔刮刮，所以她总是窝在她与鹅共用的更衣室为自己除毛。

鹅把诺拉按在舞台后门外的小巷墙壁上，就这么做了。那天晚上雾很浓，伸手不见五指，算他们运气好。这年头已经没有那种大雾。那是剧团圣诞派对之后的事。我环顾后台休息室，不见他们踪影。

别为她感到悲哀。别以为第一次做爱在寒冷小巷跟一个满口酒气的已婚男子，是件偷偷摸摸、令人沮丧的下流事。她要的就是他，管他是不是长疣生疮，无论如何非要他不可。她充满热情想认识人生，想了解人生所有肮脏角落，而这就是她开始的方式，不管三七二十一跳进深水区，而我则站在边缘发抖，像谚语说的那只可怜猫。

发现老公不见了，头戴羽毛帽的鹅老婆猛一拍大腿。那女人吃起醋来可是很疯狂。于是我接下这烫手山芋，开始扮装表演——人家叫诺拉我便应，避免两个身份出现在同一个地方，直到诺拉回到派对，丝袜扯破了，浑身死鱼味，得意微笑，活像偷吃鲜奶油的猫，而且怀了孕。

但我们直到她流产才发现她怀了孕，那是在诺丁翰的皇家剧院，我们扮一对陀螺，她**单脚趾尖旋转**时开始出血。没有什么比歌舞表演到一半真的见血更吓人了。那时，杂剧季早已结束，鹅去格拉斯哥演《朱清周》[1]了，没来过信。诺拉哭得一塌糊涂，但不是因为失去了鹅。她的激情来得急去得也快，永远都是忽而热火朝天，忽而冷却。不。她哭是因为失去了孩子。

哦，我可怜的诺拉！她对生育一事简直有殉道精神。那次流产后，我采取行动，要她备妥全套避孕装备，但诺拉在激情当下才懒得用子宫帽。每当坠入情网，她就豁出去变得满不在乎。她敞开自己，融化于第一个碰触、第一个吻；她每次坠入情网都是第一次，不管她已坠入情网多少次，而她坠入情网的时候根本无心去想什么子宫帽。支票簿也归我管，她也不信任自己用钱的方式。

流产之后，她足有三星期垮着脸活像整个月都是星期天，然后，哎哟！又神魂颠倒了，这次对象是乐队里的鼓手，而他老得足以当她祖父。那年头她特别容易被年长男人吸引。尽管她的子宫帽一直待在小盒子里没动，鼓手倒很小心，总是及时抽出，就这样持续了半年，断断续续，视巡回演出情况而定，不过有时她脱光衣服，我会看见她身上青一块紫一块。"爱的敲痕。"她说。我心想，老天保佑我千万别遇上激情的打击乐手。

1　*Chu Chin Chow*，英国一出轻歌剧式的音乐剧，故事改编自《天方夜谭》，1916年推出后大受欢迎，后曾拍成电影。剧中有假冒中国官员的情节，故此处音译为近似中文的名称。

我见识到的爱情愈多,对爱情就愈没好感。尽管我已满合法年龄,但这并不表示不管我是否真心想要都非做不可。直到在克洛伊顿演出期间,我终于坠入情网。因为新发剂和新人格(活力冒泡的黑发女郎)的效果奇佳,这时我们在节目单的排名已升至第二位,表演内容是身穿白绸睡衣并肩坐在一弯新月上。以及,幸福呀!我们有了自己的更衣室。伦敦资方送来的小点心。我们向来喜欢克洛伊顿,虽然那里很破,只算伦敦城郊的宿舍,但我们可以搭夜班电车回家,省下住宿费。我告诉过你,以前布里克斯顿的大众交通工具可方便了。

尽管与他素昧平生,我却觉得似曾相识。想到他,我想到的不是爱或激情,只想到那甜美脸颊上的细小绒毛。

仿佛就是昨天的事。那出戏叫作《交给你》。诺拉准备来番改变,于是甩了老鼓手,新交一个纤瘦男孩,皮肤白如百合,头发金如小鸡。诺拉谈起恋爱总是全力以赴,他只有束手就擒的份儿。因为我们共用一间更衣室,我常得坐在外面楼梯上,隔墙听他们在马毛沙发上打得火热,那沙发照理说是给我们在表演空当把脚抬高休息用的。他嘟哝着零星字句,有时还会啜泣。他身上有种特质触动了我的心。诺拉说他够年轻所以懂得感激,但让我心动的并非这一点。

我坐在外面楼梯上听着他们,思绪开始改变,最后做了一个决定:我对自己说,无论如何,不管怎么样,满十七岁的那天,我要在那张马毛沙发上做。

在马毛沙发上做什么?

你说呢?

四月将尽,天气仍透着寒意。阵阵冷风在侧幕和后台光秃角落打转。我们把瓦斯暖炉开大,在更衣室拔眉毛,房里有人家送的生日花束,还有插着蜡烛,准备表演后庆祝用的蛋糕。

"诺拉……"

"嗯?"

"把你的男人给我当生日礼物。"

她放下眉毛夹,瞪我一眼。

"你自己去找一个。"她说。

那花束是早开的紫罗兰。白色紫罗兰的味道总会勾起这段记忆。令人心痛的十七岁。

"我只想要他,诺拉。"

只要一次就好,我说。他太迷你了,诺拉,他爱你爱得痴狂,从没多看过我一眼。但他难道不会发现不一样吗?我不知道,不试一试我们永远不会知道,但他怎么会注意到有什么不一样?同样的眼,同样的嘴,同样的发。只要一次,之后我会守口如瓶……他无辜得像芦笋,心地纯洁得像埃普斯牌可可,可怜的小羊。他怎么会猜到?

"诺拉,我真的好想要他。"

"哦,朵拉。"她说,因为这时,她明白除了他我谁都不想要。

她擦上我的"蝴蝶夫人",我擦上她的"一千零一夜"。她有件新洋装,花朵图案雪纺纱,牡丹、杜鹃,暗粉红和朦胧蓝和淡紫,长裙又开始流行了,穿在我身上看起来好浪漫。我们深吸口气,吹熄蛋糕上的蜡烛。我们七岁的愿望成真了,从此我就真心相信生日蜡烛的魔力,所以你也猜得到我十七岁许了什么愿。我闻着肌肤上不熟悉的香水味,感觉好淫逸。我发现,人家一开始叫我诺拉,我就能高高兴兴毫不顾忌地亲吻男生、拥抱主角,因为这一切都是她自然而然的举动。我则不然,我向来是内向的那一个。

至于诺拉/朵拉,她安安静静待着,可是喝了两杯就忘记装乖,又恢复平常作风,但等到她站上桌跳起舞时,大家几乎都已喝得烂醉,所以没人注意到她表现得不符角色,也所以朵拉跟钢琴师有了一腿,让我接下来几个月好不尴尬。

留声机正放着一张杂音沙沙的唱片。一旦我的生日礼物害羞地走进门,我就占住他。他的脸刚抹过卸妆冷霜,还油亮亮的。我拉起他的手。"我们跳舞吧。"我说。

"除了爱你我别无选择,爱你今晚的模样……"留声机里的声音唱道。

我知道我要他胜过任何东西,从没有任何男人像他甜美的脸和丝般柔软的亚麻色头发那样触动我。但话说回来,我其实仍不太清楚自己要的是什么,尽管阿嬷给了我们详尽的性教育,尽管我在歌舞团里看了这么多,更看过自己的妹妹为爱哭泣,为爱差点失血过多而死,也曾在一旁满心羡妒和欲望地听她爱的人让她大声呼喊呻吟。我以为我已经都知道了,不是吗?

但我其实什么也不知道。

紫丁香;一阵风吹进他们打开透气的窗;我刚吹熄的蜡烛的烟还留在房里,让人喉咙发痒;还有那第一个吻。我们接吻时我几乎昏倒,吓得不知所措,以为他立刻就发现不对劲,我突然不想继续假装下去了。我想回家找阿嬷,回到我们已经失去的昨日事物——回到沃辛顿太太的钢琴,回到我们剪去的腊肠卷发,捡起我们丢掉的紧身背心再度套上。但他也只跟我同年,才十七岁,也还只是个孩子;没什么好怕的。何况,此时此地我不再是朵拉了,对吧?现在我是诺拉,她什么都不怕,只要对方是男人。

于是我回吻他,我们悄悄离开派对众人。

他先去洗手盆旁清洗一番,我脱光衣服躺在沙发上看他,看他清洗自己时颈背谦卑的弯度。水声潺潺,只有镜旁灯火熊熊。有辆计程车停在屋外,喘声如狗;然后硬币叮当:"谢啦,大人。"那些声响简直像来自另一个世界。

他太年轻了,还没有体毛。灯光从他背后照来,他柔软的肉体粉红如玫瑰。他微笑走向我。那东西凸出得像小教堂里挂帽子的木钉。什么东西?你说呢?我忍不住直盯着它。我从没看过男人裸体,虽然阿嬷画图给我们看过。那东西顶端有一小滴透明液体,我灵机一动舔去它,他一阵喘息。他的乳头也硬了起来。他有点发抖,不是因为冷,我们房里的瓦斯暖炉一直没关。

他始终不曾说:"诺拉,今晚你有点不一样,好像更有魔力。"我也始终不想要他这么说。否则我会觉得羞惭。我永远不知道他当时是否发现哪里不一样,但就算真的发现了,他也非常有绅士风度地什么都没说。麂皮般的肌肤,眼睛蓝得像多年前店家用来包糖的纸袋。我没流血也没疼痛,十五年的**单脚趾尖旋转**、**越步**和高踢脚早已让那片薄膜了无痕迹。他戴了小夜衣,别相信人家说那会破坏浪漫气氛。他叹息,他翻白眼,你能看到他的眼白。睫毛足有一尺长。

有些事物是无法描述的。

之后,我假装睡着,不敢跟他说话。他为我盖上睡袍免得着凉,亲吻我的脸颊。过了一会儿,他起身穿上衣服,轻声哼着我们先前跳舞那首歌的零星片段。"你笑时鼻子上的小皱纹，触动我傻傻的心……"我眯眼偷看他。他又吻我一下，露出不知被我看见的大大微笑，然后离开，去搭晚班电车回他住在坎伯韦尔的父母家。他走了，满身"一千零一夜"和性爱的气味，而我躺在沙发上呼吸着他和我的味道，其实是他和诺拉的味道。我多愁善感地小小沉浸回味一番，只有沉默和夜色和克洛伊顿上空的满月为伴。如果他知道我不是诺拉，一定不肯这么做，他是专情的那一型。

我们的骗局是否欺瞒了那无辜天真的男孩？当然。这重要吗？让没犯过罪的人丢第一块石头吧。他真的以为我是他爱的人，因此他并没被骗。而我也得到了我想要的生日礼物，之后便把他还给诺拉，要不是诺拉那么容易变心，他们会一直继续在一起，一直继续……直到分手。

事实上，他们确实一直继续在一起，直到分手。事情就是这样。

激情过后的凌晨，紫丁香开始凋萎，花瓣边缘变黄，散发口臭般的气味。教我用隐喻的爱尔兰一定能对这紫丁香大书特书一番，你明白我意思吧。

隔了一段适当的时间，我也起身穿衣，再抹点香水，回到派对现场。这时，大部分人都已悄悄离开，包括朵拉——她搭上钢琴师的红色小跑车,回他切尔西的公寓去也。但同一张唱片还在留声机上转,累得不想回家的歌舞男团员正双双摇摆起舞,空气中残存某种气氛,好像我不在时发生过什么令人兴奋的事。然后我看见了那个令人兴奋的原因,他正就着饮料托盘给自己调杯苏格兰威士忌加苏打水,上次我们见到这男人时他身穿苏格兰裙,拒我们于千里之外,但现在他身穿浪漫的晚礼服,披着赤红内衬的黑斗篷。而且他,哦,太神奇了!正在微笑!对我微笑!

原来我先前听到的那辆计程车,送来的是——我们的父亲。

天知道梅齐尔为什么会觉得如今该来看看我们姊妹俩,但我确实认为艾夫人——她随即从暗处现身,身穿莫立涅[1]白洋装——有从中安排,这也是我们现在愿意收留这风烛残年老太婆的原因之一。

平心而论,这老头确实一直很有优雅风范。他牵起我的手。

"真奇怪,廉价音乐都好有感染力。"他说。

艾夫人和蔼微笑,看着我们,甚至亲手转动留声机把手。我的心怦怦乱跳。《我将感觉暖暖幸福》……你会以为他们就这么一张唱片,仿佛专为那一夜而写的歌……"只要想着你,想你今

1　Edward Henry Molyneux(1891—1974),英国服装设计师。

晚的模样。"在那无与伦比的一夜之前,我连他的手都不曾握过。以莎剧演员而言,他的舞跳得不坏。突然间,这一切实在太多了,我无法承受,忍不住哭起来。

"别哭,小女孩。"我父亲说。"生日快乐。我有一份非常特别的生日礼物要送你。"

我们父亲虽然不住在天堂,但与众家天使保持密切联系。所以,我们就这样参加演出了——与他本人同台——那出旋即在西区声名大噪的戏,名为《你愿意》。

音乐停止,灯光渐暗,男生也散去。派对结束了。他在我头顶一吻,轻轻小小的一吻,蝴蝶般的一吻,但还是一个吻。我心想:我再也不洗头发了。然后他们离开。

我决定奢侈一次,搭计程车回家,但我心情太激动了,在黎安院路就下车,一路走回去。我需要空气。回到布里克斯顿,天光已经渐明,天空是煤气灯火焰的颜色。我脚上是一双新鞋,我非常喜欢,觉得这双鞋时髦之至——红色摩洛哥皮,高跟,脚踝系带。花了我一大笔钱。高跟嗒、嗒、嗒踩在人行道上,我从来没有,以后也再不曾像那天早晨感觉如此像个大人,看着自己的影子踩着那双性感的鞋在我前方摇曳生姿走回家。因为,在已经结束的那一夜,我第一次跟男生做了爱,父亲也第一次亲了我,我还听到自己的名字将会首度亮灯高挂在夏斯伯利大道,此刻我心里塞得好满,充满对这世界的快慰与惧怕。

我回到家时,阿嬷还没睡,穿着她的和服喝最后一杯薄荷酒冰沙。看见我容光焕发,她动手烧水准备泡茶,抱了抱我。

"不管那人是谁,"她说,"都配不上你。"

为什么阿嬷还没睡?

为什么新开的一瓶利口酒已经见底,被她施以最后**致命一击**?

这些问题的答案,正庞大又光彩地舒舒服服躺坐在阿嬷最好的一张扶手椅上熟睡打鼾。天啊,他真的胖了不少!他的背心快要撑爆,一套姜黄格子花呢西装活像赌场工作者穿的,手指戴满亮晶晶的粗大钻石戒指,鞋子黑白相间像花斑狗——通讯记者式的鞋。

我叔叔又回家来了。

《你愿意》西区首演前一小时,我们穿戴妥当,化好妆,猛跑厕所呕吐。一开始我以为我有了,一种又甜又苦的情绪——我**真的**很激动,但我的朋友钢琴先生很快做出诊断:神经紧张。于是我们都喝杯白兰地,感觉好了些。剧院挤满了全伦敦的阿猫阿狗。我们先前在曼彻斯特的试演已经非常成功,大受欢迎,但钢琴先生现在也承认自己有点想吐,因为他不只是表面(风格啦、拉风跑车啦、公寓啦,等等)看来那样,因为全剧的音乐都是他写的,每个音符都出自他手笔,不是吗?那一夜将是他成败所系,但又一杯白兰地下肚后,我们便觉得好多了。

他上场时是钢琴师,下场时已成了明星,《你愿意》是他第一部卖座作品。之后他做了一连串音乐剧,当时全都大卖,现在全已被遗忘,没半个人记得。他一直以为我是"朵拉",而麻烦在于我**确实**是"朵拉",但不是他爱上的那个朵拉,不过他也没注意到其中差别,总是送我紫丁香,大把大把的紫丁香,好个多愁善感的家伙。我对他毫无厌恶感,他请我吃热腾腾的美好晚餐,我们共度一些愉快时光,但那天晚上他吻我祝好运时,我把脸颊转给他亲,因为不喜欢他呼吸的气味。老于世事的诺拉说:"这表示你开始厌烦他了。"我天天都生怕他会向我求婚。

"祝好运。"他说。

战争一开打,他就从军了。1942年失踪。我以前有时会去格德斯绿地看他母亲。钢琴上放着他的照片,还有我唱的那首歌的乐谱,当时他好说歹说终于称心如意——朵拉有了专属的歌:《哦我的情妹》。可不是吗。琴盖开着,乐谱搁着,没人弹奏。我以前不时会带个黑市买来的鸡蛋给他母亲。

最后关头,梅齐尔走来,给了我们他的祝福。他的表情说明他知道我们知道,但他不打算请我们原谅他,因为他这不就给了我们一个大好机会吗？戴着秃头顶假发的他，看来像得诡异，就像他扮演的——除此之外还有会谁——"威尔"，《你愿意》的主角。莎士比亚。[1]

我得告诉你，这时我们父亲已是戏剧界一大伟人。当时他四十出头——不过他看来比实际年龄年轻，充满天鹅绒般的光彩——正值巅峰。如日中天。"当代在世最伟大的莎剧演员"。运气占了很大一部分，更别说还有艾夫人的私人财富资助他的夏洛克和理查三世和那出让我们姊妹俩在布莱顿伤透心的麦克白。（不过他一直避开哈姆雷特，这时演那角色又已太老；也许他很紧张，怕评论家认为他比不上当年他母亲有男子气概。）

然而他仍渴望征服新领域。轮椅指天誓日地说，打从她提到看过他的左手女儿踢腿跳舞，他就动了念头想演歌舞剧试试。以前我总以为他和佩瑞道不同不相为谋——从不觉得他们像兄弟，更别说孪生兄弟，但现在我可没这么确定了。野心，是罕择家族的诅咒，也是荣光，他们会把自己所有一切全赌在一把骰子上。

因为，既然梅齐尔·罕择饰演剧名所指的威廉·莎士比

---

[1] 该剧英文原名为 *What You Will*，而 Will 作人名解时，又为"威廉"的昵称，在此即指威廉·莎士比亚。

亚,那么写作、构想、策划、制作这出戏的是谁?

咦,当然是佩瑞格林·罕择啰。

于是他们终于成了合作搭档。

《你愿意》精彩的新戏!

他们终于成了合作搭档,大获成功。

我们十八一朵花,头发黑亮像漆皮,踢腿高到耳边。在《哈姆雷特》那段,我们穿起旅馆小厮服装,齐声合唱思索,那包裹到底——我不诓你——"送到 2b 或不送2b"[1]。之后我们扮女巫姊妹,在以那场宴会戏[2]为本的情节中冲出一个巨大的羊肚杂煮,戴着流苏苏格兰帽表演简略版的高地舞。我们身穿截短的罗马罩衫,在"罗马丑闻"那一段带领众人载歌载舞;我穿着 15 世纪男装,朝阳台上闷不吭声、老大不高兴的诺拉独唱《哦我的情妹》——不过最后是她占上风,朝我倒了桶水,而我其实不怎么会唱歌,只是钢琴先生太迷恋我。我们脚踝系着铃铛跳摩里斯舞,然后又合音又轮唱《是情郎和他的姑娘》("嘿不不天杀的不"),然后在镀金大驳船的甲板上跳一支有劲的埃及沙地舞,船

---

[1] 这是拿《哈姆雷特》剧中名句"to be or not to be"开玩笑。

[2] 参见第 25 页注 1。

从舞台一头缓缓移向另一头,为节目前半段画下壮观的休止符。

我们的衣裳华丽之至,没有偷工减料,没有鱼目混珠——真丝、真绸、真羽毛、车载斗量的亮片。演艺圈多得是炫耀性消费。连背景画都美轮美奂。《安乐尼与克莉奥佩特拉》那段的背景画是临摹大英博物馆一幅壁画,《麦克白》的布景有点约翰·马丁[1]味道。终场大结局,还有艾夫人饰演"好女王贝丝"[2]。她没什么戏份,只需要站在那里,不过这样也好,因为她不是那种唱歌跳舞型的;但她站得非常有架势,头戴红假发,身上服装仿照V&A[3]一尊迷你模型,裙里的鲸骨撑架足有阿尔伯特厅那么大,脖子上挂了半吨人造珍珠。神来之笔,她的两个小女儿也首度登台,穿着古装背心紧身裤扮随从。

那时候萨丝琦亚和伊莫珍,嗯,才六七岁吧,天啊,我们真是互相憎恨,尤其我和萨丝琦亚。当时她只是个大眼睛、胡萝卜卷发的小女孩,但已经懂得伸腿绊我,把我的紧身裤袜勾在钉子上。她是个小讨厌鬼,要是他安排她出现在亚历山大城那场戏,我一定会把她丢下驳船淹死。

也许这时经济已经复苏,再不然就是很多人不顾大局继

1　John Martin(1789—1854),英国浪漫派画家。
2　指伊丽莎白一世。贝丝为伊丽莎白的昵称。
3　"维多利亚与阿尔伯特博物馆"的简称。

续动小手脚,因为有许多绅士瞒着太太为我们在哈罗德开了户头。从早到晚,送货车川流不息,把我们采购的战利品送到莎翁路——丝内衣、开司米毛衣、大量丝袜,我们丝袜永远不够穿。现在我们想都不去想补丝袜,袜子一破洞就顺手给歌舞群其他女孩,自己再穿新的就是。

每天都有一篮篮系着缎带的异国水果送来,阿嬷吃了,但花束引起一场风波。

阿嬷那论点是从书里读来的。直到今天,我都坚决认为她只是为了跟我们作对,总之,她在书上读到并相信花感觉得到疼痛。剪下一朵花,它会发出一声可怕的痛苦尖叫——幸好只有其他花听得见,但阿嬷宣称她的敏感耳朵足以捕捉那尖叫的回音——接着是一阵可怕痉挛,一阵垂死挣扎,然后进入尸僵状态。之后她在路上一碰到花店就改走对街,免得残害她敏感的感官或刺伤耳膜。此外她碰到肉铺、皮草店也都要回避,因此跟阿嬷一起出门就得不停地闪避、绕道,活像穿越战场上的三不管地带。

但骑单车的送货小弟每小时都送来花束,玫瑰、康乃馨、晚香玉、百合、兰花、什锦花束,我从不知道存在的花、看来仿佛腐烂的花、看来猥亵的花。面对送货小弟,阿嬷会拉长脸,发出呻吟,对着送给我们的花凄楚悲叹。

"铁丝穿心,可怜的花儿……真是造孽!"

她会把花拿到后院,插在堆肥上,苦着脸不断哀鸣。此外,珠宝也是个问题。我们藏起珠宝不让她看见,免得她那怪脑袋又出现莫名其妙的主意,逼我们退还。在那段放浪虚荣的青春岁月,有时我们会认为这老太婆嫉妒我们。

我们门上有星星,眼中有星星,脑袋里也满是星星,占去了原本应有的基本常识的位置。

我们的佩瑞格林叔叔又富了,总是笑个不停,笑声在他肚内回响,像酒桶滚在地窖里。梅齐尔甚至表示愿意让他客串法斯塔夫,但佩瑞回绝了。他说他比较喜欢待在后台,拉动牵线看木偶移动;听他这么说,你或许会以为他是个心肠冷硬的混蛋,但才不呢!他是欢乐的化身。

他和阿嬷会把胖大身体塞在早餐室的扶手椅上,连聊几小时八卦,发出水果味的笑声,旁边放一瓶薄荷酒,一桶冰块——如今给欠思阿嬷的东西都是最好的。等到屋外天色渐亮,听见我们钥匙插进锁孔的声音,他们会尽可能安静噤声,边笑边又打一个薄荷味的嗝,然后老太太会起身烧水泡茶。"你们终于纡尊降贵回家来啦,两位大明星!"如果我们其中一人单独回家,她会翻个白眼,说:"他妈的妈妈咪呀!"她会检查我们的手提包,确定我们随身带着子宫帽。"你就放她们一马吧。"佩瑞说。"一辈子只年轻一次啊。我敢说你在她们这年纪时一定也搅得天翻地覆。"但她的过去是禁忌,不能提的。

然后诺拉的男高音男友去了北方某处,失去联络,诺拉再度坠入情网——热火朝天,然后冷却;再度坠入情网,热火朝天,然后冷却;如此周而复始——我都算不清楚她谈了几次恋爱,那一年。与此同时,我的朋友表示要送我一件毛皮外套。他很喜欢我。

"不要毛皮,钢琴先生,多谢你。"我说。"阿嬷看见了会怎么说?"但他不肯接受我的拒绝,隔天早上,货车便送来一个大纸盒。盒里薄纸包着一件灰色松鼠皮外套,毛长如指,纤细可爱,"就像她本人的美德",一年多后在另一个国家的可怜老爱尔兰会这么形容,不过爱尔兰绝对送不起皮草,只教我避免在一个句子里用双重否定。

外套一送到,我就狠不下心退还,尽管阿嬷生了好大一场气。至今那衣服还在,就在我们不再用的阿嬷房间的大衣柜里,用白纸包着,毛间萦绕一股陈年的"蝴蝶夫人"香水味,一边口袋装着樟脑丸,另一边是一朵干瘪脱水的栀子花残骸,那是当年"某位贵人"从自己衣襟取下,插在我乳沟的花,后来被我塞进口袋。其实诺拉和我从来没什么胸部,但如果我有乳沟,那就是与他鼻子相当的高度,那男人个子很小。

我回家时,阿嬷气坏了。植物加动物同时出现在我身上,令她忍无可忍。"你总不会切下婴儿的头,把它插在你好朋友尸体剥下来的皮上做装饰吧?""我没跟松鼠交过朋友。"我说,厚起脸皮壮着胆子顶撞她。佩瑞闻言大笑,但阿嬷气得直喷鼻子,呼呼呼,等她发现送我那朵栀子花的人是谁,更是气得无以复加。她真的对王室家族很反感。

你知道有首歌,唱的是一个女孩"跟一个跟威尔士亲王跳过舞的女孩跳过舞的男人跳过舞"吧?我就是那个女孩,诺拉也是。他跟其他人一样,都分不清我们谁是谁。

他非常爱跳探戈,要是能的话,他恨不得探戈一整夜。他会面不改色一口气连跳半小时,严格考验你的体力。只要他还在跳,乐队就得一直跟着演奏,因为他是王室成员,但一般探戈一支舞只有四分钟,所以那真让人苦不堪言,尤其如果你已经表演过两场外加午场。我们比较喜欢下午在丽兹酒店跳,当时他们餐厅引进跳舞,叫作探戈下午茶。有一次,我在丽兹的玛莉安东尼套房捉到一只跳蚤,但那是后来的事,在战时,我招待"自由法国人"的时候。

如今我们出入的都是时髦夜总会、高档餐厅、豪华饭店。那年我们生日,佩瑞请我们全家上萨佛伊烧烤,包括阿嬷在内,尽管现在她讨厌进城,我们得又推又挤让她穿上束腹,用琴酒把她诱上计程车。她会涂太多腮红,又或许是因为她喝了太多琴酒,看来放荡不羁得要命,对侍者时而大声,时而小声——她一方面瞧不起他们卑躬屈膝,但若他们稍显无礼,她又会第一个生气。至于我们姊妹俩,我们盛装打扮,小小海军套装搭配同系列手套,宽边红帽拉低半掩一只眼,高级鞋,高级手提包,努力假装她跟我们不是同一挂,而佩瑞则永远一派轻松自在,每一分钟都乐在其中,那王八蛋。

侍者在一旁流连:"开胃菜部分,容我推荐生蚝、鱼子酱、烟熏鲑鱼……""听起来很不错,谢谢。"她说,所以她三样都吃了,高高兴兴配上大口大口薄荷酒,举杯时翘着小指就像狗翘起后腿。"干杯,宝贝儿!"她对佩瑞格林说。"没问题,亲爱的!"他回答,与她叮当碰杯,跟她一搭一唱。我们恨不得挖个地洞钻进去。

她愈来愈常穿起衣服。我注意到了。有一次,她就这么走进浴室,她从来连想都不会想到敲门,当时她一丝不挂,我也是,刚泡完澡正在擦身体。于是我们双双映在镜中,我年轻苗条纤细柔软,她庞大、下垂、发皱、微颤。我忍不住咻咻笑了。我不该笑的,事后真想打自己两巴掌,但笑声已经收不回来。

"好得很,朵拉,"她说,"但有朝一日你一觉醒来,会发现自己又老又丑,就像我一样。"

然后她嘎然大笑。当年我从没想过,多年前她也可能漂亮过。她喑哑地笑了又笑,但还是穿上一件睡袍才回来尿尿。之后几个月,我们之间一直有点冷淡。

现在我看得出来,我们身为她心爱的孙女,将虚荣无知的青春建筑在她的挫败上。一个天体主义者,若与其他逐渐老去的天体主义者为伴,或许能优雅地老去,但她不幸跟两个十来岁的性感小妞同住,不是吗,两个女孩觉得阿嬷光身体有碍观瞻,而且更糟的是,万一不小心被接送我们的哪个小伙子看到,恐怕会让他们大倒胃口。但无论如何,我们还是不该那么伤她的感情。

那一年,整个春天、整个夏天,电话响不停,全要找幸运欠思姊妹,而阿嬷用咻喘、咕哝、无礼的态度应对,有时接起电话还会说我们这儿是"贝特西流浪狗之家"。

她是我们的阿嬷,我们爱她,但在我们风光的那一年,有时爱得不太多。

现在我看得出来,那年我们正应景当令,因为我们是某种新鲜刺激的东西;有某种风格只能来自错误的一边,而我们的风光是一种瘦巴巴的、巷道野猫的风光,尽管我们自以为真的很了不得,从不曾看见别人眼中的自己。那时候,当我看着与我宛如互为镜中倒影的诺拉,我只看见圆滑世故的少女,有着天竺葵色双唇和故作天真的荷兰娃娃式发型（那已成了我们的注册商标）。然而现在，当我重新翻开阿嬷的剪贴簿，我看见照片里是一对街头顽童，打扮得活像圣诞树，披挂各式各样大胆、轻佻、奇怪、不搭调的晚礼服，还穿得高高兴兴，仿佛笑话一场。

当时的我们看来就像假扮大人进城去，那么天真无知，连人家为我们斟满的香槟，一沾上我们漂亮愚昧的小嘴唇都会变成姜汁汽水。

命运继续善待梅齐尔。咱们这位当代在世最伟大的莎剧演员不但主演音乐喜剧大获成功，更赚进大把钞票。那出戏简直是印钞机。他的生活优裕又讲究，除了伊顿广场那栋豪宅（我不禁注意到我们从未受邀，唯一一次还是艾夫人单方发出邀请，请我们去喝杯该死的育儿室下午茶，我们没去），萨塞克斯郡还有一大块地。打从黑斯廷斯之战翌年，纪耶姆·布雷德·琳德赶跑若干撒克逊乡巴佬之后，那块地就一直是艾夫人家族的产业，加上那块地上的大宅，再加上大宅的附属农庄、若干无产阶级的寒酸住屋和一两个村子。他用新赚的财富将琳德园好好整修一番，以便成为配得上英国戏剧界王室的乡间居所——换言之，像座宫殿。

但他的遗传因子太强，不是他能抗拒的。那栋乡间宅邸总有种临时味道:他打骨子里是个演员,所以永远活在舞台布景中。他想要一栋看似历史悠久的屋子,仿佛藏书室每一张皮椅都至少放了五十年,饱经岁月的镜子柔和朦胧,照不清悄悄爬上他眼角的鱼尾纹,可怜的老家伙。但那位被他请来负责装修的伦敦上流社交界贵族夫人,在室内装潢上多加了那么一丁点舞台需要的味道,仿佛对他的行业致敬;因此陈年皮革龟裂的程度有一点点超过绝对必要,镜面影像歪扭得有些变形,墙壁变成不到三分熟的烤牛肉加肉汁的颜色,实在太加里克俱乐部[1]调调。

"他给自己弄了个,"佩瑞格林看着书报说,"高贵得稍稍过火的布景。"阿嬷笑岔了气。

现在我老了。我想我知道阿嬷为什么不喜欢十八岁的我们——我们感觉不出反讽;多么容易被迷倒!

在这"高贵得稍稍过火的布景"里,梅齐尔演出现实生活中"宅邸主人"的角色,不过艾夫人,虽然一直陪在他身旁,却总显得些许尴尬。小萨丝琦亚(以及小伊莫珍,如果她没打着盹儿的话)更兴致勃勃地扮演撒旦手下的小恶鬼,因为,在那些成套盔

---

[1] Garrick Club,名称取自 David Garrick(1717—1779),英国舞台剧演员、制作人、剧作家。该俱乐部成员多为知名演员及作家。

甲、装着死鱼标本的琉璃匣、交叉挂在护壁板上的古董武器之间,总有地方可以躲藏,然后出其不意跳出来吓人,同时发出震耳欲聋的尖叫;总有某样无价珍宝可以用黏黏的手指去摸;总有某只狐狸标本可以在晚餐时间拿来找茬;总有宾客,好多宾客,可以在那英格兰乡间宅邸漫长牢狱般的周末社交聚会期间,慢慢加以折磨。冬青藏在床上[1],青蛙丢进浴池。还有一次最值得纪念,麦片粥里有蛙卵,至少我是这么听说的。

我们可从没受邀去那儿度周末。

因此现在我必须承认,尽管是咬着牙承认,在《你愿意》演出大受欢迎的那年圣诞节,我们非常兴奋——尽管也感到狐疑——能受邀参加"琳德园第十二夜化装舞会",虽然那与其说是邀请,不如说更像王室命令。

我们预定当晚演出结束后骑车前往,仿佛我们去那儿同乐是天经地义的事,而且甚至不需担心"该穿什么",因为他们叫我们继续戴着那"女巫姊妹"的苏格兰帽,准备好听到讯号就冲出一个天杀的超大苏格兰除夕羊肚杂煮手抓"煤块",先声夺人跳支轻快的舞。梅齐尔的社交秘书向我们保证,宅邸大厅的石板地极为适合舞蹈表演。

1　冬青叶缘有尖刺。

"叫我们去那儿唱歌换饭吃?"诺拉,"他们去死吧。"

"你不明白会有谁在场吗?"我的朋友名作曲家说,兴奋得浑身发颤。"半个好莱坞的人都会在场!"

别误会,他并没有口臭,然而如今他的呼吸气味已让我反感之至,每当我为那件松鼠皮毛外套"分期付款"时,都得趴着来,而上过公立学校的他倒也甘之如饴。[1]

佩瑞大笑,拍拍肚皮。

"好耶,好莱坞!你们以为是谁请来这些人?这可能是你们的大好机会哦,女娃!"

我们终于搞懂,梅齐尔的宴会其实是一场超大型试演会,我们该好好擦亮自己的踢踏舞鞋。那天表演结束后,我们裹着毛毡挤进我那自称情人——或该说如今几乎等同前任情人——的跑车,手攥一个油油的纸袋,袋里装着在贝特西桥那一侧,专做计程车运将生意的咖啡摊买来的培根三明治,先垫垫肚子,因为这一路开去要两小时,还得穿过狂风大雪,终于到的时候,我已经又饿扁了。

雪停了,一片噤声寂静。一切闪闪发亮,因为天空高挂一轮冰月,还有无数星星,就连后来在好莱坞,标榜"这儿的星星比天

---

[1] 一般取笑公立男校的学生盛行鸡奸。

上还多"的米高梅片厂,都比不上那一夜的繁星。雪厚厚堆积在古老草坪,堆积在玫瑰树;露台上的雕像穿戴着雪帽、雪披风;喷泉冻结不动。琳德园的建筑风格很有弹性,也就是一点这个一点那个,但全都很古老,角楼和山墙披着雪,饰带檐板和童话故事般的细格窗棂结着厚厚糖霜。我从没见过这么可爱的房子。它令我屏息。

当然,这一切现在全已灰飞烟灭,春梦了无痕。

台阶上迎宾的是几名鲁特琴乐手,身穿古装,拨弹某段古老乐曲。哦,多么有品位,多么甜美。他们呼出白烟,鼻子发红,唯一不协调之处是脸上戴的牛角框眼镜。自从门上有了星星,我们也参加过一些高档宴会,但从不像这次这么高档。我们紧握着手,吓到了,踌躇不前。

但这时我们看到快活亲切的佩瑞叔叔,他跟主人一家先来了,一身白领结白燕尾服几乎撑破,在雪地里像热暖炉发光发亮,正从低音中提琴里变出一只兔子。尽管那兔子随即变成我们的小堂妹[1]萨丝琦亚,被他好热情地又亲又抱,使我们又妒又怒,但看见他就足以让我们鼓起勇气,跳下车跑向他。

---

1 书中提及萨丝琦亚姊妹时,先用 half-sister(同父异母的妹妹)一词,后用 cousin(堂妹),加上文中其他线索,实已暗示其生父另有其人。

看到我们来了,萨丝琦亚立刻挣出他臂膀,噘起嘴,像只淋湿的狗抖抖身体,跑掉。佩瑞泄了气:他可以随心所欲把她变成兔子,但永远无法使她爱他。看见我们,他高兴起来,轮流将我们一把抱起转圈,以前我们在萨丝琦亚这年纪时就常被他这样抱,但萨丝琦亚显然从不肯让他这么做。我可以看见她隔着一段距离,以恶意眼神怒视我们。

我们风风光光走进大厅,一人挽着佩瑞一条胳臂。四周一片窸窣耳语:"幸运欠思姊妹来了。当然,你知道,她们其实是佩瑞格林的女儿。"他们全都相信。只有直接与此相关的人知道事实并非如此。

艾夫人全副"荣光女王"[1]的打扮,假发加长裙,梅齐尔扮的是——你猜对了!——一起迎接各路来宾,宾客全穿着符合莎士比亚主题的服装。两人分别致上一吻和一下握手。我们也不例外,跟其他人一样获得一吻和一下握手,然后拿起一杯泡泡香槟迈进大厅,我那位戴着帽子全身铃铛的男伴已经坐妥在白色平台钢琴边,叮叮当当弹出剧中歌曲精选,光鲜亮丽的女士纷纷把乳沟靠在贝希斯坦琴盖上。

---

1 Glorianna(本书中拼成 Gloriana),指伊丽莎白一世。glory 一词为荣光之意,故此处意译为此。

宽达半墙的壁炉烧着木柴，双层玻璃窗外的天空有如布里斯托玻璃，自助餐台上有肚里填料的烤天鹅，不骗你。侍者帮我切了一片，我为之作呕。我注意到诺拉已经跟一个小个子秃头肥佬相谈甚欢，那人穿着皮靴马裤（我想不出他扮的是谁或是啥），一边讲话，一边用手里的雪茄在半空猛画大圈圈。

"我实在不想吃天鹅。"我对侍者说。"羽毛太多了。你有没有什么其他适合女生吃的东西？"

手持切肉刀的他抬起脸。那双眼睛。我的心怦怦乱跳。

"没想到会遇见你。"我说，结结巴巴，欢喜得几乎要哭出来。

"年头不好。"他说。"男高音太多，歌太少。"

所以他来这儿兼差当侍者。我们眼睛不住地看着对方。身后，我妹妹的声音唱起歌来，啊呀，她借去了我的声音："再多拖延也无益，亲吻我吧……"

"诺拉。"他对我说。

"……二十个甜蜜。"

在那惨遭蹂躏的天鹅尸骸上方，我们倾身靠向彼此。人好多好挤。我们躲在那堆羽毛后，吻了又吻，吻了再吻，最后无言但有默契地钻进桌下，手脚并用爬过一整条自助餐桌，两边垂着大块白桌布，感觉像冲过医院长廊。我把羊肚杂煮的午夜约会抛在脑后，此刻我另有要事在身。我们从另一端爬出来时，诺拉正跟那个肥秃头跳舞,他一定是把雪茄搁在其他什么地方,才能空出嘴巴贴着她脖子,一手摸着她的裸背,另一手在她屁股上拍出刺青。

我的男孩和我牵着手,跑上黑橡木楼梯,一切都是黑白,月光,影子,雪。我们跑过雕刻的月桂叶冠、一堆堆水果、头戴花冠的大胸脯女人,终于找到我们要找的,主卧室——一眼便认得出来,因为我父亲的恋物对象,老兰纳夫演《李尔王》时戴过的那顶纸板王冠,就放在壁炉架上一个玻璃盒里。

这房里也有一炉柴火散发光热,床罩翻开,一阵小风沿烟囱溜下,轻轻吹动床柱垂挂的刺绣帷幔,于是上面的参孙和大利拉、朱迪思和霍洛芬斯[1],所有绣制的男男女女都微微摇晃,仿佛那些古老情人正在向躺上床的我们打招呼,看着我们急于重温旧梦。

我拔下假睫毛,抓了一把艾夫人的棉花抹去脸上的妆。今夜,这最最特别的一夜,我想呈现自己原来的面貌,不管这个我是谁。

"我染了头发。"我说。

---

[1] 典出《旧约》伪经,犹太女英雄朱迪思(Judith)色诱敌将霍洛芬斯(Holofernes),后趁其熟睡时将之斩首。

"我知道。"他说。

为爱而死是我们家族的特性。我祖母就是这样,我母亲亦然。那一夜,是我这辈子唯一一次觉得这么做或许值得。他慢慢来,我也是。许久不见,他乳头周围长出一小圈金毛,但除非你仔细看,否则注意不到。

"诺拉。"之后,我们湿答答躺在那儿喘息时,他说。"诺拉……你换了香水。"

我只需开口,说:"不是诺拉,亲爱的,而是朵拉,一心只爱你的朵拉。"这世上就会多一个幸福的家庭主妇,在史劳或齐姆的某处花园围墙里生一堆小孩。你相信吗,这句可能改变一切的话,当时就在我的舌尖;但话始终没说出来,因为就在这一刻,我的情人皱起鼻子。

"你有没有闻到烧东西的味道?"

我指指温暖的炉火。他摇头。

"不是那个……"

楼下传来响亮赤红的一声尖叫:

"失火了!"

之后,一片大乱。喊叫,大叫,尖叫。桌子翻倒,盘子哗啦摔碎;脚步声乒乒乓乓;鲁特琴全被急忙抛下,同时走调。还有,是的,我听见熊熊烈火的咆哮。

我可以告诉你，我们很快起身跑向门口，但那老橡木门触手温热，一打开就涌进一大阵灼热气流，吹得我们踉跄倒退。我们看见楼梯已经着火，梁柱两端雕刻的怪兽起火、烧亮，而后焦黑。楼下传来天花板轰然垮下的声响，在众多嘈杂吵闹中我听得出它掉在平台钢琴上，因为琴临终发出最后一个混乱扭曲的和弦，然后完蛋，声响犹如天使落下竖琴。

一条长长火舌舔上楼来，进了卧房，攀上我们身后的床幔——几乎我们一起身床就烧着，简直像是我们先前在床上的热情将它点燃。我呆站在那儿，瞪着我的小苏格兰帽被随火涌进的汹涌气流抛旋，然后被火舌倏地卷吞，像青蛙卷吞蚊蚋。他大力推我一把。

"快。"

我立刻清醒过来。我们冲向窗户，身后的织锦绣帷随即呼咻一声烧起；我们徒手攀着常春藤往下，抖落阵阵大雪。直到再度站在草坪上，寒意入骨，毛焦皮燎，一半是冷冻鳕鱼、一半是炭烤肋排，我这才想起，火不仅烧掉我的"女巫姊妹"服装，也烧去了他的侍者制服，这下我俩都"赤裸一如天生"，借用欠思姊妹后来走下坡的年头参与的某出可疑表演名称。我把羞红的脸埋在他胸膛，他抚摸我的发。"诺拉。"他温柔说道。"诺拉……"

他是那么温柔，事实真相再度来到我舌尖，但这时琳德园正熊熊燃烧,逃出的宾客在露台上踱来踱去、面露愁容、扭绞双手、大呼小叫,消防队警钟大作宣告救火车到来。连在这么一团大乱之中,我仍感觉到他的,咳咳,男子气概挺立起来,而我也无法抗拒这诱惑。于是我们滚倒在灌木丛里又做了一次,底下是梗得很不舒服的小树枝和硬土地;遮掩我们的杜鹃丛被我们的激情席卷,摇得厉害,抖下愈来愈多的雪,四周则是一大堆跑来跑去的脚,把落雪踩成稀泥。就环境气氛而言,这是从崇高转为可笑,但激情急切,该做的还是得做。

当然啦,这回我们动作就很快了。

让我永远感到羞惭的是,直到他完事翻躺一旁,我坐起身,这才想到:"哦,我的天啊——*我妹妹呢?!*"

相信我,就连那时候,如此深陷情网的那时候,我都不曾——一刻也不曾——想到,如果……她烧成焦炭……那……他就永远是我的了。

一秒也不曾。

老实说,我最爱的是她,向来如此。

大草坪上好一场稀罕表演。原先尽情享乐的宾客全一身黑烟,艾夫人假发烧焦,衬裙只剩冒烟的焦黑骨架,把一个小孩紧紧抱在胸前,紧得足以憋死她,不过那小孩是伊莫珍,所以照睡不误,而艾夫人又哭又嚎,拼命叫唤另一个女儿。但在我看来,要说萨丝琦亚为了什么小事不爽——比方她那份草莓加的鲜奶油不够多,或者歌舞表演开始之前被赶上床睡觉——就放火烧全家,也不足为奇。

但四处不见诺拉踪影,我的心一沉。

佩瑞叔叔也不见踪影,但是,直到后来他的飞机在亚马孙河流域失事,一星期又一星期过去,一月又一月,一年又一年,我们才终于被迫承认他也是难逃一死的凡人,而在那之前,阿诺和我都打心底认为他是金刚不坏之身。

然后我看到萨丝琦亚。她完全不管焦急欲狂的母亲,躲在一丛玫瑰下猛吃。她从大厅里拖出整只天鹅尸骸,天鹅羽毛全被烟熏黑,看起来活像只脑满肠肥的乌鸦,但尽管这样,那贪吃鬼也没倒胃口,她就那么叉开腿蹲在那儿,把天鹅的翅膀和腿一只一只扯下来猛啃肉,啃得津津有味好不痛快。当然,后来她就是靠贪吃做出一番事业。她也顺手牵羊了一钵沙拉,但不知为何没拿羊肚杂煮,显然发现了那里面是空的。

所以萨丝琦亚在这里。但诺拉,仍然不见人影。

人家说,如果你的腿被砍掉,一开始你不会发现,直到你想用那条腿站立并因而摔倒。我和诺拉就像这样。那小伙子还平躺在杜鹃花丛下沉重喘息,对一切浑然不觉,等他回过神来搞不好会唱起:"哦,我的情妹,你欲何往?"因为我已经开始疯狂地到处找诺拉。

火烧出了某种疯狂。一群女扮男装、穿着松紧带短裤和紧身裤袜的歌舞女郎激动得口齿不清,跑出来时顺便搬了一箱泡泡香槟,现在,砰!随着一阵阵小型爆响,她们打开瓶盖把酒往火里洒,边进行这徒劳努力,边发出无助哀鸣。另一群身穿小丑服装的歌舞群男没香槟可用,便解开裤裆贡献自己的液体,略尽绵薄帮助东萨塞克斯郡消防队的好男儿,后者正指挥一弯弯大水柱冲向大火中心,水柱上方形成巨大彩虹。

被自然冲动征服的也不只男高音和我一对。再没什么比灾难更刺激胃口的了。我眼角瞄见,积雪的玫瑰园里,藤蔓凉亭下,科利奥兰纳斯正扎实地鸡奸班柯的鬼魂;日晷旁,一位扮成克莉奥佩特拉的绅士用嘴取悦另一位扮成托比爵士的绅士[1]。不只如此。我一眼瞥见花式草坪上的雪堆有个蛋形凹痕,是头号风流红娘以女上男下的体位猛扭不停,而底下那个呻吟着接受她眷顾的人不是别人,正是我那位如今绝对已成前任的情人,他的帽子没了,但全身铃铛乱响。后来,他在下一出戏里让

---

1 这里提到的都是莎剧人物,分别出自:《科利奥兰纳斯》《麦克白》《克莉奥佩特拉》《第十二夜》。

她成了独挑大梁的明星,我很为她高兴。她说当时她看他走过来,便伸腿绊倒他。爱尔兰女孩,来自德瑞;那年头是坚定的共和派[1],现在则是大英帝国的女爵士。

因此,这火灾之夜有杂交狂欢的一面。熊熊燃烧的大宅周围,闪动的红色火焰照亮了悲叹的寻欢作乐宾客,他们身上是罗马罩衫、苏格兰裙、紧身裤、马裤、蛋糕裙、缠裹床单、马鬃布迷你蓬裙,就像一场面具舞会的众人突然全下了地狱。那是个冰冷刺人的夜,星星尖锐得像针。

着魔一般,我在一群群败兴宾客间拼命跑来跑去,寻找我失落的肢体,我全身最重要的部分,先前火热激情时,我竟那么没心肝地忘了她——忘了她!彼时彼地,尽管乳头仍留有吻痕,但我心想,哪,激情也不过尔尔,因为要是没有诺拉,人生根本不值得活了。

这才是姊妹之情。

我哭得太厉害,几乎看不见路,一头撞上梅齐尔,他还穿着古装背心紧身裤,但全身都被熏黑。我屁股撞出一大块瘀青,因为他正闷哼着又推又拉又揉一把扶手刻成狮头的木雕大椅,不知他怎么从火场抢救出来的,现在正把它拖向草坪正中央统筹

---

[1] 这里指支持爱尔兰独立。

指挥的位置,那里视野绝佳,可以一览无余看见这栋他本来打算在此活得出名的屋子的大火结局。"帮我一把。"他说。

我们把扶手椅拉到他要的位置,他一屁股坐下。

"香槟!"他叫道。说来也奇,一名侍者像变戏法般随即出现,银托盘上放着银冰桶。我用手背抹抹脸。

"朵拉?"他说。"还是诺拉?来跟流亡王子一起喝杯酒吧,亲爱的孩子。"

我朝他走近,他对我露出迷人微笑,一滴泪也没有。我目瞪口呆。从没见过梅齐尔这么冷血的人。

"我得说,您真的很镇定,先生。"我说。(当着他的面,我们总是称呼他"先生"。)

"男人难道不能在自家炉火旁享用一杯酒吗?"

侍者为我倒了一杯,我接过。我们叮当碰杯。

"你眉毛不见了。"他说道。

"比这更糟。"我说着啜泣起来。"我妹妹不见了。"

"而我,"他说,"我的王冠不见了。"

从他的语气,我听得出失去一个私生女对他而言,并不如失去罕择家族那陈年传家宝(我才刚在他卧室看到过)那么严重。当下有一刻,我身为女儿的执迷不悟之心,真恨不得为他抢救那顶王冠,但是,尽管前胸被琳德园的火焰烤得发热,我后背却冰冷不堪,一如我的心情。

"我的王冠,我傻气的王冠,我的纸王冠,补补凑凑之王的王冠。"他悲叹道。"我父亲扮演李尔王时曾戴过的王冠——历经那么多死亡,那么多心碎,那么多辗转奔波……现在却付之一炬!哦,我亲爱的女孩,我们戏子是多么单纯的人……跟小孩一样迷信。火尽管烧没关系,烧掉那些花哨昂贵的摆饰,烧掉那些华而不实的玩具,烧掉那些油画、景泰蓝、伊丽莎白时代橡木家具……但是,哦,我的王冠!那顶金漆快掉光的硬纸板王冠。你可知道,你可猜想得到,它对我有多重要?重要得超过财富、名声、女人、小孩……"

我最好相信他说到小孩这一点。我惊愕看着他,他这么感动是为了什么?一个薄弱的假象。一样什么也不是的东西。

"没有王冠叫我怎么办?奥瑟罗的事业就此完了!"[1]

他哭起来。泪水流下他被烟熏黑的脸,像粉笔画在黑板上,但是——说来可真滑稽——尽管我泪腺没有受到刺激,掌心却痒得不得了,我知道唯一解除这种不适的方法就是拍手。我忍不住正要给这老骗子鼓掌,徘徊在一旁,跟我一样吃惊于他这场表演的侍者突然抓住我手臂,害我的香槟洒了出来。

---

[1] 奥瑟罗一句,出自《奥瑟罗》第三幕第三景。

"看!"

奇迹出来了。

在烈焰中心,穿过原为琳德园正门的火焰之门,走出一个庞然人影,起初轮廓模糊,但愈来愈清楚。

热气波动,扭曲了他的身形和体型,他看来巨大一如燃烧的房屋,甚至更大,火焰在四周翻卷舔舐,他仿佛就穿着火。有个东西闪闪发亮,我一时吓坏了,以为他已死去,眼前是他头罩光圈的鬼魂,但随着他走出火场,我看清了他头上戴的是什么。

他怀里抱个女孩。

"哦!"我叫。"啊!"梅齐尔叫。

那女孩除了诺拉,还可能是谁?而那闪闪发亮的东西当然也只可能是一顶硬纸板涂金的老旧王冠,斜戴成一个放荡不羁的角度,没受损,没烧到,没熏黑,一如佩瑞格林本人,也一如佩瑞格林抱着的那人。

我们想跑上前去,却发现自己无法前进,火热空气像一堵无形的墙挡住我们,连我手臂上的汗毛都烧得吱吱响。佩瑞格林步伐坚定走向我们,在草坪上留下一行黑色脚印。他走出火场,对梅齐尔微笑,把安然沉睡的孩子递给梅齐尔。

男高音找到东西蔽体了,是一件开司米外套,原属于好莱坞制作人,后者与诺拉跳舞时把雪茄搁在餐桌边,雪茄落地,神不知鬼不觉在石板地上闷烧，然后白桌布边缘也开始闷烧。

白桌布边缘闷烧一阵后，一股冒险犯难的小小蓝色火焰沿着白色亚麻布侧边往上舔，看看桌上有什么。尽管第一股小小火焰看到桌上的东西，满意了，神不知鬼不觉缩回去，但第二股小小火焰又神不知鬼不觉往上爬高了一点。

为什么大火初生时，没有被侍者看见踩灭？

因为起火位置的负责侍者不是正牌侍者，并非专业人士，只是为这场大宴会临时雇来的帮手，而他凑巧鲁莽地弃守岗位，跟一名女客溜上楼，因应他某个身体部位的急迫需求——

但这一切我们都是后来才知道。

草坪上，我们身后，所有宾客聚集在一起，一个也不缺，破烂华服被火熏黑，仿佛突然开始服丧，还有艾夫人和我们的小堂妹——现在连我都能怜悯她们了，可怜无家的小孩——仍啃着一只烧焦天鹅翅的萨丝琦亚，起火元凶制作人，正扣着裤裆纽扣的我的前任情人，全体歌舞群，每一个主角、乐手、侍者、厨师、洗碗女仆。连消防队员都放下水管跑来看。

全体人员看着佩瑞安全救出我妹妹。

一切事物为之屏息。

她动了动，眼皮颤抖。

我还来不及动弹，我的男友，她的男友，已经从我身旁冲出，一把从佩瑞怀里抱过她,又是笑又是哭,紧搂着往她脸上吻了又吻。

这下她终于睁开眼睛,但看见他,她没微笑,也没回吻。

"朵拉呢?"她第一句话就说。

"哦,你这勇敢的小女孩!"天真无辜的小伙子说。"原来你冒着生命危险,又跑回去找朵拉!"

诺拉环顾四周,我看她神情有点混乱。然后——还是小心谨慎为上——她昏了过去。梅齐尔根本没看她,急得简直手舞足蹈。

"王冠给我!"他嘶声说,突然变成了理查三世。"王冠给我,你这王八蛋!"

佩瑞格林惊异地看了他一眼,然后大笑起来。

"上帝阁下,现在为王八蛋起立吧!"他扬扬得意。

他似乎愈变愈大,往四面八方扩展,变得更大、更高、更宽。他摘下王冠,那著名的罕择王冠,寒酸一如小朋友扮戏的道具,被他拿在手里铃鼓般摇动逗弄,看似远在梅齐尔够得到的范围之外,仿佛佩瑞是大人而梅齐尔是小孩,尽管梅齐尔平常个子很高。

"如果你想要,"佩瑞格林说,笑得全身发抖,"就跳起来拿!"

但这时,众人注意焦点突然转向好莱坞制作人,这场大火的始作俑者,他又找到一根雪茄,不过,我心想,他上一根雪茄才烧掉东道主的豪宅,随即又点烟来抽实在极度没品。总之,他紧紧咬住又一根粗肥雪茄活像婴儿紧含奶瓶,从牙缝里宣布:

"各位女士各位先生,这片灰烬中……"

大家转头看他,月光下,眼白在熏黑的脸上显得又大又发青。

"……将有一部天才杰作浴火重生!"

"塞翁失马,焉知非福,各位女士各位先生。我要带你们这些才华横溢的人,是的,你们所有人!前往美国好莱坞。是的没错!出任导演的将是英国剧场这位伟大天才——"

但梅齐尔一心只想着他的传家宝。

"我的王冠!"

"跳啊!"佩瑞格林嘶嘶说道。梅齐尔神色有如丧家之犬,稍微蹦了一下,差得远。

"——你们这位伟大天才,梅齐尔·罕择。剧本则出自罕择家族另一位伟大天才,我的朋友……佩瑞格林·罕择——"

"——我的王冠!"

"跳啊!"

"——再加上威廉·莎士比亚的对白!"

他吐出一圈胜利的烟,惊呆的人群响起一阵摸不着头脑的掌声。听到最后这几个字,佩瑞格林显然吃了一惊,放声大笑,笑弯了腰,惊讶又愉快。

"我的天!"他说。"真是美梦成真!"

接着他突然对王冠失去兴趣,不想继续逗弄老梅齐尔了。当梅齐尔再度哀鸣"我的王冠!"时,佩瑞随随便便把它丢给了他。他毫不在乎王冠,那只是玩具,他只是在玩游戏,梅齐尔把游戏看得过分认真是他太笨,笨得紧紧抓住那王冠仿佛它有生命,还亲吻它。真笨。我这才看出他们从小就恨对方入骨,当场有种"鹅走在我坟墓上"[1]的感觉。

又或许只是我终于感觉到冷了。我冷得浑身发青。佩瑞脱下燕尾服裹住我,这个满脸煤灰泪痕的裸女,他的侄女。又一场表演接近尾声,剧团退场,准备踏上回家的长路。

"该走了,朵拉。"他说着抱抱我。"该把可怜的诺拉带回家了。"

躺在我们男朋友臂弯的诺拉看似昏迷,但睁开一只眼对我眨了一下示意。佩瑞对他说:"我可以载你一程到克拉彭广场,你可以在那儿搭夜班电车回去。"于是他与我们同车一段路,但佩瑞不让他跟我们回家,之后我再也没见过他。

---

1 英美传统说法,忽然一阵冷战时便是鹅走在你坟墓上。

3

前几星期我们又把那片子看了一遍,已经好多年没看过。事实上,我们已经好多年没上过电影院,其中有种种原因,很重要的一点是本地跳蚤窝专放塞尔维亚-克罗地亚原音附字幕的片子,这对区区在下的眼睛有点吃力。我的眼力不行了,看不见,眼镜又放在家里;当然我本来就不打算戴眼镜出门,宝贝儿,我现在只剩虚荣可恃了。放映时间是星期天下午三点,在诺丁山,十万八千里远,我们得搭两班公车,在"苏格兰商店"[1]转车。

天啊!时代真是变了。银幕上的人比坐在底下的人多,而且那儿真是名副其实的跳蚤窝,我大腿根内侧被咬,这部位可敏感得很,在公共场所公然搔挠铁定会被警察抓。电影看到一半,外面下起雨,漏雨滴在诺拉身上,我们要不就得撑伞,要不就得换位置。我们起身时,看见后排有个男人跪着,脸埋在男朋友的裤裆正起劲。事实上,整个下午只有这一点让我高兴,知道至

1　Scotch Shop,高级羊毛服装店。

少有人挺开心,在那阵阵透风、潮湿空荡、满是鼠臭和陈年烟草和杰耶消毒水和丝绒反潮味道的剧院里,我可一点都不开心,拖着这具二手身体坐在那儿,看它当年依然崭新的模样。

诺拉一度用手肘拱拱我的肋骨。"妈呀!"她说。"我们当年真漂亮!"

简直让人想哭。

虽然观众稀疏,但终场还有零零星星掌声,尽管我紧张地怀疑那可能意带反讽。之后一个男生在街头追上我们:"你们该不会就是欠思姊妹吧?"我们大乐。我们在他那本《城区》[1]上签名,然后他凑近悄声问我们,她的本名是不是真的叫黛西·达克[2]。

他靠得那么近,我看见他胡子上有小滴小滴珍珠似的精液,让我看得好不入迷。我说,没错,是真的,然后——实在忍不住,事后恨不得咬掉自己舌头——我说,你有没有注意到他嘴巴形状很滑稽?那是因为他帮好莱坞每一个制作人都吹过喇叭。他走之后,诺拉一口咬定我伤了人家感情,还说她觉得他嘴巴形状正常得很,不过总之他看来一点也没不愉快嘛。

---

1 *City Limits*,列出并介绍最新文艺休闲活动的周刊指南。
2 Daisy Duck,意译则为"雏菊鸭"。

走出电影院时,诺拉顺手拿了一份折页传单,此时正眯着眼看。《仲夏夜之梦》,梅齐尔·罕择导演,美国好莱坞出品。"朵拉,"她说,"这里为什么说它是'集媚俗大成的杰作'?"

我们想找个地方喝杯茶,但"乔·里昂斯"都没了,都已经呜呼哀哉。你记不记得那些里昂斯茶馆?店面厚厚白石膏形成卷卷花纹,就像走进结婚蛋糕,金字招牌写道:乔·里昂斯。你沿着柜台往前挪,水煮蛋加吐司放在鸽笼般的锡盘小洞里保温,质感湿润、果肉多多的巴斯面包[1]顶端有冰糖碎块闪亮,旁边摆一小坨奶油。女侍会把滚水——呼咻!热腾腾注入胖胖白茶壶,你的热茶就泡好了,喝完后杯底残留茶叶,可以用来算命。

我已经好几年,好几十年,没有喝过杯里有茶叶的茶了。不知道这年头算命的怎么办,看手相吗?

真绝,居然会怀念乔·里昂斯。以前我们只有手头拮据时才会去那儿吃午餐,当时我们还在到处找演出机会,天天跑经纪人办公室、舞台后门等。然后我们会一人花六便士买点吃的,附有薯条、一根香肠、一些豆子。

像乔·里昂斯茶馆这种地方,只有消失了,你才会怀念。

但我们找了半天,诺丁山硬是找不到地方喝茶,于是改喝

---

[1] 黑醋栗圆面包,上撒糖或糖粉。以英国巴斯市(Bath)为名。

杯琴酒振作精神,波多贝罗路那间酒馆活像空洞透风的大谷仓。外面仍在下雨,天色渐暗。有时我纳闷我们干吗继续活着。

那年头,四法辛[1]等于一便士,英国四面完全环水;如今呢,已经没有便士这种东西,而这个多雾的三角小岛仿佛挂在云下——现在是空运时代。好像鼓起嘴一口就能**吹去**莎翁路四十九号和纽约那栋公寓之间的距离,好像我明天就能身在彼处,如果那公寓仍然存在,如果佩瑞格林仍然存在,如果过去不是比海更深更难渡越的话。

我这辈子只飞过一次,是在美国好莱坞,《仲夏夜之梦》的拍摄现场吊钢索。那年头,从伦敦到好莱坞可是大费周章,得花上好几星期,先越过大西洋,再横跨美洲。第一段是水路,阿诺和我就这样抵达曼哈顿,通往我们父亲梦想的大门,当时一大清早,我们站在栏杆旁,看得目瞪口呆。

从没见过这样的地方。以前在电影里看到的景象只是实物的苍白影子而已。那么多高楼大厦,排成长长一排排,随着我们进港而渐次移动分开。面前一切似乎都直接从海中拔地而起,像失落的城市探出头换气。我们的心开始狂跳,感觉任何事

---

[1] farthing,英国1961年以前使用的旧铜币,等于四分之一便士。

都可能发生。

我们靠着栏杆看得目瞪口呆,就像一般旅客,但我们打扮得可时髦了,我还有证据哦,剪报在这儿。哪,看到没?《纽约邮报》头版,我们穿着最体面的套装——夏帕瑞丽[1],不骗你——炭灰羊毛料,领口袖口镶狐皮,纽扣是四分音符[2]和八分音符形状(典型的夏帕瑞丽风格),柔软高顶小帽斜斜半遮左眼。我们事先已经互相交代,要看起来火辣,但保持冷静;我们的姿势与套装搭配得天衣无缝,髋骨向前凸出,肩膀垂下,重心放在一条腿上。

看看头条标题:"纽约喜迎莎士比亚珍宝",副标题:"孪生姊妹带来宝贵礼物"。看到诺拉怀里那个像断头娃娃的东西没?你绝对不会相信的。那是个罐子,某种坛子,差不多是火葬场用来装骨灰那种大小,中空,外形是一尊胸像,也就是,没错,威廉·莎士比亚的胸像。这是我们父亲在特伦河畔的斯托克特别定做的,秃顶假发可以掀开,就是盖子。

那么这古怪容器里装的是什么?

泥土。

---

[1] Elsh Schiaparelli(1890—1973),法国服装设计师。
[2] 此处原文作 crocher,意为钩针,但依下文的 quaver(八分音符)推测,应为 crotcher(四分音符)之误,故斟酌改译。

就像吸血鬼德古拉伯爵，我们带着一罐泥土旅行，片刻不离身。泥土来自埃文河畔的斯特拉特福[1]，由某个助手虔敬地从那大剧院庭园里挖起，然后交给诺拉和我，我们的神圣使命便是把这珍贵泥土带到新世界，让梅齐尔第一天开镜前撒在《仲夏夜之梦》的拍片现场。

他和艾夫人还有双胞胎女儿当然早就先到美国，处理"前制作"事宜。花了好长时间才搞定。火灾那一夜，秃头男——我们很快就学会跟其他人一样叫他"成吉思汗"——的宣言是一时激动脱口而出，之后耗了好久，"雅典附近一座树林"[2]才在卡尔弗城[3]附近的空地上搭起来。但现在，哦，想来让人多么兴奋！只消再搭三天火车就到好莱坞，我们的明星梦也将一蹴而就，至少在纽约那个早晨我们或许曾这么想。我从没见过这么多照相机。咔嚓，咔嚓，闪光。我们靠岸。咔嚓，闪光，咔嚓。我们带泥土通关时甚至上了"帕赛新闻"[4]。但阿嬷的座右铭打小就牢牢印在我们心中："抱最好的希望，做最坏的打算。"我们有备而来。

---

[1] Stratford-upon-Avon，莎士比亚出生地。
[2] 《仲夏夜之梦》的主要场景。
[3] Culver City，在洛杉矶城内，为电影制片中心。
[4] 指当时电影播放时穿插的新闻影片，帕赛（Path）为片厂名。

然后:"女孩们!"

佩瑞来迎接我们了,将我们紧紧一搂,还是旧日那熟悉的大熊拥抱,他红着脸哧哧笑,像个小孩。

"喜欢吗?"他问我们,往壮阔的地平线挥手比画,仿佛那是他买给我们的礼物。"喜欢吗?"他说,在那辆载我们回家,内衬皮革是白色的加长礼车里挥手比画。"喜欢吗?"他问我们,在我们的目的地挥手比画。

那地方简直离谱,装潢得活像西班牙小教堂。皮革镀金的护墙板,一道霓虹灯下是一幅葛雷柯的基督诞生图真迹,霓虹灯可以推开,露出湿式吧台[1]。他波一声打开香槟。四处散放几把铸铁大椅,光看就够你长痔疮。这是客厅。然后你走上盘旋的楼梯来到卧房,窗户占了半面墙,看出去是中央公园,公园彼端摩天大厦的钢铁蕾丝歌舞团一览无遗。房里一张圆床直径足有六尺,堆铺着北极熊皮,床顶的天花板上一面圆镜。

"这个幸运女孩是谁?"我们窥看她华丽的衣柜时,我问。他手指按在唇上:"最高机密!"这时白色的电话响了,打断我们。佩瑞拿起听筒,没讲话,只静静地听,露出哀愁表情,然后叹口气挂上。

---

[1] wet bar,指附有水槽、水龙头的居家吧台。

"可怜的婆娘。"他说,但没告诉我们指的是谁。

一只大波斯猫——也是白色,搭配电话色调——从床上跳下,争取一点注意,把头往我们炭灰色裙子上蹭,弄得我们满身毛。猫儿在哪里尿尿?这里可是十五楼耶,问题不小。但若要论人类的卫浴设备,简直**奢侈得让人尴尬**——一间浴室供那位女士(不管她是谁)专用,以粉红大理石和铬钢装潢;另一间给佩瑞用,比较低调,黑瓷砖,还有——配得真好——黑浴巾。诺拉放下酒杯,脱光衣服冲了个澡,我则躺下休息,在熊皮毡上好好伸个懒腰。佩瑞也躺了下来。

"快点,老头子,从实招来吧。"

别人绝对想不到佩瑞已经超过四十岁。我不知道罕择兄弟跟时间签下什么邪门约定,但你简直看不出他哪里有变老。一头胡萝卜发色的叔叔别来无恙,头发依然是鲜亮、惹眼、坏男孩式的红,也依然东翘西翘。他鼻上点点雀斑从未消退,身材比以前更加庞大,简直像座仓库。他的西装是巧克力棕,有一道白色宽条镶边,鞋子是白色巧克力色相间。他看起来活脱是个皮条客,不过是爬到这一行顶端的皮条客。

"这一切,"他说,又补充道,"包括我,都属于……"

这时,仿佛抓准时机上台,她一阵风似的卷了进来。她当然有理由大摇大摆进门,毕竟这可是她家,她在纽约的临时寓所!

尽管发现一个赤裸的歌舞女郎在洗澡,另一个穿着衣服的又——怎么看都像是——正在跟她的情人鬼混,她却一点也不困窘局促,只朝我们咧嘴露出那著名微笑,踢开鞋子。

"杂交狂欢什么时候开始?"她问。

岱丽雅·迪蕾尼。连这名字都有种旧时代的感觉,这年头明星都叫芬克包姆或哈肯布希或布朗了。她生性爱热闹,本名黛西·达克,家住贺斯特街,七个兄弟姊妹中排行老幺,父亲是卖鱼小贩,穷得连尿壶都没。多年前那个纽约早晨,她才二十五岁,就像我们一直缺少的姊妹;当时她刚从美发院回来,维持阴毛漂淡,修剪成心形。黛西可是什么花招都不会漏掉。

黛西·达克从小就开始在婚礼上、才艺表演中唱歌,别名"梦幻小朵莉",又一个颇具旧时代感的称号。1918 年在纽约开始拍电影,片中被狗从火场救出,融化愤世嫉俗观众的铁石心肠,等等。1921 年到好莱坞,抛开"小朵莉",变成麦克·塞纳特[1]的出浴美女,然后上桌跳舞,坐在车后的折叠式座位,好一个"烈火青春"化身。她简直是为电影量身打造——个子很小,离

1　Mack Sennett(1880—1960),多才多艺的美国制片、导演,执导许多默片时代的重要喜剧,如《基斯东警察》(*Keystone Kops*)系列。

五尺还差一寸,头大得很完美,使她的脸足以横跨银幕。葛洛丽亚·斯旺森就是这样,琼·克劳馥也是。要有张大脸,拍特写才好看。

她压下天生的鼻音——她来自布朗克斯区——以有声片功成名就,典型的三十年代金发女郎,难缠、甜蜜、好色、有趣、浪荡、温柔。我很喜欢岱丽雅·迪蕾尼。她那些高级洋装都肯借我们穿。

她常把老佩瑞又捶又打,好像他是个巨大的泰迪熊。她喜欢年长的男人,因为禁酒令初期她父亲无辜死于富尔顿鱼市一场枪战,而她这种喜好——我可以告诉你——在好莱坞可挺管用,她一路往上爬,途中在所有阶级高于副导的人的内裤上都留下口红印,不骗你。

她就这么走进来,穿着巴拉西厄[1]白套装,搭配那只搭配电话的白猫。她爱死那只猫,去哪儿都要带着。她脱下貂皮大衣,我们又一起喝了些香槟,然后,玲玲!玲玲!电话又响了。

"找你的。"佩瑞格林说。"前一次我接了。"

她拿起话筒凑近耳边——然后朝电话大吼"去死吧!",响得

---

1 barathea,一种混纺织物,丝经毛纬,卵石纹。

连杨克斯[2]都能听得一清二楚。她狠狠一拽,从墙上扯下电话接头,把整台电话直接摔出卧房窗户,随着玻璃破碎声,听筒和送话口分别画出弧线越过高空,天知道落在哪里,但我相信是轻轻落在中央公园的草地上。

"对付骚扰电话就该这样。"她对佩瑞说。

她真的很有风格,浑身是戏。嘴馋时,她会大叫:"鱼来!"一弹手指,立刻就有个奴仆不知从哪儿冒出,送上一只虾仁,用牙签戳着。她把 Duck 多加两个小点,变成 Dück,如此就跟唐老鸭和亨利母鸡都没关系了——"唐老鸭和亨利母鸡,这两个男人怪来兮。"佩瑞说。

男扮女装的家禽?

"你最好相信。"黛西说。"这就是好莱坞。"

我们两人他都爱,但只跟我谈心。有些事情就是这样。离开纽约前最后那天早晨,他开那辆白车载我出门,来到一处人行道停下,旁边地上一个大洞,是建筑工地。

"这就是纽约。"他说。"眼看他楼塌了,眼看他楼起了。"

"这里以前是什么,佩瑞叔叔?"

---

[2] Yonkers,哈德逊河东岸一市,为大纽约的市郊住宅区,邻接布朗克斯区。

"这里以前是……以前是……"他说不下去,泪水滚落脸颊,于是我明白他特地带我来看的正是昔日的广场饭店遗址,而苔丝狄蒙娜,苔丝狄蒙娜死了。[1]

我们搭乘20世纪公司的火车前往加州。如今我们也加入黛西的随从阵容,一路都是长茎玫瑰殷勤款待。她的白车载我们一行人来到中央车站时,有头戴看似三便士的帽子的警察挡住群众,群众大喊尖叫,猛朝她递花、递纸、递铅笔:"岱丽雅!岱丽雅!"又挣又抓想接近她。她只是个小个子,但步伐悠然仿佛优雅天成,又是微笑,又是挥手,又是飞吻的乐此不疲;我们可吓坏了,缩藏在佩瑞的大衣下,躲开那么多饥渴的,像"小红帽"故事里的野狼要大口吃掉你的眼和嘴。黛西是本日特餐,我们也差点像附餐沙拉被一并吞下,所幸我们快快冲过红地毯钻进私人车厢,黛西的猫跑在我们前面,速度之快连耳朵都被风吹平了。

甚至火车吐着蒸汽离站时,仍有众多影迷追在两旁:"岱丽雅!岱丽雅!"直到火车钻入隧道,他们被迫留下,悽悽惨惨戚戚,渴望着她。

---

1 "苔丝狄蒙娜"一句出自《奥瑟罗》第五幕第二景。

这是我第一次尝到"名"的滋味。把我吓坏了。

你希望自己的名牌挂在门上吗？如果是，就要开派对享乐。黛西随时都想开派对享乐。她的卧铺——唔，与其说卧铺，不如说套房——整个装潢成白色，那是她最爱的颜色，只有她的蓝貂皮大衣例外。到处都是湿式吧台，我没看到任何干式吧台。隔壁是四分之三张床。她色眯眯地指出，这下她得睡在佩瑞身上了，这话倒也没错，他一个人便占满那整张床——他似乎就在我们眼前愈长愈大，愈来愈膨胀，愈来愈扩张，在那列加速载着我们所有人穿越美洲大陆的火车上，前往一个充满忘忧酒精与情欲纠缠的伟大之州，也就是说，那里尽是酒色乐趣。

不消说，诺拉很快又谈起恋爱。车上另有一个也打算到好莱坞闯天下的年轻小孩，但不是站在镜头前，而是站在炉子前——他要加入叔叔的外烩事业，至少他是这么说的。那小子非常爱音乐，小提琴盒从不离手，参加岱丽雅的派对时也紧抓不放，但不肯拉一曲给我们听，他说琴弦断了一根。他出身所谓小意大利，休士顿街以南，但他父亲原先来自巴勒摩。深陷的煤灰色眼睛，头发黑得像沥青。我这么说吧，诺拉的确很喜欢换口味。

东尼的通心粉香又香。

给我们看你的大香肠。

抱歉啦,牧师。

东尼是个好孩子,但一点也不能触动我的心。我们在芝加哥换车。前进!前往迪尔伯恩车站!前往豪华特快车!

诺拉的东尼并非——可以这么说——与我们同一等级,他搭的是三等车厢,因此诺拉常踮着脚尖走到火车后半截,爬上他的上铺,躲进粗毛呢绿帘。她说,他们就这么一做好几个小时,像蛇一样。他进入她身体之后,两人便动也不动,让火车代劳:咻——咻——咻——咻,咻——咻——咻——咻,火车头蒸汽愈来愈足,活塞动得愈来愈快、愈来愈快、愈来愈快、最后呼咿咿咿咿咿咿……因此诺拉认识东尼后便没再参加派对作乐,但我乐意得很。白猫坐在枕头上打呼噜。一有时间,我就用这问题来活动脑筋:豪华特快车上,它要在哪儿尿尿?

黛西旁若无人大口灌琴酒,一半时间都醉得像蝾螈,始终不穿内裤,她说内裤对身体不好。佩瑞的魔法宝刀未老,只要有几个宾客聚在一起,他就表演把她锯成两半。这些宾客中有一个男人总吸引着我的眼光,尽管他年纪已经不小,戴眼镜,发色斑驳灰白。他的西装皱兮兮,有时还有污渍,领带松垮垮,有时根本没打;就算他有种与众不同的气质,浑身上下还是写满了"穷途潦倒",而且总一身酒味。然而,在豪华特快穿过新墨西哥和亚利桑纳途中,在那些跟黛西·达克——又名岱丽雅·迪蕾尼——派对作乐的俗丽宾客之中,他是佩瑞最常交谈的对象,我用眼角瞄着他们,尽管某个助理制作,或替身演员,或第二男主角一条腿夹在我大腿间——所谓跳舞等于站着性交就是这样,我的经验可多着哪。但寒酸的牛角眼镜不会跳舞,只会一口吞下琴酒,比手画脚,醉昏过去,但他身上有什么吸引了我?

"朵拉,亲爱的,"佩瑞没漏看我飘移的眼光,说道:"来见见我的好朋友,**我的同伙,我的兄弟**,我的合作伙伴,写这剧本的只有他跟我,还有莎士比亚。爱尔兰,这位是小花朵拉。"

东西就装在我手提包里,以备不时之需。诺拉去找她的东尼了,所以我可以独占我们的房间。我把东西装起来时,他想避到外面走道上,但我说:"别走,你可以别过视线,或者看也没关系——我不怕羞。"但他怕羞,绰号叫爱尔兰,本性也像爱尔兰人;我把东西装起来时,他看向窗外群山上的月亮。

夜色,沉默,沙漠,岩石,月光。

"天啊,你真美。"他转回身看到我时说。我早就知道他会这么说。他们都这么说。可惜呀,我也早就知道我没法对他报以相同的赞美。

我的第一个老男人。不,这样讲对他不公平。他并不真的很老,没我现在这么老,当时只刚过四十,跟我的痞子叔叔不相上下,而痞子叔叔呢,彼时彼刻正让黛西享受——据她自己向来的说法——她这辈子最快乐的时光。但爱尔兰可说有个老灵魂,远大前途已经在他身后,日暮途穷。我知道我必须非常温柔。

你看,那里那排书。看看里面的题献:"我生命中的光""早晨的欢乐""我的最后机会"。我的同父异母弟弟/堂弟小崔对这些题词很是印象深刻,有次还要我做个节目,我说"不",别再啃陈年老骨头了。有时会有研究生写信来问,我都把信烧掉。可怜的老爱尔兰。我给了他一个女孩能给的一切——一点快乐,一点痛苦,一串笑声,一条泪湿手帕。至于他,嗯,是他给了我写出上面那种句子的能力。别瞧不起它哟,这叫抒情。

你可以在他著名的《好莱坞》故事里找到我。日暮途穷的最后火焰,但是,哦,光芒多么明亮!在他的传记里,我从来只是个小注脚,他们把我出生日期搞错,把我跟诺拉搞混,诸如此类。而且我也得说,在我离开他之后,他作品里对我的描述可毫无爱意,就算密友看了也认不出那是我。我成了水性杨花、人尽夫也的歌舞女郎,鲜红唇膏如血四处淌流,十只鲜红指甲,一颗赤红的心[1],性感、贪婪、欺诈、粗俗之至,一口刺耳的伦敦土腔,只知投机,对诗人的敏感心灵毫不顾念,不可信任,不知道她关起

---

1 scarler(赤红)一词在英文中又有淫荡罪恶之意,尤指女性。

门来做些什么。这就是诗人许给我的永恒,那王八蛋。

但这一切幻灭尚远在他的前方,事实上也在我的前方。豪华特快上那一夜,火车开始爬坡,月色照在窗外光秃群山上。我直起身面对他,他怕羞得连外套都还没脱,尽管车厢里相当暗,只有火车呼咻咔嗒轰隆声,还有黛西那永不结束的派对随风传来的笑声。我动手解他的领带。朋友叫他爱尔兰,因为他是爱尔兰裔,但其实是彻头彻尾的美国人。罗斯·欧弗拉赫提,外号"爱尔兰",又名"南加州的契诃夫"。

我当然记得他的名字。怎么可能不记得?你绝对忘不了难缠的顾客。

欢迎来到似假还真的国度!在这里,每个月夜都有月亮照在查理·卓别林身上。欢迎来到梦的国度。

先前我们只在伯恩茅斯看过一棵棕榈,如今大吃一惊,那树竟那么高大多毛。还有阳光。"就像神恩祝福。"爱尔兰说。他是那么高兴我让他重振雄风,连天气都好像心存善意。但我不肯搬去跟他住,门儿都没有,我还保留足够的理智,尽管我必须说,当时我对他确实很着迷——着迷于他褪色但仍强烈的魅力;他自信表面下的脆弱;他带着优雅东岸腔调的轻盈男中音;他虚掷的才华,连现在乱诌的、按长度算钱的烂剧本都仍残留些许枯萎光彩。而且他让我的文法突飞猛进,更不用说运用隐喻的能力大幅提升,从这部回忆录就看得出来。但同居是不可能的。诺拉跟我搬进了"雅顿森林"。

传奇的雅顿森林,众星长住的汽车旅馆,装潢成古英国风。彼时彼地,还有哪儿比它更适合?那些小小平房半是木材搭建,以稻草为顶——安妮·海瑟薇[1]小屋的翻版——每一栋都爬满铁线莲,坐落在日本园丁细心照顾的小小草本花园,此外沃里克郡的苹果树、进口的橡树,应有尽有。佩瑞也住这里的一间平房,其他时间则在片厂跟爱尔兰从早工作到晚,待在两人共用的办公室忙着写剧本。但黛西来来去去,因为她有自己的家,不是吗?事实上,她那个家是座足有三十间房的豪宅,还有一大堆家务必须处理。毕竟她是已婚妇女啊。

但雅顿森林是个可爱、缥缈、奇幻的地方,你可以在那儿过着二维空间的华美生活,有嘶嘶叫的草坪——那些洒水器总是转不停!——还有一座鲜蓝如土耳其石的橡叶形游泳池,旁边立着粉红得吓人的红鹤,非常有《皆大欢喜》的味道(尽管时代不合)。我们常在池旁帆布椅上一躺就好几个小时,把不习惯阳光的苍白躯体暴露在阳光下,爱尔兰的一篇《好莱坞》故事称之为

1　Anne Hathaway,莎翁之妻。

"激切但总有些不诚恳的日光"。

注意到了吧,现在它已经不是祝福了。

日光要怎么不诚恳啊,爱尔兰?

他对我投以怜悯眼光,继续读他的《欢乐之家》[1]。上帝原谅我,我又粗俗了。他已经有些苦恼地注意到了,我不时会显得很粗俗。但无论如何,所谓不诚恳的日光仍然让我不解。他的意思是阳光言不由衷吗?如果是,那又是什么意思?或者他的意思是,如果太阳看到比我强的人,就会掉头照耀他们?但太阳照在每个人身上啊,不管他们有没有跟片厂签约。加州阳光是我见过最民主的东西了。

而且,老实说,它改变了我。在加州那几个月,一切都密谋合力改变我,尽管我不清楚从哪样变成哪样,但我知道,如果今天你要我与威尔斯亲王共舞一曲探戈,我会叫你滚一边去。

雅顿森林禁止爱尔兰进入,因为多年前他身为新秀从纽约来此时,在欢迎派对上放火烧了一栋屋子的稻草顶,那时他的胸毛还没变灰,每天早上提去片厂的公事包也还没藏着一只马丁尼摇杯。但我们还是尽可能掩护他混过柜台,让他穿上佩瑞

1　*The House of Mirth*,美国女作家伊迪丝·华顿(Edith Newbold Wharton,1862—1937)作品。

的开司米大衣戴上毡帽,假扮某个大导演,然后他会在佩瑞的白钢琴上弹出几段小酒馆调调的不羁无羁[1],爱尔兰蛮多才多艺的,尽管有些才艺不很灵光。他们会引吭高歌。《当爱尔兰眼睛微笑》是当然的选择。《漫步神秘园》[2]。还有那首让一个男人死而复活的老歌,他们最爱了,扯开喉咙合唱:

> 噼啪哗啦啦,跟舞伴跳起,
> 猛踏地板,双脚乱踢,
> 我跟你说的可没错,
> 芬尼根守灵大伙儿都乐。

唱到最后一句,爱尔兰直挺挺倒下,然后佩瑞洒几滴烈酒在他身上。

> 看呀他复活了,看他爬起来。
> 提摩太从床上坐起来。

---

[1] boogie-woogie,一种快节奏的爵士乐,此处试译为"不羁无羁"。
[2] "Down by the Sally Gardens",凯尔特民谣。

爱尔兰随着歌词做动作——

> 他说:"怎么把酒救火似的乱洒,
> 天老爷啊,你们以为我死了吗?"

好一对云雀啊。

此外,我也常搭计程车去他那荒郊野地的住处。几级台阶通往一间活动房屋,里面有张窄小的床,一把椅子,一张桌子。一切都干净整齐,独居男人整理东西就是这样,干净,整齐,有点荒寂——没有杯子插朵花,没有明信片放在壁炉架上,什么装饰也没。只有他的铅笔插在果酱罐里,一叠黄色笔记簿,还有一个存放空酒瓶的纸箱。我把他放平在窄床上,取悦他,而可怜的老家伙也很感激,至少当时如此。

除了几样小小必需品,他的活动房屋像修道院一样寒素,里面满是书。片厂下班之后,他会开车回家,喝几杯放松一下,然后翻翻自己的旧作——二十二岁的一本畅销书,二十五岁辜负众望的第二本小说,二十八岁的一本烂小说,然后是三十二岁一本卖不出去的作品。众人最记得他的就是这一本,还有后来的《好莱坞挽歌》,灵感来源便是区区在下——浓妆艳抹的娼妇,七十五岁生日这天被全世纪遗忘,却老当益壮得不像话,而死去的他则已变得不朽。

思考过自己虚掷的天才,使自己彻底沮丧之后,他便转向更高尚的东西,比方翻翻雪莱,直到酒杯和书都从手中滑落,他醉昏睡去。

他怎么会想到教育我?因为他没钱买貂皮大衣,所以便送我"文化"。

普鲁斯特令我望而却步。

他那甜蜜、糊涂的脑袋,褪色的金发,长长睫毛的浅色大眼,像黛西那只波斯猫的短直鼻子,还有柔软而软弱的嘴,显示对感官享受的罪恶感——我发现这是典型的北美人性格,也就是说,他们喜欢性爱没错,但还是认为这种事会让他们手掌长毛。

爱尔兰虽然很受我显然粗野无文的特质吸引,但还是认为,到头来,唯一可以让跟我睡觉变成并非坏事的方法,就是事后两人一起阅读亨利·詹姆斯。这我当然很乐意,因为我从十二岁就开始赚钱糊口,在当时的短短半生中实在没空念书学习,而爱尔兰有时想起这一点,便原谅了我的一切。

别误会我的意思。很多方面,他是个可爱的男人,但他老坚持要原谅我,尽管明明没有什么需要原谅的事。

与此同时,诺拉继续吃意大利面、做爱,那种堂而皇之的单纯是我向来羡慕的。她也在学做奶酪甜酥卷和卷筒面——而且恋情仍然热火朝天,尚无冷却迹象,一有空就去东尼叔叔店里帮忙,事实上,他们在一起很多时候都是在做这个。有时候,回到雅顿森林的她甚至散发出家居气息,洋装沾了一抹面粉,脸颊上抹了一道番茄酱。她忙着谈恋爱,我也是,跟我的情人一同为他的勃起努力,那状态不但很难获得,要维持也极为费力,但我可从来不曾咕哝抱怨,我不想伤他的心。等到终于完事,我们会叫汉堡来吃,对他饱经翻读的藏书展开攻击,按照字母顺序来,从A开始。

他如此爱恋我的青春美丽,连酒都少喝了,一箱箱空瓶全是汽水、汽水、汽水,打起嗝活像唱歌剧,排气咏叹调。研读两小时当晚的作家之后,我们会喝杯汽水放松,他会念首十四行诗给我听:"我能否把你比作夏季的一天……"[1]

然后,雷声隆隆响起。

雅典附近那座树林占据整个舞台,在艺术的大力指导下,样片里只照出一片黑,啥也看不见,于是若干部分改喷上银色喷漆,让色彩变亮一点。这片树林的设计考虑到与小仙子体型

---

[1] 莎士比亚《十四行诗》第十八首,为脍炙人口的作品。诗中最后说到,被歌咏者(情人)将会随着此诗永存,又呼应前面朵拉说爱尔兰借自己作品对她的负面描写而许给她永恒一语。

的比例,所以足足比实物大了一倍,甚至更大。雏菊大如你的头,白得像鬼魂;洋地黄足有比萨斜塔那么高,一摇就发出铃铛声。满是裂纹的纠结树干,一丛丛巨大叶片——橡树、白杨树、有刺灌木,像阳伞,或滑翔机,或帆布篷。一堆堆旋花蔓像彩带和七叶树果实遍地四散,没错,也像七叶树果实满是尖刺。此外,在脚边乱滚,或黏于花苞,或悬在半空仿佛刚从野玫瑰或莲香报春花滴落的,是假露珠,也就是大颗大颗的人造珍珠,用线串着挂起。还有发条鸟——歌鸫、燕雀、麻雀、云雀——展翅低头,唱出女高音、女中音、女低音,合唱仙子歌曲。

因为这座森林没有自然风,他们便弄来一架吹风的机器。如果是我,我会让喝下一瓶七喜汽水的爱尔兰负责这工作,但没人问我的建议。每当人造风吹起,那些硬邦邦的花叶简直铿锵有声。

这其中最欠缺的便是幻象。在我看来,这座雅典附近的树林实在太实质了。专精于魔术把戏的佩瑞格林很喜欢这树林,正因为它如此具体。"从帽子里抓出来的一定要是活兔子。"他说。但这里丝毫没有剧院那种魔法味道,当灯光转暗,布幕下方亮起,观众静下来,你深吸一口气……全无那种我们用口水、胶水和意志力拼凑出来的,人与人之间的魔力。事实上,这座树林,这整场梦,都是特别定做,手工打造,不留半点想象余地。

> 伸着舌叉的小花蛇,
>
> 多刺的箭猪,都不许露面——[1]

果然一应俱全,蛇和刺猬关在笼里等,别提还有蝾螈、蠕虫、蜘蛛、黑甲虫、蜗牛,养蛇和养刺猬的人随侍在旁哄它们高兴,等待一声令下,在小仙子开始合唱时放它们在布景里随处四散。

这一切对我来说都写实得过头。

我费了九牛二虎之力才看出重点所在,但终究还是看出来了,尽管迟至那一天,我们在诺丁山重看《仲夏夜之梦》,两个疯疯癫癫老骚婆眼睛紧盯自己过去的鬼魂时,我这才终于醒悟当年自己始终不能体会的东西。因为那时我还年轻,还没生活在历史里;年轻的我要的是稍纵即逝,是转瞬一刻,只活在当下光彩夺目的这一刻,活在翻涌的热血中,活在掌声里。抓住这一天。吃掉手中的桃子。明天永远不会来。但是没错,明天确实会来,而且我可以告诉你,它一旦来了就会持续天杀的好长一段时间。但如果你把过去放在电影胶片上,它就能长久保存,就像储存果酱留待冬天。那个来要签名的小孩让我们大乐,我简

---

[1] 《仲夏夜之梦》第二幕第二景。

直希望当年我们多拍几部电影。

成吉思汗花起预算毫不吝啬。就连小小仙子都是真的,片厂从全国各地找来侏儒。没多久,不管是真是假,夸张的故事开始流传——有个可怜家伙掉进马桶,挣扎扑腾了半小时,才被冲进去急着撒尿的某人捞出来;另一个家伙去"布朗达比"[1]吃汉堡,店员却要给他坐儿童高椅;还有一个管服装的女生,帮我试我的"豌豆花"服装——粉红胸罩、短裤和怒发冲冠的假发,多么艺术——时,边咻咻笑边猛眨眼告诉我,那天她帮一个看起来差不多九岁、十岁的家伙量身,便假扮米老鼠逗他放松,拿泡泡糖请他吃,帮他脱下外套。老天!他真够害羞。然后脱他的衬衫。"不要!不要!"他用小小尖尖的声音叫,但她仍然坚持,最后脱下他的长裤。

"好家伙,那可是个三十岁的成年**男人**哪!"

想起这段,她笑得花枝乱颤,一根别针失手戳到我左屁股。我的文学字母导览旅程中,爱尔兰刚介绍到 B 字部的彭斯[2]。

"无论如何,男人就是男人。"我向服装女士表示,她脸红了,说有些男人的"无论如何"比较大。整体说来,女士们对那些小

---

1 Brown Derby,好莱坞著名高级餐厅。
2 Robert Burns(1759—1796),苏格兰诗人。

仙子男生都挺客气，只有"迫克"例外，她们避之唯恐不及。

迫克看起来像个小男人，但不是，他是个老小孩。迫克毛手毛脚，一见面就要捏你，还有各种不堪启齿的习惯。你可能会冷不防发现迫克在你的换洗衣物篮里缩成一团，呼吸着你脏内衣裤的味道。出门吃晚饭，不管餐厅多高档，只要有手从桌布下伸来，你就知道迫克也出门了，正在屋里四处乱翻，搜寻膝盖高度的东西。他多年前就是好莱坞的小童星，现在尽管已十足老迈，扮演可爱小孩仍然吃香，为了票房，我们非留着他不可，尽管他喜欢在女厕墙上钻洞偷看，其他还干什么我就不得而知。他也是拍片现场的间谍，会向成吉思汗报告可怜的爱尔兰的字纸篓里有空瓶，后面停车场有用过的保险套。他脾气坏得不得了，还咬过警察的腿，据说是因为违反交通规则被拦下。

老太太爱死他了。他收到的影迷来信比我们任何人都多，红心和花朵的卡片向他要照片，加上一大堆礼物包括水手服、泰迪熊、玩具车，还争相表示想领养他，因为他的男高音有如天使。我从没听过那样的声音，现在仍犹在耳畔：

"夜莺，快奏起音乐……"[1]

足以融化你的心。

---

[1] 《仲夏夜之梦》第二幕第二景。

好,既然我们的父亲出演仙王奥布朗,那么谁演仙后提泰妮娅?我让你猜三次。

放弃了吗?

咦,当然是黛西·达克啰。

因为她可不是成吉思汗的老婆吗!?!

原来这整桩"华丽、愚蠢、粗俗超凡的大费周章"——这是爱尔兰的形容——只是为了炫耀她,或者用行话来说,就是"展示"她的风采、她的才华、她的明星特质、她的——不好意思,我偷笑一下——**纯粹格调**。

亲爱的老黛西。她的确是不折不扣的巡回剧团成员,胆识、美腿、肺活量、大奶子、厚脸皮、出言不逊、明星特质一应俱全。但是格调——没有。

他们所谓的前制作业就这样继续下去。然后安妮·海瑟薇小屋的白色电话响了。当时诺拉和我正在倒立:那么多意大利面对诺拉的屁股造成不良影响,而我在爱尔兰那里喝的汽水也让我膨胀得吓人,所以我们开始运动。我一脚接起话筒,听到声音立刻翻倒在地。那声音总是让我心跳加速,我从没习惯过,也永远习惯不了。如今若我打开电视,恰好听到那堂皇的男中音欣喜之至地广告着不管什么,管它是爽口薄荷糖还是卷筒卫生纸,我都会变得警醒又向往,就像唱片标签上那只狗:"它主人的声音。"

有那么严重吗，朵拉？

人只有一个父亲啊。

梅齐尔已经彻底打入好莱坞。他在山上租一栋西班牙庄园式的房子，把艾夫人安置在那儿，她对四周的荒谬怪诞人事似乎始终处于感到逗趣又不失优雅的状态。至于梅齐尔，你还来不及说"杰克·鲁宾孙"，他已经成了所谓"英国殖民地"的头头。

英国殖民地那群人有够古怪，男的都戴单片眼镜，女的都戴珠宝头冠，在古装剧里扮演格莱斯顿、迪斯雷利、维多利亚女王、南丁格尔等等。他们自成一个小团体，不与一般市井小民来往，星期六下午其他人玩多P杂交，他们开茶会，星期天打板球，太阳下山时喝粉红琴酒，讲话活像上唇打了石膏。老保姆——就是那个妹妹住在肯宁顿的，世界真小啊——穿制服戴面纱，有时会出现在罕择家大庭院，照看一对锈红头发、绑麻花辫、穿棉布洋装的小女孩，就是我们天杀的堂妹，原来她们也要来搅局，充当《仲夏夜之梦》编制外的小仙子。好个全家团聚乐陶陶。

但我们父亲来电，是不是要欢迎我们来到好莱坞？是不是要告诉我们，他的梦一定要我们参与才算完整？是才怪。他只要他那捧泥土。

在雅顿森林落脚这几个星期以来,我们过得晕陶陶,根本没去想那莎士比亚小坛。我想不起那东西最后是谁保管。我们该不会把它忘在火车上了吧?我们搜遍小屋里里外外,打开每一个行李箱……最后开始出冷汗了,才无意间发现它在主卧室外的一间整洁小房,我想那里大概供做更衣室,或者如果老爷喝得烂醉回家,太太可以把他塞进去。我们从没进过那小角落,里面蛮暗的,窗帘总是拉上阻隔阳光,但莎士比亚小坛就在**那**儿,安然无恙,放在迷你五斗柜上仿佛一座小神龛,因为有人把它好好供着,点起一圈蜡烛,还烧着一炷香。房里充满庄严的仪式感,我们十分惊愕。

是谁这么费心?后来我们发现是那位负责打扫的墨西哥太太。天主教,多么天主教。她想这小坛既然包得那么仔细,里面一定放有圣物,于是顶礼以待。我们实在不想打扰那个小坛,但还是该检查一下泥土是否还在,因此将它打开。哎唷!难怪她点了香。她一定以为圣物开始腐烂了。我们一掀开盖,罐里就冒出一股恶臭,让这处临时小教堂充满确切无疑的味道。

这下子我们终于知道黛西的波斯猫在豪华特快上究竟上哪儿尿尿了。

我们把沦为猫砂的东西倒出窗外,但这下那神圣泥土(虽然遭到玷污)没了,该怎么办?简单。我们用雅顿森林的泥土重新装满小坛,还特别选了仿伊丽莎白式精致花园的泥土,觉得这样会比较真实。如此一来,神圣泥土又完好如初啦。梅齐尔计划在开镜第一天将它遍撒那座雅典附近的树林,作为祝圣仪式,向演员致敬,同时也是拍照宣传的大好机会。

《仲夏夜之梦》开拍的那天我记得清清楚楚,仿佛只是昨天。我们全体穿着戏服到场——好一群拉里拉杂的乌合之众。没有那种蝴蝶翅膀、头戴花冠的逊仙子,才没有呢。分饰"豌豆花"和"芥菜籽"的我们,胸罩和短裤上缝饰叶子强调重点,毛扎扎假发上还有小灯泡,但看到其他人的服装之后,我得说我们感觉自己还算走运,因为有些人前额顶着鹿角,不雅部位以毛皮遮掩;有些人扮成会飞的甲虫,僵硬发亮的紧身上衣背后开衩;还有一两个人手臂成了树枝,加上大量皮革和羽毛。

此外,别忘了,雅典附近的树林里不只住着仙子。一只披挂马鞍和辔头的巨鼠小跑过去,一只头戴婚纱花冠的兔子,一些戴面具的蜻蜓,几只庞大青蛙。矮人、巨人、小孩,全混在一起。突然间我的心一沉,打从骨子里感觉到这部电影会赔得很惨。

为这场开镜典礼,成吉思汗狠狠掏了腰包。他从伯克利找来一个演奏古乐器的百人乐团,让他们穿上紧身裤和襞领,其中还有个人头戴犹太男子的无边小帽。鲁特琴很难调音,这是它不再流行的原因之一,他们全体努力了半天,雅典附近的树林仍充满叮叮咚咚的不协调声响。

迫克空翻经过,捏了我一把;爱尔兰送来一个飞吻。他已经醉醺醺,把公事包紧抓胸前,不久就会醉得更厉害。他戒酒中断了,因为我爽了一次约。我又不是他的,对吧,他以为他是谁啊。我才刚开始上德文课,不是吗?有一天午餐时,诺拉去东尼那儿来份细面加口交的快餐,我则拿着当天要读的书到片厂餐厅吃热狗。一个矮不隆咚的德国男人,平头,臭脚丫,松垮垮蓝西装,没打领带,不知是哪里的剧本顾问之类,瞄了一眼我那本书的书名。"叔本华!"他鄙夷说道。他讲话简短不客气,常出人意表。他总是看事情黑暗的那一面,在好莱坞就像一剂良药,让我保持脚踏实地。

爱尔兰朝我送来一个反讽的飞吻。佩瑞格林一手搂着爱尔兰肩膀,不只表示感情好,也为了撑他站直。艾夫人也在场,身穿浪凡[1]洋装配珍珠项链,这出戏里她的角色只是导演夫人,但她女儿则身穿戏服。梅齐尔让他的小萨丝琦亚客串一个角色,印度王子。

1　Lanvin,巴黎知名时尚品牌,由 Jeanne Lanvin(1867—1946)创立。

> 奥布朗满肚子都是气恼和烦忧,
> 为了仙后不答应他一个要求。
> 从印度国王那儿她偷来个儿童,
> 十分乖巧伶俐,做她的侍从。[1]

就是那个印度王子,身穿金线织成的睡衣,同样金线织成的包头巾以紫水晶别针别上紫羽毛。不折不扣的未成年狐狸精。伊莫珍只是另一个仙子,只有一句台词:"还有我。"但副导,也就是爱女心切的佩瑞格林,拼命给服装部门施压,最后取消了原设计的猫头鹰面具和羽毛短衣,改穿粉红蓬蓬纱裙,使伊莫珍显得格格不入,非常惹眼。

现场有个拍新闻短片的小组,黛西·达克因而更加尖刻机灵妙语如珠,她身穿仙后洋装,搭配薄纱亮片,看!没有内裤痕迹哦,成吉思汗则照常穿马裤配皮鞭,跨坐一把帆布椅,扬扬得意欣赏自己打造的仙境。记者、摄影师、秘书、女场记、布景陈设员,全绕着他团团转,在爱尔兰酸毒的笔下,这场面使人忍不住联想到一堆蛆爬在腐肉上。

但这团混战中有个不太搭调的人物,之所以引人注意,是

---

[1] 《仲夏夜之梦》第二幕第一景。

因为太不显眼,反而捉住我的视线——缩头缩脑,穿戴防水风衣、墨镜、头巾,仿佛服装部门分配她一套 B 级片里的"伪装服"。黛西走到哪,这个可悲的小影子就悄悄溜过去跟到哪,若黛西凑巧朝她方向看,她就躲进人群。真怪。这是怎么回事?

然后,指挥一声令下,古老乐手终于聚集起来;说到指挥,是谁这么有能耐,竟让斯托科夫斯基[1]都乖乖穿起紧身裤?一堆叮叮咚咚声中,全体开始演奏一首(可能是)加亚尔德舞曲,不过鲁特琴部听来又好像试图演奏孔雀舞曲。乐声停,梅齐尔从林间走出,在一阵镁光灯猛闪之中准备致辞,高举一个金边鲜红天鹅绒垫(我知道它千真万确曾是《江山美人》[2]的道具,服装部门的人告诉我的),垫子上放着那只莎士比亚罐,里面装着——你也知道我不是骗你的——真正的泥土,充满各种联想意义,来自雅顿森林。

梅齐尔朝我们微笑,我不得不伸出一只手按着诺拉胳臂稳住自己,她也同时伸出一只手按着我胳臂。他微笑,然后说"各位朋友",那声音有如贺喜巧克力糖浆,尽管我一如往常立刻着

---

1 Leopold Antoni Stanislaw Stokowski(1882—1977),生于英国的美国作曲家、指挥家。
2 *Private Lives of Elizabeth and Essex*(1939),贝蒂·戴维斯(Bette Davis)主演。

迷于他的魅力,但满心焦虑:他接下来会不会说"各位罗马人,各位同胞"[1],只因这一刻如此意义重大、如此充满张力,使他突然跳到另一段演说?但他连搞错的机会都没有。

"各位朋友!"

成吉思汗好不容易把视线从黛西身上转开,才看梅齐尔一眼就跳起来,活像挨了枪。

"卡!"

梅齐尔紧攥小坛,当场呆住。

"各位,休息五分钟。"成吉思汗说。

鲁特琴手们焦虑地离开,找个安静角落试着调音,摄影师也停止按快门。一阵惊讶错杂的说话声。佩瑞格林和爱尔兰两人笑得前仰后合,乐不可支。艾夫人表现出不解与不悦的样子,但程度远不如她丈夫激烈,后者随即抛开尊贵架势,怒声质问成吉思汗:"你在搞什么……"

"脱掉!"成吉思汗咆哮道。我看见黛西把手帕往嘴里塞,免得也爆笑出声。

"什么?"

---

[1] "各位朋友,各位罗马人,各位同胞"一语出自《恺撒大帝》第三幕第二景,恺撒遇刺身亡后,布鲁托斯在广场向市民群众解释行刺的理由。

我个人倒认为他的戏服是套杰作,事实上很有芭蕾风味。一顶高高尖尖的王冠,仿佛鱼骨搭成;黑色长假发,披垂背后;毛皮开襟短上衣,露出赤裸胸口;一条看似婴儿头骨组成的项链;还有一条蛇皮紧身裤。

他穿起那条紧身裤多么合身伟岸!

"脱掉!"

问题就是梅齐尔穿起那条紧身裤太合身伟岸了。成吉思汗花这么大一笔钱,可不是为了要让合演明星的那话儿抢去他妻子的风头;他大声刺耳地解释,重新开始之前,梅齐尔必须回更衣室,多穿一条超级强力的弹力护身。甚或两条。

"懂了吗?"

否则——你感觉成吉思汗的意思好像是说——他会亲自把那乱来的部位咬掉。这时在场的人已经吓得不敢笑了,连爱尔兰都清醒过来,不过——我可以告诉你——憋红了脸,猛咬手帕的人也不只黛西一个。贵族出身的艾夫人过了片刻才明白过来丈夫面对什么窘境,于是一手牵起一个女儿,颇有尊严地掉头就走。我很敬佩她这么做。舞台上突然好安静,静得可以听见小萨丝琦亚边走边追问:"妈咪,爹地做错了什么?妈咪?我们为什么要走开?妈咪,为什么大家都生爹地的气?"

起初梅齐尔的脸涨得通红,然后变成惨白,深色眼睛像烧热的煤块发亮。他紧抓那坛神圣泥土,怒视成吉思汗,气得说不出话。要是他有格调,我指的是**真正的**格调,就应该当场转身,拂袖而去。但这样说太不公平。想想此刻多么事关重大,事关整部电影,事关他在好莱坞的未来——也事关他能否为英格兰,为莎士比亚与圣乔治[1],夺回北美;更事关他能否实现父亲的遗志。此外,还事关他能否大赚一笔,咱们别忘了钱。

但是,当下暂时成了墨西哥式的对峙僵局。成吉思汗怒目而视。梅齐尔怒目而视。在众仙子和愚人和编剧的着迷注视下,两人继续互相怒目而视,直到佩瑞格林用魔术戏法打破紧张气氛。尽管他憋笑憋得肚子很痛,但保持头脑清醒镇定,跨过地上的电缆,穿过灯光和摄影机,在成吉思汗和我们大家的众目睽睽之下,就这么跪在兄弟面前。

"我知道麻烦出在哪里。"佩瑞格林说。

他手敏捷一挥,从梅齐尔服装的问题部位变出一只赤红色金刚鹦鹉。

他起身,朝四面八方鞠躬行礼,手指托着金刚鹦鹉秀给我们看。鹦鹉拍拍翅膀,东张西望,那只犀利精明的圆圆小眼不知怎么让我想起阿嬷。

---

[1] 英格兰的守护圣人。

"我想现在一切都没问题了。"佩瑞格林对成吉思汗说,后者惊讶得讲不出话。

但鹦鹉没有讲不出话。它头侧向一旁,洪亮宣布:"这又不是啥罪!"

它自佩瑞指端跃下飞起,落在黛西肩膀上,这下那可怜的女孩终于有机会可以笑,再憋下去她快呛死了。

"这又不是啥罪!"鹦鹉又说,来回换脚跳动,眨眨眼。"这又不是啥罪!"

接下来,谢天谢地,气氛缓和了。起初成吉思汗迟疑笑了几声,然后粗声大笑起来。快门咔嚓,摄影机转动,镁光灯闪灭,节目又重新上路了。谢天谢地,多亏那只金刚鹦鹉挽救了局面。它显然是为梅·蕙丝的宣传活动训练的,后来逃了出来。

这整段插曲期间,我看到片厂一名大猩猩似的警卫抓住了黛西那个穿风衣的影子,一只毛茸茸巨掌按住她嘴不让她出声,以最不光彩的方式——像消防队员扛人那样——把她请出去,但警卫看起来好像也觉得蛮无聊,仿佛这已不是头一遭。到底是怎么回事?但现在突然一阵沉重的寂静,所有人视线转向梅齐尔,看他高举莎士比亚罐,仿佛那是圣杯。

"各位朋友,我们聚集在这里,纪念一个神圣的名字——莎士比亚。"

我注意到,爱尔兰正举起一个棕色纸袋往嘴边送,自动自发朝佩瑞格林敬酒。鹦鹉又飞起来,在屋顶下方某处飞来飞去。佩瑞格林接过棕色纸袋,朝鹦鹉敬酒喝了一口。

"我手上这只形状饶有古趣的坛子,做成我心目中最伟大的英格兰英雄的模样。坛里装的只是一点点泥土,除此之外别无他物。泥土而已。但对我而言,它格外珍贵,因为这是英格兰的泥土,也许可以说是最英格兰的泥土,比红宝石、美女芳心更珍贵。因为这泥土千里迢迢来自威廉·莎士比亚的家乡,是的!宁静古老的埃文河畔的斯特拉特福。将这把泥土像婴孩般温柔对待,掬起它带来此地的,是两位可爱的英格兰少女,宛如山林精灵,宛如玫瑰,对我而言几乎等同亲生女儿一般珍贵……我的侄女。豌豆花!芥菜籽!"

他呼唤我们,我们知道该怎么做。尽管他再度背叛我们,而且这次是公开背叛,但我们还是轻快奔向他,一人跪在一侧,依偎在他膝旁,诺拉穿黄我穿粉红,两人都泪水盈眶。是啊,几乎等同亲生女儿一般珍贵!

"朵拉……莉欧诺拉……"

当然,他搞错了我们谁是谁,他跟我们不熟到连闻都闻不出差别何在。但接着他走远了,现在是家族团聚时刻:他伸手挥向流放到作家群中的佩瑞格林。

"还有我的兄弟,我的亲兄弟……欢迎!欢迎加入我们这项伟大计划,你在其中扮演了多么重要的角色!也欢迎,欢迎所有聚集此地的各位,这么多人群策群力,与我们一同展开这项伟大任务,借助贵宝地伟大电影业的所有宝藏,为那位天才诗人创造一份光辉永恒的纪念。只要还有人讲英语,他就会备受尊崇,他了解我们所有人的真实,每一字每一句都说出了放诸四海而皆准的真实——他使英语生色、辉煌,也让我们这些老英格兰人沾了点光,我们扬帆四海,肩负使命,要传播莎士比亚唇舌曾说过的语言!"

他滔滔不绝说到这里,你几乎可以看见那副唇舌,放在红色绸垫上,隔着玻璃展示。

此刻梅齐尔晃动身体,垂首致意,声音变成流畅甜美的呢喃。

"让我们向这位伟大人物的远见致敬……"

手中皮鞭正敲着大腿的成吉思汗起身,鞠躬,趁机瞄了梅齐尔胯下一眼,确认一切依然正常。

"这位伟大人物在伦敦找上我,说:'让我们把这项艺术的璀璨光芒带给全世界,并将这份璀璨光芒献给莎士比亚!'"

大家都鼓起掌,因为别无选择,只有爱尔兰例外,棕色纸袋又回到他手上,再也不分离。

"现在让我们迎接仙境之后——提泰妮娅!"

黛西·达克屁股坐在座椅扶手上,对照相机友善挥手,顺便小露一下乳沟,然后走上台与梅齐尔并肩而立。迫克的双手难得竟安分了整整十分钟,现在捏了经过他身旁的田鼠一把,后者尖叫一声。高栖梁上的鹦鹉突然拉了一泡发绿、半稀的东西,那东西落下途中累积了足够的重力加速度,碰到地面时发出一声余音袅袅的啪嗒!

"现在,让我们这些可怜的演员牵起手来。"

他紧握黛西·达克的双手,铆足劲对她展露那保卫尔[1]般又热又浓的迷人微笑,她登时小鹿乱撞。这女人性格强硬得像一双旧靴,此刻却明显心里一阵小鹿乱撞。片厂里一片满意的骚动和安心的窸窣,仿佛他对他们施了魔咒,用那声音,用那风采。每个人都伸手握住其他人的手,仿佛这是除夕夜,该合唱《美好往昔》[2]了。仙子紧牵亚马孙女战士,亚马孙女战士紧牵雅典人,粗鲁的技工紧牵情人,诺拉和我紧牵彼此,但我另一只手被迫克一把抓住。

1　Bovril,英国牛肉汁品牌名。
2　"Auld Lang Syne",其曲调即为我们熟悉的骊歌,英语国家常在新年前夜唱起。

> 要是肯赏个脸,高抬贵手,
> 我是各位知恩图报的朋友。[1]

　　说完这段莫名其妙的收尾词,梅齐尔仰脸迎向明亮灯光,双唇微启,这副能挑动内裤的微笑一定就是我可怜母亲当年的祸源。黛西看着他,仿佛天国之门开启,让她瞥见门内景象。她迷上他了,天雷勾地火。摄影机转动,快门咔嚓,镁光灯闪灭。但迫克愤怒喊叫起来,像摸到滚烫砖块一样松开我的手。两只小拳头遥朝梅齐尔那弹力护身的争论区域挥舞,不停叫嚷:"那是我的台词,你这王八蛋!"

　　我眼角瞄见爱尔兰正弯腰呕吐。

　　成吉思汗挥鞭打下迫克的双手,咬牙嘶嘶说道:"有没有听说过剪辑室地板上的脸?[2]"迫克当场闭嘴,乖乖退下。然后梅齐尔用没紧握黛西·达克的那只手高举起那坛泥土。

> 这儿有田野里的仙露,
> 众仙子个个且洒且舞。

---

[1] 《仲夏夜之梦》收场白最后两句。此处"高抬贵手"本为请观众鼓掌之意,梅齐尔则借指大家手牵手。
[2] 意指剪掉他的戏份。

兜遍宫室，穿廊绕户，

把恬静安宁一路散布……

为……**莎士比亚**之名送上祝福！[1]

他深情望着黛西的眼，黛西也深深回望。然后他放开她，手伸进罐里，将雅顿森林的泥土撒在周遭地板，手势迷人又庄严，举起两根手指做祝福状。要是有那机会，他一定会是很棒的教皇。然后古乐器再度演奏，我看见黛西悄悄拭去一滴泪，因为这整个过程都好动人，而且，在佩瑞扶着爱尔兰离开，灯光师助理拿灭火用的沙子倒在爱尔兰的呕吐物上时，这位眼尖小姐有幸目睹梅齐尔·罕择那可能功效不彰的三角裤里出现明显骚动，这将对大家的婚姻都带来坏处。

成吉思汗的办公室摆满兰花，全是他自己种的。他最喜欢那些肉食的品种，常喂它们吃苍蝇，不管某个小演员正在办公桌对面的沙发上发抖。办公桌上放了张银相框的黛西照片，让那些可怜女孩见识到，要是你对成吉思汗好一点，他可以把你高高捧上令人眩晕的云端。光是看见黛西，就足以让她们乖乖

---

[1] 《仲夏夜之梦》第五幕第二景。梅齐尔将最后一句做了更改。

脱裤子。这对成吉思汗而言完全是美梦成真,原始赤裸的权力。他是一间非常古怪的妓院的龟公兼老鸨,这里所有供人交易的女孩都是影子;他买卖影子,但经手的现金跟好久以前他当电车司机时常偷的钱一样真实,当时他还住在布鲁克林,头还没秃,还没为黛西抛下布鲁克林的原配。他每天把电车开回车库,人家都会向他致谢。我的意思是,他大可以把它当废铁卖了,不是吗?这么一个有远见的男孩怎抗拒得了好莱坞?于是他来到此地,使自己梦想成真。名副其实地让梦想成真,因为这就是他赚钱为生的方式。

在那间片厂,他活像个天杀的独裁者。片厂占地跟——打个比方——摩纳哥一样大,员工人数也跟摩纳哥人口差不多,有自己的理发店、牙医诊所、医院、福利社、派出所,当然还有演员、导演、副导、副导助理、第二工作组导演、艺术指导、服装设计、女裁缝师、摄影师、摄影师助理、场务主任、灯光师助理、灯光师、木工、布景画工、化妆师、发型师、皮条客、占星师、妓女、算命仙、堕胎密医、编剧、助理编剧、对话编剧,以及一般人。他们整个白天都在片厂尘沙满天的街上川流不息,但一到夜里,这儿就成了鬼城,只有守夜的警卫,几只狗,一张丢弃的报纸被风吹过布景街道。

片厂有块草坪,你可以在此休息吃三明治,草坪上还有一大片莲花池,池里养着鲤鱼。黛西到片厂时波斯猫也跟来,它常坐在这儿,朝池里一看就是几小时。有时候它会将爪子半伸进水里,但鱼扭身游走,它完全抓不到。也许是它影子映在池底,吓跑了鱼。

黛西很爱那只母猫。一天下午,她念在往日旧情跟佩瑞格林喝了两杯,然后拿着网走出去,捞了只鲤鱼,把活蹦乱跳的鱼丢在猫儿面前。"哪,给你!"

她告诉过我:新婚之夜,在丝绸床单上,他说,黛西,你要什么我都给。什么都行。于是她说,一百万美金,现钞。他脸色发白,咬烂一根雪茄。但当时他爱昏了头,打了几通电话,骂了人。她身穿睡衣坐在床上。先是饭店经理伴随银行总裁走进来,经理穿制服戴白手套,好像现在不是凌晨三点,身后跟着一名带家伙的警察。接着进来一个送信小厮,穿短外套戴圆筒帽,提着一个毡料旅行手提包;又一个相同打扮的送信小厮;然后是第三个。最后进来另一名警察。

银行总裁示意,三名小厮把三个手提包放在地毯上,鞠躬。我可以告诉你,看见仅着睡衣的黛西·达克,他们眼珠子都快掉出来了,从眼角偷偷看她,直到总裁一弹手指,他们匆匆退下。其中一名警察请黛西签名。这么多钱出现在眼前令成吉思汗严肃起来,与总裁握手。

一旦两人恢复独处,黛西便打开手提包,钱就在那里。她的一百万。有百元钞、五十元钞、二十元钞。令她遗憾的是没有十元以下的面额,因此倒在床上的纸钞数量看起来令人失望,但这些全是新钞,菠菜一般清新爽脆。

如果房里有炉子,她搞不好会把这些钱煮煮吃下肚,但房里没有炉子,也没有拌沙拉的油或柠檬汁,所以她便在钱堆里**打滚**,就像狗在大便里打滚。她一把扯下丝绸睡衣,感觉美元贴在肌肤上的触感,一捧捧往自己身上撒,欣喜尖叫,双腿往天上直踢,直到成吉思汗再也忍不住,一把扯下马裤,**粉快**就为那个新婚凌晨圆了房,在若干美元上留下些许污渍。

不管有没有污渍,钞票第二天就回了银行。黛西始终没原谅他这么做。她本来想用钞票填个床垫的。她始终没原谅他,现在她开始报复了。

对他来说,她只是老头子做的一件傻事。他为黛西抛弃了头发灰白、忠心耿耿、从电车时代便随他吃苦的布鲁克林老妻,现在那可怜的女人为爱疯狂。原来打电话骚扰黛西的就是她。是的,那个遭弃的布鲁克林原配一直打电话给黛西,不讲话,只传来沉重的呼吸或带泪的沉默。在纽约,她就常打来,难怪佩瑞那次说"可怜的婆娘";黛西说在好莱坞,她也一天到晚打来,尽管被骂得狗血淋头。"而且,"黛西说,"她到处跟踪我。"原来那天我在片厂看到被赶走的神秘风衣人就是她！我觉得她挺可怜，但黛西连想都不去想她。黛西是现任妻子，打算让成吉思汗付出代价。

尽管有这么一堆曲折，但跟那些数以百计，不，数以千计躺在办公室沙发上，心里想着飞上枝头，任成吉思汗干个痛快的女孩相比，黛西并不特别漂亮，也不特别聪明。她得到婚戒，是因为她满不在乎。

现在，她也不在乎被人家知道她满不在乎。我们父亲还来不及说"偏又在月光下遇见你"[1]，她已经在雅典附近的树林里把他逼到假树旁、巨大雏菊下，当时是午餐休息时间，灯光都关了，两人就这么成其好事。她认为那只金刚鹦鹉说得对："这又不是啥罪。"她坠入爱河，劲道犹如大自然发威，但成吉思汗简直又瞎又聋。又瞎，又聋，又笨。他以为出钱就是老大。以前从没有兰花反咬过他。

枯燥无趣的生活开始了。早早上床，天没亮就起床出门，看残酷大街上凄凉灯光一盏盏熄灭，到片厂生产线，加入其他同事。我们本身与其说是过程的一部分，不如说是产品零件。他

---

[1] 《仲夏夜之梦》第二幕第一景。

们让我们躺在铬钢躺椅上,往我们身上喷涂色彩,好像我们是汽车底盘。我们看着镜子,镜里映出的脸仿佛是别人:妆色发绿,颧骨上贴着亮片,臂膀和手也都发绿。绿色在黑白底片上拍出来显得很奇怪。我们装上看似树皮的假指甲。成吉思汗把一切全赌在"艺术"上。

我们脱离了自己熟悉、擅长的领域,感觉流离失所。或者,仿佛我们也降服于这场梦境,但不确定梦见我们的人是谁。

我们有很多舞得跳。他们特别请来一个东方女人。黑发束在脑后,喉咙瘦骨嶙峋,紧身韵律裙。在她面前不能跳那种一、二、三、踢的舞。她说动作要有角度。她撅起屁股,手指比出好古怪的姿势。没有踢踏鞋,没有戏鞋,没有尖头鞋:我们光脚跳舞。非常有艺术气息。她说,要是我们微笑,她会杀了我们。

为黛西说句公道话,报纸上的她简直判若两人。我不会说她简直是仙后化身;她就是一副只要有机会便会脱下洋装扭动流苏的模样,但爱尔兰把她的台词大幅删减,最后她几乎什么也不用说,只需站在树林里闪闪发亮,而我得说她那颗大头真的很上照,尽管那双眼睛时时刻刻都对奥布朗含情脉脉。艾夫人不来拍片现场,她知道风往哪儿吹。不过她不时还是会应记者要求露个脸,让他们拍下她在停车场接女儿的照片,第二天登满报纸。合众国最爱君王,但是更爱夫人。

佩瑞格林总是徘徊在那两个女孩身旁，痴心宠爱。萨丝琦亚会缩在他膝上，让他从她耳朵或鼻孔里变出种种小东西，一颗珍珠、一朵花。看见玫瑰，她嘴角立刻往下撇，小小年纪就已是个见钱眼开的小贱人。牛奶似的肌肤，琥珀眼睛，一见梅齐尔走来，她就蹦蹦跳跳迎过去，留下佩瑞格林怅然看着她，多半也留下他的小礼物，头都不回。

成吉思汗看到仙子舞的电影样片时，决定暂停艺术。韵律服女士离开了，来了个用指甲花染发，睫毛膏涂得很有分寸的小个子男人。一、二、三，踢！我们乐得从命：蹲身像哥萨克人那样踢腿，反身下腰用牙齿咬起雏菊，空翻越过彼此，劈腿。这些我们都很熟，闭着眼也能做。拱背跳跃，大鹏展翅，昂首阔步，迈腿，挪步，扭腰转肩。要不是太迷成吉思汗的老婆无暇他顾，梅齐尔绝不会让成吉思汗拍出这些东西，但成吉思汗认为这样是两头下注，减少风险。万花筒效果：五十个孪生姊妹，一人二十五个分身。一、二、三，踢！然后金鸡独立。他要弄个瀑布，来场水中芭蕾，搞得我们浑身湿透，到处到处都是水！他以为这是天杀的《暴风雨》不成？

洋地黄阵阵发抖，仙王和仙后又搞上了。更让我"愉快"的是，爱尔兰正等在更衣室，急着痛骂我。他痛骂我一顿，然后哭起来。我身上的汗垢足有一磅，假发上的灯泡不停一闪一灭，我只想好好洗个澡,坐下来休息喝杯茶。他紧抓我双膝,哭得我的紧身裤都湿了,但我什么承诺也没给他。

我是他心爱的有瑕疵的歌舞女郎,就像一只他不知有裂纹的玻璃杯,直到他将热情一股脑注入,杯子四分五裂。但女孩还能怎么做?他朗读《黛西·米勒》[1]给我听时,感觉真的很棒,但我们的关系走到现在已经变成:若要我在他和亨利·詹姆斯之间做选择,我会毫不考虑选亨利·詹姆斯,尽管亨利·詹姆斯已经死了,而且活着的时候也不怎么爱女生。我愈说"这段感情很美,爱尔兰,但是已经结束了",他就愈激切。我说:"我忙着上德文课,爱尔兰。"他就称我为他心爱的娼妇。

我再也不去他那儿了。星期天,我在雅顿森林睡懒觉,日上三竿才起床,躺在那蓝得不自然的泳池旁、蓝得不自然的空气里。诺拉周末再也不在这儿了,她忙着做意大利饺子。我感觉我们渐行渐远。

寂寞的不只是我。黛西的猫睡在标明"岱丽雅·迪蕾尼"的帆布椅上,摊平着动也不动,有时成吉思汗来到拍片现场,会抱起那只猫搂在怀里,那模样告诉我现在黛西已经不让他搂了。他边看她对仙王莺声燕语,边摸猫背,简直像要折断它的脊椎

1　*Daisy Miller*,亨利·詹姆斯作品。

骨。别以为黛西一无所感，她非常清楚他痛苦不堪——这就是她控制男人的方式。

我们卸妆时，外面已经天黑，有时风会吹来沙漠气息，充满灯光的谷地像黑盒子盛着水钻，空气中有轻柔浓密的露水。车子送我们回家，回到稻草顶小屋，回到牛排加烤马铃薯，回到放下的床和早早休息的夜，我感觉我们在仙境动弹不得，受害于一项阴谋。

我很清楚阴谋的主使者是谁。不是梅齐尔。不是佩瑞格林。甚至不是成吉思汗。我的德文老师谈什么都要跟金钱扯上关系，但不用他说我也知道怎么回事。

在这一切背后主使的，是对财神的爱。

我们像奴隶死做活做。一个镜头拍了又拍、拍了又拍，同样的舞步、同样的歌曲、同样的台词——一而再，再而三。我们同时既是产品也是过程，几乎被搞得分崩离析。而我们拼死拼活的工作换来什么？只不过是又一场星期六晚上的电影！只值你的一先令九便士，一段电影院里的黑暗时光。这是什么算式啊。我们满身大汗苦干＝你的一点乐趣。

"像妓女一样。"诺拉故作端庄地表示不屑。

我心想：等这一切结束，我们就立刻回布里克斯顿。我们会轻悄悄、静悄悄离开，尽管已有很多人找我们洽谈其他片约。别以为我们吃不开,我们大可待在那里,打下一席之地,爬上高枝,但我实在好想家——想念电车的轰隆哐当声;想念电力大道的灯像腐鱼在典型的伦敦浓雾中发亮;想念下雨和坏天气和培根三明治;想念降霜早晨莎翁路四十九号的健康冷冽;想念家里的气味、潮湿、包心菜、茶、琴酒。

"彻头彻尾的伦敦佬。"佩瑞爱怜地说。我感觉自己如遭放逐,完全能体会德文老师的心情。我以为诺拉也有同感,以为她也日夜想家,但当我对她说:"我真等不及杀青的日子到来,你呢?"她却说:"这要看东尼。"

我看出了风往哪儿吹:她期盼着鞋与米,白蕾丝与橙花[1]。突然间,尽管在伦敦时我对阿嬷破坏我们的时尚风格非常不爽,但现在我开始想念她,而且不是掉牙之后才想念牙疼的那种感觉。

然后,佩瑞拍屁股走人。这里已超过他能忍受的无聊限度,所以他离开了,但没忘记他的薪水支票,在套房的白钢琴上留了张纸条:"用存局待领方式寄到得州罕择镇邮局;我已经存够

---

[1] 指诺拉想结婚。这四样东西都与婚礼有关:向新人撒米表示祝福,旧鞋绑在新人车后,白蕾丝及橙花是新娘的披戴。

了买牧场的钱。"我在地名辞典里找到那地方,位在得州形状像锅柄的那一带。上世纪末,我们祖父母在那儿演出时,它是个鸟不拉屎的地方,不过从地名辞典的描述看来,现在似乎连那只鸟都死了。那儿可跟好莱坞大不相同！当然,他就是为了换口味才去的。

所以,佩瑞格林也不在了。

然后时间开始出问题。现在我们都困在魔咒里。开拍时,进度表原预计八星期,然后延长为十二星期,然后变成二十星期,然后永无止境。首先,导演根本心不在焉。只要大伙儿休息吃点全麦面包夹火腿瑞士乳酪加美乃滋,他跟提泰妮娅就忙着,咳咳,扮演四脚兽。其次,睫毛膏先生是个完美主义者,怎么拍都不满意。还有,那"雅典附近的树林"简直是死亡陷阱：两只兔子被晃荡的露水撞得脑震荡；一个地精在蘑菇上滑倒,腓骨骨折；我们不小心后退踩到有尖刺的七叶树果实,紧身裤袜绽线,屁肌被戳伤,诺拉的伤口还演变成败血症,在雅顿森林趴了十天不能工作,**丧失战斗力**,只能边满嘴咒骂,边翻阅《新娘》杂志。

接下来那个星期天早上——诺拉趴着,我躺着,正在恣意享受每周一度的懒觉时光——张力十足的好戏上场了。黛西亲自来敲门。

"我怀孕了!"

她是否打算混充这孩子是成吉思汗的?揉去眼中的睡意,喝过柳橙汁之后,我们认真建议她这么做。黛西接受了柳橙汁,但拿起她总是随手携带的一只银扁瓶往杯里加了酒。她还穿着睡衣(牛奶咖啡色的雪纺纱),也没梳头,但她尽管来得匆匆忙忙,却仍没忘记带贝果夹腌鲑鱼给我们当早餐,真是个小亲亲。一个贝果掰到一半,她停下来,嘴巴大张。什么?混充成吉思汗的小孩?我们以为她是什么样的女孩啊?

她满脸惊恐义愤!从没见过这么道德的表情。我们吃了一惊,相较之下自觉颇为下流,好像活在一个伦理不彰、是非不明的地带,一个充满妥协、谎言、情感把戏的蟑螂世界。而我们确实如此吧,我想。这就叫"人生"。但黛西想要比这更好的东西,说起来爱尔兰也是。简言之,这就是美国人的悲剧。他们环顾世界,心想:"一定有比这更好的东西!"但是没有。抱歉,兄弟,就只有这个啦。你看到什么就是什么,只有此时此地。

"他真的很想要小孩,你知道。"诺拉小心翼翼提出。

她怎么知道?简单,因为他叫她生一个。他办公室送了张便条到拍片现场:请莉欧诺拉·欠思小姐前来。她认为该去,尽管想到跟奥瑟罗一样爱吃醋的东尼让她有点不安。当天没有我们的戏,所以我忙着读书。(W 字部,魏德金德[1]。)

他只让她等了半小时,这点本身就是奇迹。他的约见时刻表弹性很大,演员得等上七小时到五天不等,视其票房表现而定。至于编剧,最少得等六星期;爱尔兰有一次在那办公室外等了五个月。

但成吉思汗那身穿海军蓝套装的秘书亲自请诺拉坐在皮沙发上,甚至还倒咖啡给她,然后才回到自己的桃花心木办公桌后,跟打电话来的人虚与委蛇。她头上挂着一大幅格吕内瓦尔德[2]的耶稣十字架像,就是那种长了坏疽的耶稣,不管坐在哪里,受难耶稣的苦痛眼神都跟着你。诺拉喝不加糖不加奶的黑咖啡,拍拍手提包:她没忘记带来那把珍珠柄小手枪,是东尼送她的生日礼物,以防万一。

她知道——因为黛西告诉过她——她坐在那儿等的整段时间,成吉思汗都会盯着她看,因为他在那幅格吕内瓦尔德的其中一只眼睛处挖了个洞。

然后对讲机嗞一声传她进去,她进入了最神圣的兰花圣殿。他俯在一个玻璃箱上,戴着白手套,但没穿衬衫,正仔细研

---

1 Frank Wedekind(1864—1918),德国剧作家。
2 Matthias Grünewald(1480—1528),德国画家。

究一株活像腐烂的女性生殖器的兰花,没回答她语气明朗的"可好啊,汗先生?",只顾把一片生肉送进那洞孔,洞孔立刻满意地咬合起来。他办公桌上一盘鞑靼牛排,诺拉忍不住注意到旁边的黛西照片头下脚上放着。他脱下沾血的手套丢进字纸篓,注意力集中到诺拉身上。

"我不打算下跪求你。"他说。"我不跟女演员下跪。事实上,女演员都跟我下跪!"他纵声大笑,也许以为这句隽语能让气氛融洽。诺拉坐在一张有点牙医诊所味道的皮椅上,一下左腿跷右腿,一下右腿跷左腿,伸手摸摸包里那把小枪的轮廓。"话快掏出来[1]。"她说。他吓了一大跳,没想到这个歌舞女郎这么直接、这么实在;"话快掏出来"可不是美国的惯用口语。她连忙翻译:"有话就直讲,早说早了事。"

"我过世的母亲也叫莉欧诺拉。"他说。"我选择你来帮我生小孩。"他一定很爱他母亲,多愁善感的老头。他一按办公桌上某个按钮,诺拉的椅子就摊平了。她大吃一惊。椅背倒下,椅身弹出,变成一张长躺椅,她措手不及仰倒下去,四脚朝天。先前她摸手提包时一定不小心松开了枪上的保险,因为此时枪走火——毁了她的提包——把兰花殿堂射出一个洞。秘书跑来

---

[1] 原文 out with it 为"有话快说"之意,但在此情况下,it 亦可做"那话儿"解。

猛敲门:"一切还好吗,汗先生?"

之后,诺拉一直颇尊敬成吉思汗,因为他看看枪,看看她,然后按下对讲机,告诉秘书一切都没事。

"汗先生,你还是穿上衬衫吧,这样我会自在得多。"她说。于是他照做,然后内在的某处压抑崩溃,他变得卑躬屈膝低声下气,说自己心碎了,想报复梅齐尔,等等。然后他说:"唔,如果你不愿意,那你姐姐呢?"然后他又说,可不可以请她,还是在黛西面前帮他说点好话?

但对黛西而言,成吉思汗已经是昨天的报纸,她誓死非嫁梅齐尔不可。我们试图阻止她,但她只顾狼吞虎咽吃完贝果,然后跳上她那辆两人座白色敞篷车,朝罕择庄园呼啸而去。

"她有够激动的。"诺拉说。"朵拉,你说我们是不是该跟去,确保她平安无事?"

我伸手拿电话叫计程车。

"哦,当然。"我说。"天杀的当然要去。谁敢拦着我试试!"

巧的是,那个晴朗的上午,英国殖民地全体到齐,共享一盒跟我们一样搭豪华特快来的熏鲱鱼,打算吃完早午餐再在广大草坪上打场板球,因此他们全在那圣塔菲式饭厅里,挑鱼刺,往烤面包上抹柑橘果酱,男人戴单片眼镜,女人戴手套,统御全桌的艾夫人面前放着银茶壶。

黛西上。

她开得太猛冲出车道，一阵吱嘎声中停在板球场地上，撞倒一个三柱门。然后她冲进落地窗，睡衣不太蔽体，头发乱得像被小猫抓过，而且，没化妆的她你根本认不出来，她其实只是个姿色普通的小女人。

我真为艾夫人感到难过。那一刻，我甚至还能为伊莫珍和萨丝琦亚难过。两个女孩紧抓母亲的裙子（她身穿一袭粉红花朵图案的广东绉纱漂亮洋装，裙摆到小腿一半，三角披肩在胸前打结，头戴系有玫瑰旧缎带的宽边草帽），吓得哭不出来，惊骇得不知所措，衣衫不整的疯女人，尖叫声、哭声、狠毒的骂声。此时，永远不会大惊小怪的英国殖民地吃完最后一口熏鲱鱼，把刀叉放在餐盘上。

"多好的熏鲱鱼，小艾！真鲜美，十足家乡味。"

"今天真愉快，小艾。得走啰！"

"亲爱的小艾，拜拜。别忘了，下星期在我们家，吃烤牛肉！"

他们一一借故告退，你简直想不到这整段时间黛西都满口语无伦次，临场发挥各种变奏，但主题始终如一："是你的孩子，我发誓！你的！这孩子有权利得到父亲！"

听到这，诺拉和我拉起手，无法正视梅齐尔。艾夫人并没提起她自己孩子的权利——太英国作风或者太不好意思——只

轻轻搂搂女儿,说:

"好啦,你们上楼,看看保姆在干吗。"

她们头发绑成麻花辫,身穿白色玻璃纱,萨丝琦亚系粉红腰带,伊莫珍系蓝色。在她们这年纪,我们已经赚钱养阿嬷了。

"快去吧,乖。"梅齐尔说,承受着压力。

"快闪!"黛西恶声说道。

艾夫人摸摸茶壶,显然水温已不够令人满意。她摇响手摇铃。

"先喝杯茶,我相信大家都会感觉好一些。"

这下黛西住嘴了,翻起白眼。

"我简直不敢相信!"

说着,她突然坐在印花棉布靠背长椅上,发出长长一声嘶嘶叹息,好像呼出体内所有空气。她泄气了。艾夫人朝我们姊妹伸出双臂。

"诺拉……朵拉……真高兴见到你们!"她身上是"光韵"[1]的味道。这就是我们收容这老太婆的另一个原因,因为她抱抱我们,在我们脸颊上一人一吻,把我们当成家人。然后她让黛西·达克夺走她丈夫,甚至没有抵抗,只是勇敢微笑,让他走。

1　Arpège,浪凡一款香水名称。

等到草坪上日影西斜,一切都已尘埃落定,双方各进行迅速的墨西哥式离婚,排在第二工作组拍赫米娅、海伦娜、拉山德和狄米特律斯戏份的期间,然后奥布朗和提泰妮娅就能名正言顺。他们管这叫"连续一夫一妻制"。黛西让我们搭便车回雅顿森林,她已经在计划新的婚礼了,还想找我们当伴娘,但我们说,这样太没品位。

事情就这样定了。

我确实相信梅齐尔当时认为自己做得很正确,以如此招摇的方式除旧迎新;我想他认为自己不是嫁进好莱坞,而是娶了好莱坞本身,接掌整个工厂,由此控制全世界最大的公众做梦工具。这是莎士比亚对独立战争的报复。一旦掌握这神妙的机器,梅齐尔就能雄霸全球。

现在想起来,他父亲过世在美国,对不对?那是否跟他如今到达巅峰的野心有点关系?他沉醉于荣光,差不多已任由《仲夏夜之梦》自生自灭,任由睫毛膏先生发明,成吉思汗干预。他确信一切都无伤大雅,他怎么做都不会错。

但某种第六感告诉我,我们不知何时已经跨过区分"惊世骇俗"和"一败涂地"的那条微妙界线,现在这部电影愈来愈快地冲向灾难。

但成吉思汗怎么办？

"你可以应付成吉思汗。"我说。"毕竟他想让你做妈。"

"哦，不行，我不能应付成吉思汗。东尼会杀了我。你去应付成吉思汗吧。反正他永远分不出差别？"

"那可怜的老爱尔兰怎么办？"

"你不是已经跟爱尔兰分了？哦，去啦，朵拉，你做得到的。我的看法是，成吉思汗很快就会打电话来，不管你接还是我接他都会求婚，大概再过"——说到这她看了看表——"十五分钟吧，等黛西回到家，告诉他他已经降级成乙组球队之后。"

果然如此。我不想这么做，但诺拉吃了秤砣铁了心。这下我知道她是真的很爱东尼。

我们决定在杀青派对上，"雅典附近的树林"现场宣布这三桩订婚喜讯——黛西跟梅齐尔、我跟成吉思汗、诺拉跟东尼。我拍了封电报给阿嬷："我即将嫁给全好莱坞最有权力的男人，等他办好离婚之后。"我已好好温习过莎士比亚，认出这游戏诺拉和我以前玩过，那时是浪漫剧；现在我们即将演出《调包新娘》桥段，就像《自作自受》和《结局好万事好》的情节，这回是闹剧。我不想这么做。去拍电报时，我在邮局里崩溃了，但诺拉不肯放我脱身。我以前从没见过她这样。她说等电影杀青，她就要改宗皈依。"他们家信教信得很虔诚，朵拉。"

她也拍了封电报给阿嬷。"我即将嫁给全世界最棒的男人，等我皈依信教之后。"

每晚我们收工回来，他都打电话给她，用谁也听不懂的西西里话大聊特聊，但她就站在那儿听，脸上泛起红晕，看来既温顺又淫逸。她温柔地握着话筒，仿佛那是他的老二，但他真的老二她又乖乖不碰。原来他们计划来场白色婚礼[1]，我真是无言以对。

片厂的公关部门把我和成吉思汗大大炒作一番。海妲·哈波含蓄暗示我们的恋情，秘密约会和私人晚餐的谣言散播开来，全美国都在问："电影界巨人是否会向来自英国默默无闻之地的默默无闻小姐求婚？"露薇拉·帕森斯写了篇文章讲第一任汗太太，可怜的布鲁克林老妻："我向来知道他跟岱丽雅不会长久，但我以为他总会清醒过来，回到我身边。"露薇拉写了篇文章讲我："我计划采购浅灰褐及米色服装。"她还放了张我的照片，只不过错放成诺拉。《影剧》[2]跨页报道；海妲·哈波独家访问成吉思汗："我的英格兰玫瑰：这一回要地久天长，好莱坞先生说。"

1　西方传统，只有保持童贞的新娘才能穿白纱。
2　*Photoplay*，一份影迷杂志。

成吉思汗和我在报上被炒得火热，不过私底下一点也不火热。现在我成了未婚妻，他便把我供起来，宣布要等戒指戴上我的手才一亲芳泽，而我当然不反对。我已经进入自动模式，感觉没有自己的意志，只照做诺拉要我做的事，因为我最爱她。

每晚也开始有电话找我。对方不出声，只有沉重呼吸，有时一声啜泣，有时仿佛开口想讲话又硬生生吞回，因为不知该说什么。我继承了那个布鲁克林原配。我看见那袭风衣在片厂附近出没，感觉暗处有眼睛看着我。

我等着阿嬷传来音讯，一封信、一份电报都好，但什么也没。等待落空，但我还是在等，因为我知道她会说什么。"别闹了，女娃。这样不成的。回家来吧。"但现在我骑虎难下了，光靠自己没法脱身。我把一切讲给德文老师听。"尽管嫁给他。"他忠告我。"嫁给他，然后毁掉他们。就该这样做。我说的是，去他妈的布尔乔亚。"这构想令人头昏。我有本事当大利拉吗？

要是我在片厂偶遇爱尔兰，他会转身走开。

至于佩瑞格林在哪儿，只有天知道。

黛西的爱猫现在开始睡在我的椅子上。它打从骨子里知道，跟着成吉思汗的老婆比跟着梅齐尔的老婆更能确保猫食无虞。其实随便哪只智力中等的猫都料得到，《仲夏夜之梦》会赔得一塌糊涂。

我们最后一场拍的是那些粗鲁的市井小民。不幸他们是另一场大灾难,呆板超过粗鲁——活像机器人,毫无生气。砸蛋糕大队[1]演起莎士比亚,声调总带着挥之不去的崇敬意味,完全毁了搞笑效果,尽管梅齐尔亲自找来英格兰最粗鲁的男人演"线团儿"。

是的!正是炫彩乔治。

从我和诺拉那次在布莱顿码头看表演以来,乔治的事业蒸蒸日上,俨然大英帝国头牌小丑。他在"皇家综艺秀"造成轰动,因为他拿起两个马铃薯说:"爱德华国王。"那时爱德华已逊位在即。佩瑞格林有个理论,他兄弟也十分信服:莎剧中所有喜剧角色原先都是为脱口秀喜剧演员而写。梅齐尔完全听了进去。起初,梅齐尔要乔治想办法脱掉衣服,如此一来,根据梅齐尔的说法,可以提醒观众莎士比亚的**英格兰本质**,但佩瑞格林好不容易说服他兄弟,线团儿应该是希腊雅典公民,因此不太可能胸肌刺着英伦三岛的地图,更别说肚子上还有非洲。他们也让他穿那条著名的高尔夫球裤入镜;至少那条裤子在英国很有名,而且——至少梅齐尔这么想——很快也会在美国出名。

于是乔治来了,高尔夫服装配上高尔夫鞋,全身粉红大紫,

---

[1] 指闹剧演员。

这副模样应该出现在新艺综合体的彩色电影。你一看到他就会大笑,但他一开口你立刻笑不出来:他跟上好葡萄酒有个唯一共通点,就是不耐漂洋过海;离开故乡土地,他便不再好笑,在加州,他的黄腔成了猥亵。成吉思汗看过电影样片气炸了,这可不是他心目中的古典戏剧,哦,差得远了!因此线团儿的角色被删得七零八落,最后简直跟黛西一样没事干,如今他老是一副不知所措的表情,好像要是没人笑,他就不知该拿自己怎么办。

炫彩乔治扬名全球的希望就快完蛋了。梅齐尔黔驴技穷,采取以下策略:让小仙子围在四周,从叶缝间偷看;他的想法是,如果观众看见仙子笑,可能也会跟着笑两声。但我可以告诉你,那可难啦。

"瑟丝贝,"线团儿说,"一朵咸花插在牛粪上——"[1]

"鲜花!鲜花!"梅齐尔透过扩音器咆哮。穿着蛇皮紧身裤的他看来帅极了,已为稍后的庆功宴打扮妥当;我可以告诉你,如果是从前,乔治一定伶牙俐齿立刻回敬几句,但现在可怜的乔治紧张得犹豫不决。我心想,这可怜的混蛋走下坡了,他根本不该来好莱坞的。

"瑟丝贝,一朵鲜花踩在牛粪上——"

---

[1] 《仲夏夜之梦》第三幕第一景。

他一定是想,去他的,豁出去了！因为,突然间,一抹真实的乔治光彩照亮他如今行尸走肉般的脸孔。他眉毛乱抬,猛扭一阵屁股,传达"线团儿"的双关含意[1]。他堂皇唱出那句台词,把传达性暗示的全副天才都加在"上"这个字上,我听得脸都红了。佩瑞另有一套理论:一个真正伟大的喜剧演员,光是念洗衣清单都能听来很脏。这一刻,乔治触及了伟大境界。

"——踩在牛粪上——"

"卡！"梅齐尔叫道,气得脸都白了。

这段要命的戏一直拍到七点多,但之后我们是否可以回家休息,泡热水澡喝烈酒呢？可以才怪。门砰然推开,一行人手持火把走进来,又是那些永远穿古装的天杀的鲁特琴手,加上身穿学士袍的 UCLA 英文系全体学生,还有个特别为这场合招募来的百人男童合唱团,颤音高唱《我手持野猪头》。

就这样,他们全进来了,还有一场伊丽莎白式盛宴,由下巴发青、衬衫系腰带、裤长及膝的男人端进来;原来是东尼的叔叔负责外烩,可惜不太应景,加了太多大蒜和马里纳拉酱[2]。众仙子蜂拥围在吧台旁,开始认真灌酒。保姆来接萨丝琦亚和伊莫

---

1 "线团儿"原文 Bottom,又有"屁股"之意。
2 意大利料理中以番茄、洋葱、大蒜、香料等制成的酱汁。

珍,因为艾夫人认为让女儿参加她们父亲的订婚派对实在品位太低劣。伊莫珍乖乖走了,但萨丝琦亚又是哭又是抱着父亲的腿,直到黛西被惹毛,凶道:"快滚,小鬼!"萨丝琦亚眼里喷火,但她又能怎么样?她才十二岁,什么权利也没有。

然后爱尔兰醉醺醺走进来,脸色惨白,眼睛通红,竭尽全力才站直身子,把一份怨毒的礼物塞进我手里,是《好莱坞挽歌》的校样,题献给他的"镀金苍蝇",并签上全名。谢天谢地!去年冬天我把它拿去苏富比卖了,那时我们手头拮据,付不出电费。

"如果我是苍蝇,"我对他说,"那你是什么?捕蝇纸?"

然后呢,心胸宽大的我就把他介绍给海伦娜。她来自东岸一家剧院的专属剧团,布林莫尔[1]毕业,主修英文,里程数很低,只有过一个小心谨慎的男友。我衷心希望可怜的老爱尔兰快乐,我真的很喜欢他,但他真正想要的是一个永远自我更新的处女——每夜都能让他开苞,翌晨又恢复完整如新。德文老师说这是与生俱来的一种形上欲望,我同意他的话;他的需求就简单多了,我们分手时仍然是朋友。

戴帽子的记者来了。穿丝绸洋装的娼妓、女演员和妻子来了。戴着手套和珍珠的全体英国殖民地来了。还有一整个弦乐

---

[1] Bryn Mawr,在宾州,私立女子学院,以人文学系为主。

团也来了,加上穿晚礼服、拿指挥棒的团长,要用音乐跟那批乱拨乱弹的乐手决一胜负:成吉思汗透露,他实在已经受够了鲁特琴。东尼进来了,一身笔挺黑西装、黑毡帽,诺拉飞奔到他身旁,红着脸咪咪笑。一名意大利男高音来了,手持一把曼陀林,高唱《回到索连托》,与演奏《丝绸娃娃》的弦乐队,以及仍然英勇尝试演奏《猎艳诀窍》的众多鲁特琴相映成趣,而炫彩乔治靠着一个细颈大酒壶稳住阵脚,正叛逆又局促地试着大唱《英格兰玫瑰》。

那年头,因为有爱尔兰的丑陋例子摆在眼前,我喝酒非常节制,但当成吉思汗从马裤里掏出一个小盒子,打开给我看戒指时,我心想:今晚我如果不喝醉,一定会自杀。

那戒指上镶的钻石没有大得像丽兹酒店,只不过大得像阿尔冈金峰[1],套在我手上活像打手用来加强杀伤力的金属指节环。我们走进舞池跳起狐步舞,四周闪光灯一阵轰炸,我下巴磕到他头顶,他踩到我的脚——他没有看路,只顾无助地凝视黛西,黛西身穿提泰妮娅的礼服,紧贴梅齐尔就像肠衣紧裹腊肠。我试着大笑,但笑出来是苦的。我感觉好悲哀。

---

1 原文 Algonquin,应是指 Algonquin Peak,为纽约州东北部 Adirondack 山脉的高峰之一,高 1 559 米。

悲哀。只是悲哀而已。咱们别把这叫作悲剧,破碎的心从来就不是悲剧,只有英年早逝的死亡才是悲剧。而战争,即将在我们不知不觉中降临;若将喜剧面具换成嘴角往下撇的那个,剧院就请关门大吉吧,因为我断然拒绝演悲剧。

因此那不是悲剧。但我忍不住想起那个金发男高音,想起我最后一次代替诺拉上床,忍不住多愁善感起来。我也相信老成吉思汗认为他的心要碎了,他歪歪倒倒,他跌跌撞撞,我带舞,我稳住他,小心避开那些巨大的洋地黄、肿胀的雏菊、银色碎石地上带刺的七叶树果实。成吉思汗拍拍我屁股,但我知道他心不在焉:他只顾看着黛西,报复之情熊熊燃烧。

抱最好的希望,做最坏的打算,阿嬷以前常说。我希望成吉思汗会认为,娶了黛西情人的女儿就已经报复足够;我真的这么希望,我一直对黛西比较偏心。但我想他真正想做的是,毁了他们。

高高在欢乐人群上,我看见那顶尖刺王冠,标示出我父亲的位置。一会儿这,一会儿那,完美的东道主,优雅的化身。我瞥见爱尔兰,海伦娜正扶他离开,他不知道,日后她将在关于他晚年的电影里扮演自己;我忘记演我的是谁了,某个浓妆艳抹的娼妇吧。可怜的老爱尔兰已来日无多,《仲夏夜之梦》首映时,他在中国戏院外倒地。心脏病。那时诺拉和我已经回家了。

"别担心,"他们说着拖开他,免得挡到明星的路,"只是个摇笔杆的。"然后《好莱坞挽歌》出版,但是死后才得普利策奖有什么用?罗斯·欧弗拉赫提,就此安息。

我看见我的德文老师,他没受邀但照样闯来,一如平常看似饿坏了。他抓着一个办公室职员型的男人的手臂,对他高谈阔论。迫克经过,捏我一把。噪音、烟雾、大蒜味、刺眼灯光,一切都开始令我不适,更别说还有酒精。诺拉跳着华尔兹经过,紧贴东尼,闭着眼,唇边带着如梦微笑。我要吐了,我想。都是爱尔兰的影响,以前我从没在派对上吐过。

我在清凉的白色浴室坐了会儿,听着水箱里哗啦咕噜的轻轻水声,水声抚慰了我。我看看镜里的自己,发现我的眼睛亮得好像嗑了药,亮得就像那颗——老实说,我为之卖身的——钻石。我的心扑通、扑通直跳,我感觉全身发抖。一群干呕小精灵闯入我苦恼的独处中,但我实在无法回到派对,面对成吉思汗的潮湿双手,我父亲的空洞胜利,我妹妹的无知幸福,爱尔兰的鄙夷,以及我德文老师的愤世嫉俗(他自己则称之为常识);尽管我心底知道,在这些人当中,最了解人生的就是他,但我当时只是个小女孩,不想相信他的话。那年头我从来不听新闻广播。

我可以告诉你,当时我**真的**很为自己难过,因此我在那片浓密假树林里东晃西晃,外面的音乐和人声透过那些怪异影子传来,变得扭曲,一切都变得奇怪。我膝盖撞到一颗露珠,正在揉那块淤青,这时,枝叶被人拨开。

我以为我发疯了。

我看见我的分身。我看见我自己,我,穿着我那套豌豆花戏服,活灵活现,仿佛揽镜自照。

起初我以为是诺拉不知在搞什么鬼,但对方手指按唇示意我噤声,我闻到"蝴蝶夫人"的味道,然后看出这是复制品。手工打造,特别定做的复制品,整形医师的神奇艺术结晶。

她花了多大的功夫!鼻子削了,奶子垫了,屁股抬了,中年肥肉也饿得、哀伤得消失。后面的臼齿拔了,造成颧骨明显的假象;脸拉皮拉得耳朵都跑到头顶,幸好有假发遮住。我得说,尽管动了这么多手脚,她看来还是挺生动,虽然——细看之下——并没有**那么像我**,比较像模糊的影本或画家的印象素描,而且,可怜的婆娘,尽管她厚厚涂了一层蜜丝佛陀的粉条,还是看得见底下的淤血,还有耳朵原本位置的疤痕。天呀,那一定很痛!对她来说幸运的是我们差不多高,不像黛西是个矮冬瓜。

我面前站的是前任汗太太,她是那么爱他,甚至愿意为他把自己变成他心爱对象的粗略拷贝版。

"你要多少钱?"她说。这声音我听过太多次了,在电话那头心碎欲绝地呼吸。此时听见这声音讲话,我挺感动的。

"什么我要多少钱?"

"你才肯把我丈夫还给我。"她嘴唇颤抖,眼皮猛眨。真搞不懂,为了一个男人如此大费周章。我多愁善感的心立刻倒向这老太婆。你能相信吗,她真的爱他呀。

然后一声大嗓门叫喊,盖过派对的其他声响——是成吉思汗拿着扩音器找我。

"朵拉!朵拉!"

鲁特琴再度开始合奏,我的天哪!演奏的是《结婚进行曲》。要不是她的脸绷得太紧,此刻一定会颓然垮下。

"我以为这只是订婚派对。"她哀鸣。"怎么会是结婚派对呢?"

"我也不知道啊!"我说。我慌了,不假思索便褪下那钻石兵器,好像它是烧得滚烫的煤。"拿去。你戴上。你去嫁给他。快点。你有过经验,不是吗?不过我要是你,会赶快找块面纱遮着。"

我想她一开始不相信我的话,只顾把那戒指在手里翻来覆去地看,那双手又皱又有老人斑,整形手术顾不到手,但现在没时间找手套给她戴了,只希望他发现时已经太迟。她以再奇怪不过的眼光瞪着我,起初我搞不懂什么意思,但话说回来,这张脸其实也不是她的,不听她使唤对吧,过了一会儿我终于明白她是在对我微笑。

"朵拉!!!"

四周的水晶露珠叮当乱颤,他的叫声就有这么大。她在我脸颊上快快一吻,然后立刻走人,从没见过女人动作这么快的,没有一句"谢谢",也没回头看一眼——赶在我改变主意之前离开。这就是我最接近幸福婚姻的一次,多谢各位。

我想我最好暂时换件不显眼的服装,因为此时此地不宜有三个欠思姊妹走来走去,于是我朝出口跑,结果一脚绊到线团儿,摔个狗吃屎。

线团儿已经醉死过去,感觉不到疼痛,终于忘却这几个月的沮丧与羞辱,也不再需要他那个驴头。我也脱下他的高尔夫球裤和外套,因此无意间暴露出他身上那整片粉红的大英帝国,更别说其他蛮荒不文之地。我不想让我们的国家这样公然丢人现眼,所以把他拖到一丛假灌木下,捡起一把假树叶遮掩他。这么做的同时我感觉好像结束了什么,但没时间思索到底是什么的结束。

我这辈子曾多次快速换装,在台侧幕后,在杂剧演出时,在歌舞表演中,但从没那次那么快。就这样,我穿着高尔夫球裤、顶着驴头,以织工线团儿的身份参加了自己的婚礼。这时我开始觉得好笑了,看着自己结婚,这种事可不是天天有。

那是非常奇怪的一夜,而且因为我对它的记忆很混乱,显得更加奇怪,我每次记起的情形似乎都不一样,记忆被我扭曲。别忘了,尽管当时我站得好好的,头脑清醒,但仍然相当——甚至十分——紧绷,一切在我眼中都显得飘忽,遥远,古怪。头上的铁皮屋顶似乎不知怎的裂开、消失,因为我们上方是真正的黑色夜空,但那弯新月却又是上色的三合板,迪克坐在上面前摇后晃,一副志得意满的样子;弦乐队正嘈嘈切切错杂弹,迪克跟着唱,那高亢的男高音让你以为自己死了上了天堂:

只是一轮纸月亮,漂在硬纸板大海上。
但你若愿意相信我,一切都不再是假装。

一阵风吹得僵硬树枝咔嗒响,然而我怀疑那阵风不是机器吹的,因为它带来加州之夜的甜美潮湿露水气息,传遍整个拍片现场。

现在我记忆中那拍片现场不是拍片现场,而是一座真的树林,危险,不安。七叶树果实上有真的钢钉,灌木丛上有尖刺,但看起来又不真实,仿佛只是绘制,令人迷惑的月光像牛奶洒在林中,仿佛好莱坞就是这座魔咒森林的名字[1],在这里,你迷失自

---

1 好莱坞原文 Hollywood,可意译为"冬青林"。

已,又找到自己;在这里你有所改变,你发疯;在这里,影子活得比你长久。

如今,半个多世纪之后,要不是有这些照片,我恐怕会以为那一夜只是我做的梦。看到没?这张拍的是线团儿,搂着他的是——

我又来了!老离题东拉西扯,真是的。醉鬼讲故事,总是没法儿走直线。

我说到哪儿了?

我混在人群中,四周是仙子、哥布林、妖精、鼠、獾等等,大家全围着三位新娘;这场临时起意的突发婚礼来得意外,新娘们看来都有点吃惊,甚至倒胃口,正激动地七嘴八舌彼此交谈,小喽啰则忙着跑来跑去,把低矮灌木丛推到一旁,挪出空间营造教堂气氛,搬来插着立架、系着丝绸蝴蝶结的海芋和满天星。几个服装部门的女生拿着面纱和橙花冠奔进来,于是新娘忙着试戴,新郎则聚在一起围成男人的小圈圈,清清喉咙,猛抽香烟,神情紧张。

然后,事情旁生枝节。我从没见过的一位小老太太突然不知从哪儿冒出来,或许是钻出地板上的暗门,有如晴天霹雳。东尼大吃一惊,看起来颇似刚动完手术的休克状态。老太太身穿黑色长大衣,戴大幅黑色面纱,一把抱住东尼的脖子,又是大哭又是满口连珠炮意大利话,他也是。老太太暂停片刻,凶狠瞪了诺拉一眼,然后又和东尼抱头大哭,诺拉只能红着脸缩躲在面纱后。然后东尼的妈妈——没错,她就是东尼的妈,从小意大利赶来,刚下火车——松开手,开始痛骂他。这时黛西正偷偷凑着银质扁酒瓶喝一口,而朵拉替身则聪明地用最厚一幅面纱盖住自己,安坐在一颗露珠上,静待时机到来。

然后,鲁特琴声响起,演奏的居然是《牧场之家》。

咔嗒,咔嗒,咔嗒。

一匹我见过最大的白马出现,轻巧绕过现场的满地杂七杂八,马背上坐着一名超巨大的牛仔,戴着一顶天杀的超大白帽,格子衬衫领上有一枚银星。看到这牛仔,成吉思汗非常满意,双臂交抱住自己,但梅齐尔脸色有些发青。东尼此刻被妈妈骂得狗血淋头,瞥都没瞥牛仔一眼,但除此之外,众人又笑又欢呼又拍手,所以我也发出驴鸣,啼子往地上跺。

成吉思汗看起来骄傲又害羞,这场临时起意的牛仔婚礼看来是他的绝妙主意。马蹄咔嗒,然后停步,牛仔满口得州腔,只差一点就像自我戏仿:

"伴郎是哪个浑球家伙来着?"

半月上的迫克借钢索之助优雅地一跃而下,悬在我们头上三尺的半空,尖叫:"是我!"

"浑球戒指在你手上吗,小子?"

我突然疑心大起。我认得那声音,认得那巨大体型。

迫克秀出满手金戒。

"咱们开始吧!"

一切都刺痛我的眼睛,那金光闪闪,那白光明亮,但我知道那是谁,没错,我知道骑在白马上的是——

"在场的各位请注意,"牛仔唱歌似的说,"以身为得州罕择郡警长的权力,我现在宣布你们——结为夫妻。"

东尼的妈妈发出一声气愤难当的尖叫。太迟了。三枚戒指套上三只手指,三个女人掀起三幅面纱。我忍不住哭起来,我当新娘的模样真可爱,看起来神采飞扬。在那个驴头里,我哭得稀里哗啦。

东尼的妈妈气得语无伦次,举起一桶马里纳拉酱,然后——整个倒在诺拉身上。

新娘面纱染了血!那么多番茄酱汁,看来活像大屠杀。东尼的妈往后便倒,紧抓胸口。心脏病发?东尼惊叫,奔去扑在她身旁。然后——砰!砰!砰!机关枪扫射?不,只是自助餐台那儿的香槟,事先设定好婚礼一完成便同时砰砰开瓶,但这点我们后来才知道,当下可是一片恐慌,所有人全趴倒在地。白马受惊,人立起来,牛仔的帽子掉落,露出一头红发。打一开始我就知道那是佩瑞格林,但梅齐尔吃惊得张大嘴,黛西皱起脸来。之后现场大乱。

瞳孔闭上。

一切变成空白。

我知道应该去安慰诺拉,但我再也受不了了,连番刺激让我站都站不住。我爬出噩梦般的派对,爬到凉爽黑暗的户外,一头撞上(并吃惊得差点喘不过气)——

"我说,小心点哪,你。"她说。

一阵气味充塞鼻孔,那是全世界我最爱的无与伦比的芬芳——琴酒、包心菜、旧内衣、樟脑丸的绝妙混合。

"阿嬷!"

咔嚓!一个经过的狗仔队记者拍了张照片:一位活像圣潘克拉斯火车站——巍然、污黑、充满哥特式细节——的老太,被一个半人半驴的男子抱在怀里,吓了一跳。

"你他妈的是谁啊?"她说。

她似乎充塞所有空间,整个南加州再也没有让你不安心的余地。她提着油布提包,那显然就是她唯一的行李。黛西的白猫本来安详睡在一片野生百里香的土堤上,这时像瓶塞蹦离酒瓶一样从我们身后那疯人院跑出来。看到阿嬷,它突然停步,头往她膝盖上蹭,开始发出呼噜声。她弯腰抱起猫。

"我感觉需要抱个什么东西。"她说。

原来她是坐飞机来的,这大无畏的老太婆,她当掉那座老爷钟,买飞机票。当然不是全程搭飞机,只从纽约飞加州,但这让她省下一半时间。她一接到我们的电报,就跑到皮卡迪利的托马斯·库克办事处。"我要粉快赶去好莱坞。"

最后我们把那只白猫一起带回布里克斯顿。它再也不喜欢黛西了。跟黛西住时,它从未显示出什么性征,但它没怀过孕原来是因为一发情便被黛西锁进衣橱。一到莎翁路,它就摇身一变,成了量产小猫的活机器,欠思猫王朝的开山始祖。德军闪电空袭期间,它一直跟我们在一起。每年固定两胎,一胎六只,直到五一年被猫流感带走。它是我们唯一的好莱坞纪念品,除非算进另两样:我们的银狐皮系带大衣(还是不提为妙),以及几本书上的几个签名。

就这样,我们跟着阿嬷回家,姊妹俩不经一事不长一智。东尼的妈妈当然赢了。什么?她儿子岂能娶一个改过自新的二度处女?在小意大利这可不够好!东尼来取回订婚戒指时,诺拉气得一滴眼泪都没掉,只一拳打断他下巴,然后继续打包行李。至于成吉思汗,等一开始的震惊过去之后,他便和假朵拉从此过着幸福快乐的生活;如果你相信这回事,那世上就没什么你不会相信的事了,但我确知他再也没跟黛西在一起,而尽管他试图毁掉她的前途,但她根本不在乎。不过梅齐尔的电影事业倒是就此断送,完蛋大吉,下台一鞠躬。

此外,那么多风风雨雨之后,才发现黛西原来没怀孕,只是经期紊乱加上一点消化不良。婚礼那天半夜来了,经血量变本加厉地多。蜜月还没度完,他们已经吵吵打打活像两只狠犬,所以黛西又去了墨西哥,梅齐尔回到伦敦,没老婆,没孩子,没工作,没希望,垂头丧气。然后大战及时开打,他立刻从军,变成战争英雄。海军航空队。真的,没骗你。谁想得到?

但好莱坞的大门从此不再为他开。

现在黛西还会寄圣诞卡给我们,这人一点坏心眼都没有。打开电视,你就能看到她。她老得蛮耐看,因为从来不是美人,所以也没有美人迟暮的悲哀。仍然金发,仍然是那张好似粗鲁笑话的嘴。如今她在肥皂剧里演大家长,穿起露肩低胸礼服还是挺像样,以八十多岁老太婆而言。

仍然有劲。我一直都很喜欢黛西。

4

"让别人的笔去写罪咎和悲苦。"A字部,简·奥斯汀,《曼斯菲尔德庄园》。我不想谈战争。只想说打仗可不是嘉年华。一点也不是。

是的,没错,我有我的记忆,但我宁可自己保留,多谢各位。不过有些事我永远也忘不了:邦德街那只每天一大早就叫的公鸡;有次我还看到一头斑马沿着肯辛顿高街奔驰,那时约莫午夜,正值灯火管制期——那晚有月亮,它的条纹荧荧发光;还有炸弹过后,几乎成了废墟,还有冒烟就立刻长出来的那些花,仿佛是说生命照样要继续下去,就算少了你。

我们应该爱国,在后院养了头猪,喂它馊水——马铃薯皮、泡过的茶叶。阿嬷很爱那头猪,当然绝对听不得人提屠宰场,但阿嬷翘辫子之后,它终究还是成了葬礼上的美味烤肉。要是她知道我们才将她火化完就大吃她心爱的猪,一定会大发脾气,但不这样我们还能拿什么招待吊丧宾客?有些人大老远跑来,我们总不能请人家吃包心菜刨丝吧。退居穷乡僻壤的艾夫人让老保姆送来一蒲式耳[1]苹果做酱料。我们特别请大家不要送花,至少在这件事上坚持了阿嬷的原则。

阿欣带孩子来参加丧礼,但运将不在,他去了北非,再也没回来,可怜人,一口木箱埋进沙漠。遭此打击的阿欣始终没恢复,就这么日渐憔悴,最后四九年被亚洲流感带走。大批前任房客——老迈的慢板舞者,堪称古董的女高音;邻居;布里克斯顿市场青菜摊的老板;众多酒馆老板;《你愿意》的工作人员有一半都来了,加上作曲家的母亲,穿着新做的黑丧服外套。我有点期望金发男高音会辗转听说这消息,前来吊丧,但没这么好运。

我们有够想念佩瑞格林,但他投入特务工作,英勇报国去也。天知道他到底做了什么,但后来获颁勋章一枚。此外,也只有天知道他到底在哪儿:我们在《泰晤士报》登了讣闻,结果当天有人敲门,来了辆吉普车,一名驾驶兵,十二箱薄荷酒,一桶健力士。于是吊丧宾客尽兴而返,不但吃得满嘴油光,也喝得满口酒气,这就是佩瑞格林向阿嬷致敬的方式。

烧掉骨头之后——因为那猪完全是偷偷送进鬼门关,战时私宰肉品可是要被送上断头台的——诺拉和我坐下来,就在这间

---

[1] bushel,英国的液体及谷物容量单位,1 蒲式耳约等于 36 升。

早餐室,在这两把皮椅上,听着我们未来将独居于此的这栋窄长屋里的沉默,两个人好好哭了一场,因为这是我们童年变本加厉的结束,现在我们真的只能靠自己,一切完全只能靠自己了。

我们失去的不只是阿嬷。我们出生、母亲死去的那天,她是唯一的见证人;她一走,就再也没有活人记得那个面目不详的鬼魂。我们的童年全跟着她消失无踪,因此我们不但失去她本人,也失去了好一部分的自己。想起自己曾经嘲笑她年老的裸体,我们羞愧不已。

当时我们即将迈向三十大关,不过,如今从这年高德劭的山头回顾过往,我简直不敢相信,很久以前我们曾以为人生在三十岁就会结束;但那时候我们确实感觉穷途末路,即便没有打仗亦然,而战争结束后我们再也不一样了。

战争结束后,天气永远是冷的。连着好多年,我们手指都冻得发青。战前,我们还年轻,我们在阳光普照的加州;战争中,肾上腺素支撑着你,也永远不乏男人来温暖你。但战后,疲惫感袭来,血液也变得比较稀薄,人家说那是"艰苦年代"——然而我真的相信,我们觉得那么冷其实是因为阿嬷不在了,而不是因为斯塔福德·克里普斯[1]的经济政策,或者四十年代末那些寒冷冬

---

[1] Sir Stafford Cripps(1889—1952),英国律师、政治家,1947—1950年任财政大臣。

天,诸如此类。

没有了阿嬷——没有人添柴顾火,夜里留一盏灯等门,早上起床烧水泡茶,敲着那面大铜锣告诉我们她已经炒好干燥蛋,蛋在盘子上快凉了——这屋就只是间谷仓,我们不自在地四处乱荡,水槽堆满脏碗盘,楼梯脏兮兮,炉子是冷的,炉上的平底锅里有罐头豆子慢慢变成化石,等等等等。

我们任这屋颓败破落,这里只是我们回来睡觉的地方。有时我们会自己烤片吐司吃。阿嬷一死,这屋子也没有了心。阵阵穿堂风在门厅赛跑,吹得毛毡掀起摆动;我们从来不换床单,床单灰扑扑,满是污渍和碎屑。时运对跳舞的而言,也不好过,尽管我们努力勇敢面对。

然后四处巡回的灰败岁月开始了,剧院愈来愈小,观众愈来愈稀疏,歌舞女郎穿得愈来愈少,那是我们走下坡的年代。谷底是一场在博尔顿演出的裸体秀兼杂剧:《金发娃与三只胸》[1]。"你把裤子脱了,剧名就可以改叫'金鸟毛'。"诺拉对助理舞台监督说,但他不肯。那些裸体秀!歌舞厅的垂死挣扎。当时有条法律规定,女生脱光光可以,但是不能动,不能用到半块肌肉,移

---

[1] 该童话原应为《金发姑娘与三只熊》,"熊"(bear)与"裸体"(bare)同音,因此被拿来当作清凉秀的剧名;此处试译为音近的"胸"。

动半寸——只能精赤大条站在那儿给人看,战后歌舞厅已堕落到这个地步。再也没有奥立弗·梅索[1]设计的服装,塞西尔·比顿设计的布景,但我们可始终穿着丁字裤和内裤,从来没脱光,我们依旧唱歌、跳舞。但我们感觉这行的艺术已经转着漩涡流下排水孔,而那时高档艺术正蓬勃发展,我们父亲靠莎剧的年长角色打下一片天——泰门、恺撒、冈特的约翰——但他一如既往,仍然不想跟我们有任何瓜葛。

我多次注意到人类有种特性:如果没有家庭,他们会自己发明一个。于是那时我们常往萨塞克斯郡跑,去看艾夫人。琳德园只剩一堆焦黑砖块,伊顿广场那栋房子离婚时又卖了,因此艾夫人从加州回来后,遣走了琳德园专属农庄的住户,住进那炉灶和梁柱暴露在外的地方。她起居室总挂着一幅梅齐尔的全身像,几乎占去整面墙,尽管画框镀金却带来一股阴郁气氛,因为画里的他是老奸巨猾的理查三世扮相,一身黑衣,眼中闪着一抹邪恶的光。她在那画上方装了盏灯,永远开着,前面一只脚凳上也永远放着玻璃罐插一小束花——三月的野生黄水仙、桂竹香、雏菊,依季节而定,永远是鲜花。就连地上积雪,她

---

1 Oliver Messel(1904—1978),英国设计师,参与过许多电影及舞台剧的服装、布景等设计。

也照样出门,包头巾穿雨靴,在草丘[1]上到处找白屈菜、早开的紫罗兰、春白菫,后面总是跟着一只汪汪叫的小狗。

四六年那个苦寒的冬天,我和诺拉实在不忍心她在风雪中到处翻挖找花,于是带了一大把温室康乃馨去看她,那花比在萨佛伊吃一顿烧烤还贵。天杀的萨丝琦亚也在,活蹦乱跳,还有伊莫珍。她们正就读皇家戏剧艺术学院,萨丝琦亚还带来她的好朋友,一个打扮得人五人六的小蹄子,穿着黑天鹅绒毛松长裤和芭蕾舞鞋。看到那束康乃馨,萨丝琦亚笑得跟什么似的。

"真应景!"她说。"'……有人叫它大自然的杂种。'《冬天的故事》,第四幕,第三景。"[2]

殊不知这等于半斤笑八两。她母亲吓坏了,连忙掩饰。

"这学期,我的小萨丝琦亚要演佩蒂达哦,很棒吧?"

不过如果那狗屁倒灶的什么RADA只教会她女儿这个,诺拉和我根本不想听。多廉价的笑话!我们不屑理会。

虽然女儿去念RADA不在家,但有老保姆跟她做伴,还有村里一个妇人负责做粗活。所以每当来度周末的客人关切地

---

1 原文为the Downs,专指英格兰东南部地势略高、不生树木、土地属白垩质的草原。
2 应为第四幕第四景。剧中佩蒂达此言指的正是康乃馨,因其经过人工嫁接,故称之为自然的杂种。

问她:"小艾,你孤零零一个人在这儿怎么过活?"我就好笑。在这儿要使唤人几乎连动都不用动,就连走到屋外上茅房,都会绊到一个缩身蹲着照料草本植物的小老头。但艾夫人会露出淡淡微笑,说她已经习惯独处,以园艺自娱等等。她总是戴着大帽子待在花园,指使园丁做这做那;杂志报道过她,她的铁线莲很有名。晚上她会坐在屋里,在墙上龇牙咧嘴的梅齐尔陪伴下,拿着刺绣圆框一针一线缝呀缝,听留声机唱片,就像她现在在莎翁路四十九号地下室前半部分的习惯。然后到了十点钟,老保姆会端来一杯好立克,送她上床睡觉。

有时,她女儿会去见父亲,回来时多了新手表、曾属于莎拉·伯恩哈特[1]的金十字架、杜丝[2]、埃伦·特里签名的《莎士比亚全集》,但梅齐尔连张圣诞卡也不曾寄给她,仿佛他们分手是她的错似的。

艾夫人越老,模样就越英国。她的五官越来越透明,表情越来越谦和勇敢。她开始穿开襟羊毛衫。大战还没爆发,她的神情已经显得忧伤,忧伤跟她很搭,一如淡彩。她逐渐以忧伤出名,尽管——或者该说正因为——她永远带着那不屈不挠的微

---

1 Sarah Bernhardt(1844—1923),法国演员,当代剧场巨星。
2 原文 The Duse,应是指 Eleonora Duse(1858—1924),知名意大利女演员。

笑,真正米尼佛太太[1]的微笑。

那农舍非常可爱,浅色砖,爬满地衣的瓦,坐落在一处草丘,视野尽头就是英吉利海峡,旁边有座围着墙的小果园,里面养羊。现在想起那座果园,我记得的总是初春景色,苹果树根间长着樱草,花蕾初生,烟囱升起袅袅轻烟,阿诺和我从附近村子搭计程车来,红色摩洛哥皮高跟鞋,泥巴。

我这辈子从没像在那农舍那么冷过。又冷又怕,连躲防空洞都没那么糟。夜里,我们两人挤在寒冷的床上,银狐大衣盖在棉被外保暖,脚趾踢到老保姆为我们放进被窝的石制汤婆子[2]造成瘀青,听着夜鸟呜呜,猫头鹰飞扑而下时老鼠和田鼠的吱吱叫声。四周全是生物在互相杀戮,我们冷得全身僵硬,怕得全身结冻。我宁可待在星期六半夜十二点半的瑞顿路。

老实说,虽然那农舍风景如画、令人浮想联翩,但我们去那儿只是因为喜欢她。

她会安排我们合睡一张床,永远在那间刷着白石灰的房,平常老保姆用作缝纫室——铁床柱,洗脸盆架是广叶松木,一

---

[1] 电影《忠勇之家》(*Mrs. Minniver*)的女主角。该片叙述第二次世界大战中英国小镇一家人的故事,米尼佛太太为其中心人物,意志坚定,面对战时的危难与恐惧仍能保持镇静。此片1943年获得多项奥斯卡金像奖大奖,在英美两地票房成绩皆佳。

[2] 即热水袋,但此处因是石制品,不适合称"袋",斟酌改译为此一较古老的名称。

个裁缝用的假人投下无头阴影,让我毛骨悚然。至于浴室,就让我拉上一层纱遮住吧,那儿的铁浴缸简直是萨塞克斯郡所有蜘蛛的养殖场。我们从不斗胆踏进"亲亲小花蕾"姊妹俩的闺房,但艾夫人的房间可说是座神殿——供奉对象你猜是谁?——到处摆满他的照片,加上一张,只有一张,佩瑞的照片,画面上他正从高礼帽里变出萨丝琦亚。楼梯又窄又陡,像木材质打磨光亮——艾夫人不肯铺地毯,说最喜欢木头的活生生质感——诺拉和我小心翼翼边走边滑,非常清楚萨丝琦亚和伊莫珍(如果她们在家)正在嘲笑我们的鞋。

门厅里,一口虫蛀橡木箱上放了个盛着干燥香花的中式大碗,散发刺鼻的忧伤气息,那气息属于老太太和心碎。到处都挂着水彩画,是琳德家人好久以前在威尼斯、在阿尔卑斯山、在湖区画的;褪色的印花棉布;磨损成网状的旧地毡。处处流露出一种褴褛而昂贵的破落感,那种格调我们自知永远不可能企及。我们幸运的欠思姊妹注定只能大起大落,要不就亮眼花俏,要不就寒酸肮脏。

食物不值一提。我们一直希望她会带头组织东萨塞克斯郡的黑市,但老保姆总是叫我们别忘了带配给券,端上桌的是乡村派、牧羊人派之类,不管材料是什么看来都很难吃,尽管餐盘是切尔西陶瓷,把手末端呈圆球状的刀叉是纯银(已经发黑,刻着琳德家徽：一只鹈鹕啄整自己胸口羽毛）。食物糟透了。我们仍然紧张兮兮，不知道接下来该用哪把祖传叉子。

而且总是冷得要命，不只床上如此。我们连坐在桌旁都穿着毛皮大衣，尽管萨丝琦亚和伊莫珍投来讽刺眼光；她们穿着芭蕾舞裙长度的宽松褶裙和高领毛衣，遗传了上层阶级能忍受极端温度的本领。我们彼此厌恶，她们简直不能忍受看见我们终于打入她们家，尤其因为现在她们也成了被抛弃的女儿。因此，当艾夫人问我们，是否有空来参加萨丝琦亚和伊莫珍的二十一岁生日，诺拉讽刺地说："跟真的一样！"

"不是，我说真的，亲爱的。"艾夫人说。"我希望你们俩都能到。"然后她眼里闪动一抹光，只稍稍一亮，但如今这情景鲜少出现，看到让我很高兴。"全家人都会出席哦！"

点头跟眨眼一样可以传达暗示。我们打从 VJ 日[1] 起不曾见过佩瑞半根毫毛，只接到一张里约热内卢寄来的金刚鹦鹉明信片，但我知道尽管事隔多年，艾夫人心里对他仍有一份温情，我甚至曾经希望哪天她能和佩瑞在一起试试。我追问过她一次，那时我们在果园里喝武夷红茶，时值五月，苹果花已经开过，但我仍穿着大衣。

---

[1] 1945 年 8 月 15 日，日本于此日接受同盟国的条件投降。

"你都不想念佩瑞吗?"我含蓄地问她。

想到他,她眼里立刻闪动一抹光,但那是否定的光亮。

"那种男人不能嫁,亲爱的。"她说。褪色的蓝眼,若隐若现的血管,头上草帽用草履虫图案的丝巾系在下巴。年长贵妇羊。但她对佩瑞还算了解,他居无定所,简直像个云游四方的嘉年华。我握住她家的瓷杯暖手,因为除此别无他法取暖——那杯子没了把手,一侧倒是有道大裂痕——同时纳闷,不知我母亲是否也这样看待梅齐尔,认为他短期而言很棒,但绝对不适合长程。

我的感觉是,这两兄弟都不是好丈夫的料,但我一个字也没说。在艾夫人那里,很多话留着没说。我再也不曾遇过琳德家那样深刻的沉默,尤其她女儿在家时,未说出的话像雾悬浮在那些沉默中,钻进你的肺,让你呼吸困难。

"天知道我们干吗老跑去那里。"诺拉说。"星期天我们大可待在这儿,泡个澡,做做头发。"

她也半点都不想莅临亲亲小花蕾的二十一岁生日,绝对不。佩瑞可以来找我们,她说。她非常坚决。"不去!不去!就是不去!"然后我们的佩瑞叔叔打电话来,说他可以开车载我们去,当晚我们就能回到布里克斯顿。

"但是我们不送礼。"诺拉说。"才不送生日礼物给那两条毒蛇。这是我的限度。"

我们之所以去,全是看在艾夫人分上,不是吗?我们带了一瓶苏格兰威士忌送她。就这样,佩瑞格林开着一辆天杀的大宾利敞篷车来了,在莎翁路上按喇叭,准备载我们去琳德园专属农庄吃这辈子最糟糕的周日午餐。

"抱歉来晚了。"他说。"我绕道冈特林匆匆拜访了一位朋友。"他大大眨了下眼,这个酒色之徒。但他只迟了二十分钟。

佩瑞体型比以往更巨大,被巴西的太阳晒得棕亮,从他脸庞的轮廓神情,你绝不会相信他已经六十了,也不会相信他的孪生兄弟如今正在排演《李尔王》。那头浓密的锈红色头发没有半根灰白,雀斑脸上也没有半条鱼尾纹,一如他首度来敲这屋门时那样精力充沛乐呵呵。当然,他又发了,因为挖到了石油。

是的,石油。就在他出于多愁善感,用《仲夏夜之梦》赚的钱买的半干旱土地,得州罕择郡的那片牧场。石油。他又有钱得一塌糊涂了,宾利后座塞满罐头、纸包、瓶罐,我很高兴看到大部分标签都写着里约、巴黎和纽约,因为咱们布里克斯顿这儿仍然过着一星期半条培根、一小坨奶油的生活,这就是你的份,这就叫作配给。

他坐在车上按喇叭,整条莎翁路都窸窣掀起蕾丝窗帘,每家老太婆都在偷瞄是谁来接我们。

他把我们又搂又亲好不亲热,但我看得出来他有点失魂落魄。这回轮到我坐前座,看着他慌慌张张,紧张、欢喜、焦虑、分神集于一身。他闯红灯,时速表一度高达九十[1],途中差点撞上一只狐狸,连忙踩刹车,害得后座正吃着一盒比利时巧克力的诺拉猛然往前一倾,鼻子黏上一颗紫罗兰奶油口味的。他有时零星哼起歌,有时没听见你问话,你还得拉拉他手臂。几英里之后,诺拉和我便体谅地保持沉默。"抱最好的希望,做最坏的打算。"我打从骨子里知道,今天一定会哭着收场,因此我和诺拉都交叉手指暗自祈祷,因为我们不希望这老坏蛋伤心,也不希望艾夫人伤心,尤其是在这一天,但我实在看不出这一天还能有其他什么结局。

当然,我们心底一直知道他是她们的父亲,虽然我们假装没这回事。我嫉妒得要命,但实情如此,生物学就是生物学,你糊弄不了精子。我不确定梅齐尔是否知情。虽然"他的"女儿红头发,但他母亲在世时也是红发,何况,谁想得到犹如恺撒之妻[2]化身的艾夫人会做出这种事?也许那两姊妹自己察觉有异,因此很不快乐;如果你想的话,或许可以把她们的一切恶劣行径

1　90英里,将近145公里。
2　恺撒大帝曾说,恺撒之妻的贞洁美德必须不容怀疑。

归因于此,不过你若认识她们,就不会这么宽宏大量了。

斯特里汉姆,诺伯利,索顿荒野,克洛伊顿。到红丘时,诺拉已经吃光那盒巧克力,说她在后座好寂寞,于是爬到前座挤在我们中间。他带来了阳光,我们打开车篷,高唱:"请指挥你的脚/走向有太阳太阳太阳的街道。"他情绪高昂起来。我们还是小女孩呢,才刚满三十。我们三人一路飞驰,却不知这将是我们最后一次乘车同行。

车到三桥,他比较愿意开口了,跟我们讲起巴西。丛林和丛林里的生物——这是他新的着迷对象。他要去皇家学会演讲哦,讲他在丛林发现的蝴蝶,而且一讲完就打算立刻回去再找更多。

"我打算,"他堂皇宣布,"把余生奉献给鳞翅目。"

我们扬眉对看,又一项新的狂热。就像变戏法,就像电影,就像石油,就像间谍活动。他在丛林可以待多久不感到无聊?我们不知道,我们怎么也猜不到,他还没开始无聊就先失去踪影。

结果,这一天是萨丝琦亚掌管厨房。那年冬天她刚首度登台,跟那个穿天鹅绒长裤的好友一起在她父亲制作的《麦克白》中饰演女巫,那角色很符合她人格,但她对大锅里的内容[1]比自

---

1 《麦克白》剧中,三女巫首度出现时搅动大锅作法。

己名字挂上看板更有兴趣,因此她那赢得 RADA 金牌的好友获选扮演考狄利娅,与梅齐尔同台,萨丝琦亚则舞锅弄碗。

当然,如今她已成为电视第一名厨。我每次打开电视都会看到她,正忙着把什么东西切得四分五裂,或者剥什么东西的皮,或者拿着小菜刀猛砍某块跟她无冤无仇的肉。

老保姆被赶出厨房,萨丝琦亚正为自己的午餐派对下厨,试做烤鸭配豌豆;而出身阶级和世代都远疱厨的艾夫人,现在也笨手笨脚尽量帮忙,因为今天是她女儿的生日。老保姆坐在果园一把折叠椅上,跷着脚看《闲谈者》[1]享清福,之后才轮到她起身上菜。连伊莫珍都劳动大驾在花园里摆餐具,因为今天天气太好了,他们决定在户外用餐,伊莫珍正用小石子压住餐巾,以免被风吹走。上浆的白桌布中央,玻璃罐插着一束石竹,上方是爬满老式玫瑰的凉棚,紫丁香也开了,就是小艾夫人那一度曾登上《乡村生活》杂志的著名白色紫丁香。

车驶近,我看见这儿已停了一辆劳斯莱斯,错综复杂难以消化的情绪立刻排山倒海而来,每当接近他,我总是如此——欢喜、怖惧、消沉、单相思。白色紫丁香更是火上浇油,那香味,我感觉好像有人一把握住我的心,使劲猛捏。

1　*Tatler*,生活时尚杂志名。

两鬓各一道飞霜——我们父亲老得比他兄弟明显,但老得很优雅。起初我们相处有点僵硬,尽管艾夫人勇敢地言笑晏晏,不过佩瑞砰一声打开一瓶酒,众人举杯:"敬她们姊妹俩!"然后围桌坐下。我不情不愿也入了席,诺拉亦然,因为,不管这批组合多么随机,但我们毕竟是一家人,他们是我们仅有的家人。喝到第二瓶酒,情况稍微解冻了,一点点。

汤。老保姆现在恢复勤务,从厨房端出一个冒热气的炖锅,对萨丝琦亚的烹调本领比对自己手艺更自豪。于是我们从汤喝起,那是荨麻汤,萨丝琦亚在某本古书里找到的食谱,至少她是这么说的。一道古老的、伊丽莎白时代的汤。也许莎士比亚就喝过这种汤!说到这,她特别朝她"父亲"微笑,又说她和伊莫珍多崇拜他等等。莎士比亚或许喝过这种恶心的汤,但我不相信他能不吐出来。我出于礼貌勉强喝下一两匙,这汤非常非常苦,但两位盲目宠爱女儿的男士都喝得盘底朝天,佩瑞还要求再来一盘。

然后鸭端上来,满是血水。我一阵反胃,赶快再喝点香槟壮胆,只夹起小小一片焦黑鸭皮——那鸭的外层倒是非常够热——放在自己盘里。但我从上菜大钵盛豌豆时,豆子蹦了出来,萨丝琦亚狠狠瞪我一眼,仿佛料准我迟早会在她这顿优雅大餐中露出马脚,显露本色,因此,为了跟她作对,我干脆拿布丁匙舀豌豆吃。但两位男士合力把鸭一扫而空,争比谁吃得多,谁把她称赞得最动听,我却饿得直冒酸水,终于突然想到:"她是不是故意的?"一份下毒的肉!她神情没透露什么,那张脸平静椭圆像块肥皂。

她头发梳成柔软的大髻。要是我们遗传到那红又红的头发就好了。当时我们仍然保持黑发,但当然已经烫了。贵宾狗头。她身穿石南色羊毛上衣加薄外套,戴珍珠首饰,但老是异想天开的伊莫珍的打扮则——她假惺惺笑道——"搭配我们四周的草丘",18世纪式牧羊女装,连顶端弯曲的长手杖都不缺,手杖上还绑个蓝色蝴蝶结。幸好我在她身上没看见她那宠物白鼠的踪影,尽管威廉·希齐专栏说她走到哪都带着那只老鼠。

"真美味,亲爱的。"艾夫人说。"萨丝琦亚真厉害!"但她自己也吃得很少。

好古怪的一顿饭。丑恶的食物,苍蝇,爬上你腿的蚂蚁和其他刺扎扎的小东西——在花园用餐的种种不适——以及罕择家族成员之间暂时保持的脆弱和平,都让那场合多了种特别的滋味,又甜又酸,像中菜的糖醋排骨。难以下咽的奶酒饮料之后,蛋糕端出来了,谢天谢地是从哈罗德订的,插着二十一根蜡烛。她们吹蜡烛,我们拍手,佩瑞的双手拂过眼前,我看见他快哭了。

以前我从没想过身为父亲可能是什么滋味，直到那一刻看见佩瑞几乎哭出来。然而，我想他爱诺拉和我，就像爱萨丝琦亚和伊莫珍一样多，说不定还更多。但你要了解，那是不同的爱。我们不是他的骨肉。

不过话说回来，人本来就不是自己父亲的骨肉，对吧？只不过几百万精子里有小小一只游上子宫颈，要忘记这事发生过是多么、多么容易。我们是梅齐尔的骨肉，或者该说他射出的东西触发了我们的存在，但他对我们只偶尔感觉怜悯，加上不时一点模糊的好感，至于那份好感从何而来他似乎不甚了了。但他爱萨丝琦亚和伊莫珍也爱得晕头转向，当她们吹熄生日蜡烛，我看见他眼睛也湿了。

我真希望我们今天跟平常一样，是搭火车然后从车站叫计程车来的，这样就可以快快闪人。现在我们却得等到佩瑞准备离开，而那可能还要好几小时。

艾夫人用餐刀轻敲酒杯，表示佩瑞格林想说些话。他站起身，脸上——以爱尔兰可能会用的词来形容——满是欢喜与忧伤交集的四月情怀，说：

"我亲爱的四个女孩，"——他朝我们方向举杯，眼睛周围眯出笑纹，但萨丝琦亚眼光怨毒——"我说不出今天对我这老恶棍意义多么重大，能与大家共度你们俩可爱红发娃终于成人的这一天,你们有了人生的钥匙,有了结婚的权利……不过别急着跑去结婚,亲爱的,那样我们会很寂寞。"

她们惺惺假笑。

"要在这意义非凡的一天,为你们选一份适合的好礼物,真不容易。我花了很长时间绞尽脑汁,搔头苦思。不要什么花里胡哨、花哨不实的东西,而要一份能长长久久,跟你们俩一样美丽又能永久流传的东西。所以……送给你们,致上我全心的爱。"

现在他已经泪水盈眶,从外套左右口袋各掏出一个包好的盒子,尺寸恰是钻石手镯的大小。她们高兴又期待地假笑着。

"拆开来看吧,亲爱的!"

他期待地看着她们撕开包装纸。原来盒子是金属制,上方还钻了小洞。越来越奇怪了。伊莫珍先打开她那份,才瞄一眼就尖叫丢下;萨丝琦亚看看她那份,说:"我的老天爷!"

两个盒子各装着小小的草叶窝,窝里是一只毛毛虫。

"以你们命名的。"佩瑞格林说。"萨丝琦亚·罕择。伊莫珍·罕择。全雨林最美的两种蝴蝶。以后所有教科书里都会有你们的名字。只要人们依然喜爱蝴蝶,你们的名字就会挂在他们嘴边,你们会得到一种美丽的永恒。它们是稀有品种,就像你们俩。"

萨丝琦亚和伊莫珍面无表情瞪着眼前的盒子,无疑原先期望分得一点石油财富。

"就这样?"伊莫珍说着,用叉子戳戳毛虫。虫没动。"我想我这只死了。"她说。

萨丝琦亚"啪"一声盖上盒子,丢在桌上。

"多谢哦。"她语气充满讽刺。

佩瑞格林的脸垮了,突然间年纪全显出来了。不只这样,他看来足有一百岁,一百一十岁。而且他立刻泄了气,仿佛有人拿针戳进撑满西装的他,精力随之漏掉。梅齐尔也许毕竟还是对兄弟有些感情,总之,他连忙打圆场,也站起身,举起酒杯。

"敬两位寿星,我的五月亲亲小花蕾!"我们全又喝了一杯,然后他说:"我也准备了份非常特别的礼物,要送给我最爱的女儿……一个新的——"

时机拿捏得恰到好处。所有人都盯着他看。

"——继母!"

这下子,哦!我可真高兴起来了!多精彩的画面!她们下巴掉下,眼珠凸出。伊莫珍一声哀鸣,萨丝琦亚站起来一把抓住蛋糕刀,发髻散了,红蛇般的头发披散,发夹噼啪落下有如冰雹。

"这算什么?"

梅齐尔坚守立场。

"我要娶我的考狄利娅。"他温柔说道,舌头轻抚翻弄着"我"这个字。

"你的考狄利娅。"萨丝琦亚平板复述,愤怒被惊愕取代。她松手,蛋糕刀掉落。"你的考狄利娅!"

"你的考狄利娅!"伊莫珍回音一般复述,慢了一拍。"可是你的考狄利娅是——"

"——是我的好朋友!"萨丝琦亚哀鸣。

正是。RADA金牌得主,默默无名,却获得与梅齐尔的李尔王同台的机会,现在还要嫁给他;不过你若迷信的话,可能会看见兰纳夫·罕择和艾丝黛拉·蕾诺拉夫妇留下的可怕阴影笼罩他们,那一对也是老少配,结果床前、床上和床下都哭着收场。至少梅齐尔没把考狄利娅藏进车子后备厢带来,在这情绪十分不合适的时刻秀出她,但他一定知道这消息等于投下一颗大炸弹。连艾夫人都有点脸色发青,但佩瑞恢复了愉快神情,一掌拍上兄弟肩膀。

"傻老头,有你的!"他声如洪钟说道。

"好啊,"萨丝琦亚咬牙切齿进出,"那个奸诈狡猾的小贱人,我要——"

"哦,萨丝琦亚,萨丝琦亚。"艾夫人说。"别阻挡你父亲最后一次幸福的机会——"

萨丝琦亚连盘子带蛋糕往苹果树一砸，蛋糕四分五裂，碎块和蜡烛到处散落。然后她动手打破花盆，把甜点盘摔在地上猛踩。伊莫珍谵妄般哧哧笑着，挥动绑缎带的手杖打碎酒杯，毫不留情。看见毛毛虫成了肉泥，佩瑞发出一声可怜兮兮的呜咽；艾夫人担心祖传餐具即将惨遭不测，开始扭绞双手，晃动身体。此时萨丝琦亚的哀鸣已接近歇斯底里，于是梅齐尔利落赏了她一巴掌，就像电影里演的那样。

"够了，年轻女士！"

她立刻住了嘴，一手摸着脸颊，那双琳德蓝眼难以置信地瞪着他。然后是眼泪。他揽她入怀，喃喃说道："乖，乖，亲爱的。"她挣脱，冲进屋摔上门，隔了一两分钟，伊莫珍也跟着跑掉，只不过她得先打开姐姐已经摔上的门，然后才能再摔一次。剩下我们几个隔着碎裂餐具面面相觑，我这辈子从没感觉自己这么多余，诺拉也有同感。我们不约而同站起。

"我去叫辆天杀的计程车。"我说。"我受够了。"

"喝过咖啡再走吧。"艾夫人非常英勇地说，但佩瑞不由分说把自己的藤椅往后一推，力道之猛使得椅子翻倒，底下一时困住一只尖声吠叫的小狗，八成是约克夏㹴。

"我也要走了。"他宣布。"回丛林去。现在，这一分钟就走。经过这番家族团聚，我会很高兴与鳄鱼为伴。"

我们发现原先打算送艾夫人的那瓶苏格兰威士忌被忘在车子后座滚来滚去,于是半路找个地方停下,三个人轮流喝。很遗憾,我必须说,佩瑞看起来糟透了,活像道林·格雷的画像[1]。我们回家的路上,云层闭拢天空,太阳不见了,一切又冷又灰。

"然而我爱她们。"他说。"天啊,我好爱她们。这就是我的惩罚,对不对?我的罪就是我的罚。"

他不肯进门来坐坐,只待在车上看我们爬上门阶,脸拉得足有一英里长。我们转身,向他飞吻挥手道别,但他连动都不动。最后我们实在太冷,只好进屋关上门。我有种不好的预感:"我们再也见不到他了。"他发色仍然鲜艳,红得像狐狸,时值黄昏,街灯逐渐亮起,他就这么坐在那辆大车里,即将展开最后一趟旅程。

我们从窗帘缝往外看,见他终于开走,驶进暮色。他回到他在阿尔巴尼的住处,打包行李,取消了皇家学会的演讲,当晚就前往南安普顿,他是个说到做到的人。艾夫人出事后,我们试着透过警方找他,甚至试过国际刑警组织。没人找得到他,他隐姓埋名,抹去了自己。

---

[1] 典出王尔德小说《道林·格雷的画像》(*The Picture of Dorian Gray*),男主角有一幅会代他老去的神奇画像,自己则青春永驻。

就这样。

就算他曾信口讲到库斯科[1]的绿色原野或伊基多族[2],我们也从来没听过。

我们的脚步声回响在莎翁路四十九号的门厅,发出悲哀难耐的声音。"空洞。"回音说。"空洞。"

"他们应该在一起试试。"诺拉说。"管它其他什么东西。"

"她跟我说过:'那种男人不能嫁!'"

"我不是说他和艾夫人。我是说他和阿嬷。"

诺拉很有先见之明,把那瓶苏格兰威士忌也带进屋,尽管这从来不是我喜欢的酒,但风暴之际什么港口都好。我们打开前屋的电暖炉,喝了两杯,放起留声机。我们卷起地毯,挖出所有精彩老歌,那些历久不衰的好歌,洁西,比妮,《我们改天再见》,尽管我们当时压根儿没想到再也见不到他,还有那些刮伤磨损的老唱片,唱着港口灯光和分离,多么一语成谶,只是我们当时不知道,还有那些"宝贝"歌,例如《你呀你究竟是不是》,最后我们在唱片堆底找到开天辟地第一张,好多年前他送给我们

---

[1] Cusco,秘鲁南部一城市。
[2] Iquito,南美洲原住民,分布在秘鲁与厄瓜多尔。

的第一张:《我能给你的只有爱,宝贝》——就是它让我们发现唱歌跳舞多么开心。

我们俩都有点微醺,正唱着歌、跳着舞,音乐放得震天价响,这时电话响了,是艾夫人的老保姆打来的,于是不久后,不便于行的艾夫人即将搬进我们地下室前半部分,因为老保姆告诉我们的消息是,艾夫人跌下了那道光可鉴人、没铺地毯、我们一再警告过她要小心的楼梯,跌坐在门厅石板地上,脊椎就这样摔坏、折断或移位了,从此再也不能走路,但当时我们还不知道这一点,只知道艾夫人一屁股摔个四脚朝天,老保姆慌得没了主意。

"你叫救护车没?"

至少她头脑还够清醒,已经这么做了。

"萨丝琦亚和伊莫珍呢?"

她气得破口大骂,我一个字也听不清,还得把话筒拿离耳朵远一点,她的声音吵得我心烦意乱,但终于搞懂她的意思之后,我简直不敢相信,因为她们拍屁股走人了。

原来,我们不欢而散之后,不久梅齐尔也离开了,情绪备受打击的艾夫人爬上床。老保姆正在洗堆满水槽的脏碗盘,听见楼上房里有争吵声,然后是惊天动地的咚隆、砰、啪啦!她立刻飞奔出厨房,手里还抓着抹布,发现身穿薇耶勒法兰绒睡衣的艾夫人在楼梯底端跌作一团,发出呻吟。

然后两个女孩飞奔下楼,手上都抓着行李袋、提包、枕头套,里面塞满各式财物,一把推开老保姆,就这么跑进夜色。她们趿着平底鞋一路走到村里,敲开面包师傅的门,那人基于对琳德家族的盲目封建忠诚,开着送面包的车载她们到火车站,完全不知道琳德园专属农庄刚发生了可怕的意外。

她是失足跌落,还是被人推下？这是问题所在。但关于此事,艾夫人的僵硬上唇从不曾泄漏半个字、半句耳语。要是我们提起,就算再怎么委婉,她都会一副非常非常英国的样子,安静但坚决地改变话题。但我确实知道,在她摔下楼前,那两个恶劣女儿才刚要她签字把农庄和名下最后一点钱都转移给她们。这件事我们想不知道都不行,因为现在她一文不名,也无家可归了。

佩瑞格林已经走人,我打电话给我父亲,但他去未婚妻在冈特林的地下室公寓过夜了,也联络不上。艾夫人瘫躺在路易士综合医院,左眼角渗出一滴泪,看了真让人心碎。

我们就这样继承了艾夫人,但她其实不麻烦的,尽管以前咱们布里克斯顿舞蹈学院还在"一、二、三、跳!"的年头,她常拿银头手杖往天花板猛戳:"别再吵了!"

以前咱们小蒂蒂还在蹒跚学步时,她也曾帮忙照看,常唱摇篮曲给小蒂听,那首歌讲的是马,许多漂亮的小马。我说"唱",但其实更接近没音调的哼,不过照样哄小蒂睡着。她还教过小蒂十字绣,不过我想小蒂从没用过这项才艺。

就这样,不义之人飞黄腾达。

我一直认为萨丝琦亚之所以成名,主要原因在于她的后颈。她的颈背很漂亮,红发梳髻像只蹲着孵蛋的罗德岛红鸡,无论她做什么,颈背都出现在镜头前,亲密、暴露而性感,不管她是俯身在炉子上,用汤匙充满暗示地往锅里戳来戳去,还是拿着尖叉捅进鸡腿,一副喜不自禁的虐待狂模样。我从没看过比她更不雅的电视节目,连炫彩乔治在皇家综艺秀的演出都比不上她。

多年前,她刚开始崭露头角时,我们在电视上看过她炖一只野兔。她以缓慢、淫逸的动作切开兔子。"刀一定要够利!"她沙声说道,一根手指沿着刀锋滑上滑下,不过看见萨丝琦亚拿刀,我和诺拉无法不想起她二十一岁生日手抓蛋糕刀撒泼的样子。接着她浓情蜜意为野兔准备一锅洗澡水,切碎葱、蒜、洋葱,加入一束调味香草和一品脱红酒,把惨遭分尸的可怜兔子放进去炖上一天半。然后她纡尊降贵,用大火热锅加以翻炒,直到表面焦黄。然后所有东西又送进烤箱,再焖将近一天。她用面粉加水调成面糊,封住陶锅的盖子。"别淘气,别偷看哟!"她挑逗地眨眼警告。终于到了开封的时候!那野兔已经半烂,然后烧化,然后被食用。如果世上有神,而且神是属兔的,那么最后审判日萨丝琦亚可就麻烦大了。"真美味。"她呻吟道,一根手指蘸起酱汁,吸吮。她舔舔嘴唇,粉红舌尖流连在唇边。"唔……"

我们看着这段实在恶心的节目,阿嬷的鬼魂在一阵包心菜惊雷中显灵了。看到萨丝琦亚对那野兔下的毒手,我们明白了自己吃肉是错的。

那为什么还继续吃肉?我跟你直说,我们害怕要是吃太多沙拉,有朝一日会发现自己变成了阿嬷。

萨丝琦亚为崔斯专炖过一只野兔,让他从此完蛋。当时她住在切尔西一栋精巧小小房,不时为《哈泼时尚》写写文章。("鳗鱼……哦,婀娜多姿、曲线玲珑、龙飞凤舞的大海子民!"诸如此类,等等。)她一定殚精竭虑想了很久,该如何报复第三任罕择夫人抢走她父亲,最后写信给当时只是少年,就读比得莱斯的小崔斯专,暗示:她,萨丝琦亚,握有罕择家某些不为人知的秘密。天知道她写了或承诺了什么,也没人晓得他期中假日来按她门铃是出于好色还是乖巧,但你还来不及说"奶黄酱",她就已经脱掉了他的格子长裤,尽管她年纪足以做他母亲。

事实上,她跟他母亲正是同样年纪。这下她觉得自己扯平了,于是和乳玛林夫人阁下又恢复友谊,甚至一起拍过番茄酱广告。但萨丝琦亚最会记恨,因此,我们偶尔巧遇时——一次在彼得·琼斯百货的丝袜柜台,另一次在史罗恩广场等计程车——我从她那双琳德蓝眼里看得出,见到我她仍然只想到一件东西——"山扁豆强力泻药"。

她报复了父亲的妻子,也报复了父亲。她们两姊妹始终没原谅他裁撤她们的津贴。老保姆告诉我们,他是在她们二十一岁生日下午,我们离开之后,向她们宣布这项大好消息的。他冷静得什么似的,告诉她们他无法供养两个家庭,现在既然她们姊妹俩已经成年可以赚钱自立,他会帮她们找到好工作。她们目瞪口呆坐在那儿,听他向她们保证:她们不会少掉一个朋友,反而多得一个母亲[1]。然后天空下起雨,他便跳进劳斯莱斯开走,她们还震惊得愣在那儿,来不及痛骂他。而这,根据老保姆的说法,就是那场大吵的原因,把昔日的艾夫人变成了我们的轮椅,让她无家可归,一文不名,得靠家族左手边这一支系奉养。

老保姆当然什么都告诉我们,一直如此,连她搬去帮梅齐

---

[1] 西谚有云,嫁女儿不是少掉一个女儿,而是多得一个儿子。此处作者便拿这话来开玩笑。

尔带小崔斯专和小葛瑞司之后亦然。不然她还能做什么，可怜的老太婆，她困住了。艾夫人没钱继续请她，我们又能要一个看见字纸篓里的琴酒空瓶和马桶里的保险套就啧啧不赞许的老保姆干什么？

不过，唉，悲哀的是，漂在马桶里的小小胶套在六十年代逐渐减少，七十年代更是彻底消失，而且跟避孕药发明没半点关系，却跟缺乏机会大有关系。

老保姆常从肯辛顿镇搭137路公车过河来。当她告诉我们萨丝琦亚和崔斯专的事时，艾夫人惊叫出声，手里的刺绣圆框也掉了。那年头他还是小孩，才十七岁，而萨丝琦亚早就过了四十，正朝停经的大厄之年迈进。但他们的事最让我们不安的并不在于老少配这一点，对此我们跟法国人一样态度开明；我们担心，是因为我们全认识萨丝琦亚。然而老保姆有她自己的疑虑。

"近亲相奸。"老保姆说。她正在喝茶，我注意到她在我们家老是把杯子转到不顺手的那一面喝。是啦，诺拉洗碗盘确实颇随便，尤其天黑之后，但老保姆在我们家也从来不上厕所，就连你看得出她憋尿快憋爆的时候也一样。我在想，我们的卫生水准是不是下滑了？

"近亲相奸。"

"不用担心啦,阿婆。别忘了,梅齐尔不是她的——"

但轮椅手指按在唇上,因为老保姆照理说不应该知道这事。(不过她当然知道,多年前就是她亲口证实了这项我们最害怕的猜测。但轮椅始终不知道她知道。认为这种事应该瞒着下人。)

"可是话说回来,"诺拉说,"也许佩瑞——"

我们以前怎么都没想到?那个坏老头!"刚才去冈特林拜访了一位朋友",可不是吗!但他怎么认识乳玛林夫人阁下,他们又为什么这么做?难道佩瑞一心一意要贯彻罕择家族生父不明的传统,至死方休吗?但我们全没法验证这个理论,因为佩瑞格林不在,又只有老保姆跟第三任罕择夫人说得上话,可也不够熟,于是我们只能如此揣测:发红如火的崔斯专,继承了佩瑞格林和热情澎湃、惨遭杀害的可怜艾丝黛拉的血统;而瘦削、眼眶深陷的葛瑞司头发黑得像渡鸦,一双保卫尔眼睛——换句话说,这两个男孩简直是佩瑞格林和梅齐尔的翻版,就算个性不像,至少外表像。所以,当年的"司仪"是谁,我们也只能猜了。

但我们从没见过葛瑞司。他是个谜。他十七岁时皈依,在崔斯专发现性爱的年纪他找到上帝,不久便离家去念神学院了。他从没跟我们通过任何音讯,没有信,没有圣诞卡,因为,演员跟神父或许有很多共同点,但耶稣会士和歌舞女郎——除了用来开猥亵的玩笑——则无。

也许萨丝琦亚在少年崔斯专的食物里动了手脚,掺进什么爱情灵药,跟她生日那道令人作呕的莎士比亚荨麻汤出自同一本古书。他一再回到她身旁,一而再,再而三。当然,这秘密在家族之外可是守得死紧。明面上他有各式各样的女朋友,咱们小蒂芬妮是知名度最高的一个,出现在《世界新闻》[1]的头条,而且,你知道吗,我想他是真的爱她。

爱。爱是什么?我说爱是什么意思?有一段时间,他要她在身旁。但结果她还是不足以让他戒掉萨丝琦亚,尽管萨丝琦亚现在已经足足六十岁。他的耳顺之年情妇。萨丝琦亚,耳顺之年的性感女郎。

"算了啦,阿朵,六十岁时要是碰上哪个男人要你,你也不会拒绝啊。"诺拉责备我。她认为我在吃醋。

也许吧。

萨丝琦亚。

但轮椅也为此哀伤,而且更让她难过的是,两个女儿已经对她不闻不问四十年,她想她到死都没法再看她们一眼,所以,

1　*News of the World*,英国八卦小报。

当父亲生日宴会的请柬终于寄来,我们知道得带她一起去,尽管她没有正式获邀。我们就打算这么做,等我们先把自己打扮得花枝招展之后。

"我们今晚该穿什么?"诺拉说。

轮椅不成问题。她还有一件四十年代残留的诺曼·哈内尔设计的漂亮礼服,我们依然可以把她套进那衣服,因为她吃得像麻雀一样少,一毫克也没胖过。白绸上衣,薄纱裙,我们会把裙子弄得蓬松,遮住她的轮椅。珍珠项链。她女儿把她的东西抢个精光,精巧珍玩塞满枕头套,但总算没动手扯下她脖子上的珍珠。我们让她泡了澡,倒进她最喜欢的芙萝丽丝牌晚香玉。那个澡可让我们大费周章!诺拉扶着她一只胳臂,我扶着另一只,把她放进浴缸。诺拉用一块法兰绒布帮她擦背。然后我们用一条柔软大毛巾裹住她,诺拉替她梳理头发。

"你们对我真好。"轮椅的声音里有种可疑的颤抖。

"废话少说,你这老太婆。"诺拉说。对她讲话语气得强硬点,否则她又要哭了。我们帮她扑上爽身粉,用毛毡包好,安置在开着暖炉的厨房,留给她一壶新泡的茶,让她看下午电视上播的《相见恨短》。我们得等水再度烧热,自己才能洗澡。我拿起一个香水瓶,闻到怀旧的味道。

"这么着吧。"我对诺拉说。"今晚你擦点'一千零一夜',我擦点'蝴蝶夫人'。"

"就像过去一样。"她说着,眼里闪起亮光。

"咱们别这么夸张。"

因为我们是两个瘦不拉叽的老丑婆,准备穿的洋装上一次见天日差不多是在咱们小蒂出生那年,因为打那时起我们就没再买过晚礼服,迈入中年的我们已经没那需要。买给我们这两瓶令人怀念的美妙香水的也是咱们小蒂蒂,贴心的好孩子,那是崔斯专带她去托斯卡尼度假一周时,她在免税商店买的。

那是一趟不幸的旅程。不过他一定爱她,至少爱过短短一阵,因为她是第一个让他壮起胆子带去见萨丝琦亚的女孩。

萨丝琦亚的别墅坐落在佛罗伦萨和西耶那之间一处山丘,四周是基安蒂[1]葡萄园,车道旁两排松树,你也知道那一套,搞不好还在她那天杀的节目里看过。那房子还可以抵税,因为她在那里拍过一系列节目:"托斯卡尼唇舌间。"我看过一次下午的重播,当时我重感冒哪儿也不能去,结果就看到萨丝琦亚抚摸一只火腿。"帕玛的猪多么幸运!"她吟道。"每天吃凝乳和乳浆,就像小小的莫菲小姐[2],死后又成为猪类的超凡典范——意

---

1 Chianti,意大利一地区,盛产知名红酒。
2 Miss Muffet,童谣中的人物。

式生火腿!"

他们回来后,我对小蒂好好追问了一番,她先是乱扯成熟的无花果和新鲜罗勒云云,然后才承认她大部分时间都因为拉肚子卧床休养,困守那可以望见葡萄园的砖地大房间,唯一娱乐只有把萨丝琦亚的节目录影带看个不停,因为她没有读书的习惯。但这下子她信心满满,尽管连个蛋都不曾煮过,居然当场就说要做奶油白酱意大利面给我们吃,不过我们说,门儿都没有。

在我听来,好的肠胃毛病像是萨丝琦亚在菜里多加了点料,但总之,萨丝琦亚对这意料之外的小女孩保持足够礼貌,足以引起我的怀疑,因为她通常是个超级势利眼。但蒂芬妮丝毫没起疑,高兴得不得了。"他的家人开始接受我了!你看他姑姑[1]都对我敞开了胸怀!"

那胸怀可是铁石打造的。小蒂不知道,她怎会知道,崔斯专和那女人已经有过一段,而我也必须承认她仍然貌美,一直貌美,白肤加红发,尽管她眉毛和睫毛稀疏,一定得画;一旦好好洗个脸,她外表就失色了一半。但小蒂蒂最漂亮的样子是不化妆,头发随意披在背后,然后——

---

[1] 论亲戚关系,萨丝琦亚应是崔斯专的异母姐姐。

——然后我又来了,只愿想着小蒂蒂,但现在欠思姊妹应该戴上最灿烂的微笑,从衣柜找出最时髦的礼服,去庆祝她们父亲的百岁诞辰。

我心想,楼上一定找得出我们能穿的衣服,因为我们什么也没丢过,只把那些陈年玩意儿堆在阿嬷房里,二楼前半部分有八角窗的大房间,全屋最好的一间,不过她走后我们两个都不忍心接收搬进那房,所以她的东西也全都还在。

阿嬷的房间冷得要死,光线暗淡犹如薄暮,只有一个四十瓦灯泡,但我不想拉开窗帘,仿佛天光会吓跑残留空气中的樟脑丸、水煮包心菜和琴酒味,我们喜欢认为她借由这味道让我们感觉她仍与我们同在。她那些照片仍在壁炉架上排排站。中央主位摆的是佩瑞格林,身穿变把戏的西装,全身的平坦表面都停满鸽子,像座广场雕像,温暖的微笑简直可以烘暖你的手,尽管那只是一张照片,而且他已经死了。一大堆我们的照片:小时候光屁股在后院,仔细瞧还看得见一个邻居隔着围篱偷瞄,既愤慨又色眯眯;扮成麻雀的我们,小小年纪第一次参加杂剧演出;《你愿意》的黑色紧身裤袜,妹妹头金色假发;甚至有一张豌豆花和芥菜籽,披着树林中一片月光;一张雅顿森林的可爱快照,我们跟佩瑞格林在泳池边玩耍;戴着水手帽,慰劳三军。

永远都是我们两个,成双结对,在阿嬷的壁炉架上永远年轻。

她一直不喜欢塞西尔·比顿为《风尚》杂志拍的那张照片,始终收在梳妆台抽屉里。他把我们打扮成彩绘娃娃,脸颊上两片圆圆胭脂,带着可怕的人工微笑,身穿荷叶边衣裙坐在地板上,双腿伸直,仿佛是木头做的。有钱男人的玩物。还真含蓄。他保姆以前常帮他拿闪光灯,你知道。

咱家阿欣也在壁炉架上,婚礼当天;咱家阿欣带着一个、两个、三个处于学步不同阶段的小孩,或抱或牵。幸好阿嬷在欣西雅四九年死于亚洲流感之前就走了,她从来不想活得比我们任何一个人长。

就我所知,在我们跟她相处的整段时间,房里这张大床她从不曾与人共享,只有晚年偶尔让猫上床。她的床,剥得光光,赤裸的枕头缩靠在一起像尸体。我们感觉应该噤声,轻手轻脚。

打开衣柜,我们在柜门镜中看见自己仿佛在一池灰尘里游动,有那么一瞬间,柔焦之下,我们看来真的像重回青春少女时代。而且,我可以告诉你,翻看那些旧衣真是勾起好多回忆。首先是内衣——丝、绸、蕾丝,湖绿、玫瑰粉红、肉色、黑红缎带,直筒筒的二十年代,滑溜溜的三十年代,弯曲曲的四十年代,水蛇腰,风流寡妇,托高胸罩。在这叠衣物底下,我瞄到某样海军蓝的东西——我们穿去上舞蹈课的灯笼裤!沃辛顿老师的舞蹈课!谁想得到阿嬷竟还留着我们的旧灯笼裤!

接着是洋装。有些装在塑料袋里:斜肩丝上衣、缀满珠珠足有一吨重的紧身小洋装。另有些用布盖着,大大的渔网裙、有撑架的塔夫绸大蓬裙、颈背处打结的露背装、没肩带的、袒露整个背的,等等,全高高堆在阿嬷床上。

"半个世纪的晚礼服。"诺拉说。"派对服装的世界史。"

"我们应该把这些捐给 V&A。"我说。

"哪会有人想付钱看我的旧衣服?"

"以前有人付钱看你不穿衣服。"

"他们应该把我们放在博物馆才对。"

"我们应该把这栋屋子改成博物馆。"

"灰尘博物馆。"

诺拉在那堆破布里翻来翻去,发出一阵窃笑,拿起一件白如水沫、缀有水晶珠的乔琪纱洋装。

"豪华特快!"她说。"记得吗?"

"'她身穿一袭伪装贞洁的纯白,衣衫随着她的移动闪着寒光,一片微妙、暧昧、蛛网般的柔软,藏着冰霜的秘密。"借个火吧?"半是信任半是傲慢的粗哑嗓音,比那张涂着紫心唇膏的苍白脸庞老,那声音招摇着刺耳沙哑像挥舞旗帜,好不自豪。'"I字部,爱尔兰,绰号"爱尔兰"的罗斯·欧弗拉赫提。《好莱坞挽歌》。就是这一件！他根本不知道我是跟黛西借的。

"你怎么不把它卖给得州那家图书馆？我在报上看过，他们买了一箱他喝过的空酒瓶。"

但我也发现了一样她的暧昧纪念品，可以用来取笑。

"唉，诺拉……我都不知道你还留着这个。"

"给我！"

她一把夺过去，是《仲夏夜之梦》拍片现场服装部门拿出来的那幅面纱，让她披着嫁给东尼。

"那个王八蛋。"她说。"我希望他已经埋在水泥地里了。"

她把面纱塞到看不见的地方，塞在她的长袖连身工作服底下，这时，一袭雪纺纱滑落地上。

"朵拉？记得这件吗？"

她举起它。印花图案，大团泼洒似的玫瑰、杜鹃、牡丹，浅淡的色彩，朦胧粉红，柔和浅紫，薰衣草。我将它凑在脸上，它柔软如尘埃。初吻，初恋，眼睛蓝得像装糖的红袋，皮肤像鲜奶油。

"求你啦，我的亲亲，要记得我啊。"[1]

他在滇缅公路一去不回。有个喜剧演员告诉我的，五二年

1　《哈姆雷特》第四幕第五景。

《裸女雀跃》后台,在谢菲尔德。

"好了,朵拉,没什么好哭的。"

"你记不记得他的名字?"

她扬起眉毛,意思是问我,谁的名字?

"我们十七岁生日那天你送了我一份礼物,记得吗?今天是我们的纪念日,五十八年前的今天。那是我的第一次,记得吗?"

她想了又想,但只想得起她自己的第一次和那鹅和流产,然后嘴角开始往下撇。

"有时候,"她说,"我觉得在这世界上有点寂寞。你难道都不会觉得有点寂寞吗,朵拉?没父亲,没母亲,没娃儿也没亲爱的小孩。你难道都不会想要搂抱什么吗?"

没有亲爱的小孩。我很清楚,对她而言这才是重点所在,但覆水难收哭也没用,尽管这句成语用在这里不太合适。总之现在已经来不及了。

"我得承认,有时候真的有够寂寞,尤其当你关在房里对着天杀的文字处理机打个不停,一头栽进过去的回忆,而我却关在地下室面对老年。"

"别这样说可怜的轮椅。"

"我指的不是轮椅,你清楚得很。我指的是我们的老年,桌边的第四位客人。"

"往好的地方看。"我劝她。"我还有你,你还有我,我们还有轮椅,她可以算是我们的老小孩,因为我们帮她洗澡又喂她吃饭,甚至帮她换尿布。我们的父亲虽然没尽责,但佩瑞叔叔确实是个很棒的甜心干爹,这你清楚得很。我们虽然没见过亲生母亲,但阿嬷就等于我们的母亲,这话可一点也没错。"

灯泡一明一灭又一明,仿佛是阿嬷表示同意。

"可是,"她说,"我还是希望……"

她把那件旧雪纺纱揉成一团,抱在怀里。

"要是小蒂蒂是我们的,"她说,摇着怀里的雪纺纱宝宝,"我会——"

我用指节揉去满眶泪水。今天不能再哭了。

然后发生了一件怪事。放帽子的那层架子有东西跳下来。不,不是跳,该说"发射推进"比较合适,因为它呼吸而出活像飞碟,从房间那头来势汹汹仿佛要敲掉我们脑袋,我们连忙缩头闪躲。它飞撞在对面墙上,弹落地面,颠动几下,然后静止。

是她的帽子,那顶斑点面纱的无边小圆帽,飞碟一般冲出来。我们正紧张兮兮研究它,又来了一阵雪崩似的手套——她的所有手套,所有滑溜溜的皮革手指,四处飞转仿佛有手戴着,敲打我们,攻击我们,捆我们的脸,吓得我们紧抓对方的手,像害怕的小孩直往后退,因为衣柜里有越来越多阿嬷的各式杂物——油布提袋、束腹、大得像船帆的灯笼裤、发出蛇般嘶嘶声的丝袜——稀里哗啦倾倒在我们头上。我们直退到床边,冰冷金属贴上小腿肚让人一惊,然后衣柜门发出一声可怕的吱嘎自行关上,关住空洞,剩下我们与自己镜中受惊的脸对看,镜中人亦在尘埃中回望。

"阿嬷想告诉我们什么。"诺拉的语气非常敬畏。

吱嘎,吱嘎,门发出声响。

"她是在告诉我们,回忆是一条死巷。"我说。我仿佛听见她的声音,清晰一如钟声:"够啦,女娃!把握时间!你们还没死哪!你们有派对要参加!做最坏的打算,抱最好的希望!"

我们把一切顾忌抛到九霄云外,全数挖出存在果酱罐里的紧急基金(紧急基金就是准备用来为突发丧礼买花圈,或者叫计程车去末期病人疗养院,等等)。商店还没有打烊,我们披上银狐大衣,冲向市场,沿着电力大道往下走,经过蔬菜摊。"喂,小姐,要不要来根寡妇良伴啊?"老板说着塞过来一根茄子。"你的笑话就只有这程度?"我敏捷回敬。

突然间,我感觉快活起来。然后我瞄见那些人。"喂,阿诺,'爱护动物'又来了。"我们抬头挺胸直起身:关于这身大衣,我们已经学会采取攻击即防卫的战术。

"阿姨,这身毛皮还是留在狐狸身上最好看。"那年轻男人说。他的裤子膝盖破了大洞,头剃得光光。为什么他每次都要挑战我们比武?

"留在这只狐狸身上就不会。"诺拉正面迎击。"它是在北极圈,由一名有环保概念的因纽特猎人,以沿用了千百年的人道方式设陷阱捕捉,时间约在1935年,那时候你还没出生,甚至你的好妈妈都还在尿床。那个猎人八成已经绝望酗酒而死,因为他的传统谋生方式遭到剥夺,此外,这些狐狸根本活不到现在,而且这身毛皮要不是被我们细心保养穿着,也早就烂光了。"

"真高兴你们感觉内疚,两位小姐。"年轻人说。

他照常塞给我们小册子。"而且我想好好咬一口鲜美多汁的大香肠!"诺拉凑上去色眯眯表示。他**粉快**伸手遮住自己的私处。

"有时候我觉得阿嬷生不逢时。"我对诺拉说。

"至少那男生不抵制卖花的摊子。"她说。

布里克斯顿市场什么都买得到。我们买了缀满银色小星星的丝袜,"这儿的星星比天上还多",诺拉想起那句口号。我挖出一张二十镑票子付钱,瞥见背后人像是老比尔[1],这可吓了我一跳,原来对我们全家贡献良多的莎士比亚已成为真实货币,

---

[1] 比尔是威廉的昵称。

而且面额很大。不过还比不上南丁格尔的面额,这让同为女人的我十分满意。

闪闪发亮的漂亮丝袜,搭配两条闪闪发亮银色质料的紧身小短裙,贴身得活像外科包扎用的纱布,可以秀出我们的腿。最晚受到年纪影响的部分就是腿。告诉你吧,我们直到六十年代末还在当熊牌丝袜模特儿呢。当然,他们得把我们大腿中部以上剪掉,免得露出皱纹。以这把年纪的女人而言,我们的腿可美得很。诺拉把玩一件肩带细如意大利面的豹纹莱卡紧身小可爱,我则想,也许买件有羽毛的什么……围观的小孩哧哧偷笑,鱼摊老板悲哀摇头,众人心想,欠思姊妹脑袋终于秀逗了。金色细高跟鞋在打特价,我们就一人买了一双。我们抱回一大堆垃圾,耳环、珠串,应有尽有,廉价而欢乐,我们已经好多年没笑得这么厉害了,而且这时水已经够热,我们可以一起洗个澡。洗完后,我们披上毛巾布浴袍,涂冷霜抹去早上的脸,重新画起。

粉底。脸颊凹陷处和太阳穴用深色,其他部分则混合明亮一点的颜色。胭脂,不过如今改叫"腮红"了。两种腮红,一种凸显罕择家族的颧骨,另一种让脸颊红润。诺拉还喜欢在鼻尖轻轻刷上一点,我实在不知道为什么,但旧习难改。三种眼影——深蓝、浅蓝用小指在眼皮上混合抹匀,再加一层银色。然后刷上两层睫毛膏。今天的口红是露华浓的"雪中红宝石"。

我们花了好长时间,但还是做到了:在现在这张脸上画出了以前那张脸。隔着三十尺的距离,如果灯光从身后打,乍看之下,我们就像那个曾在伯克利广场与威尔士亲王共舞的女孩,那是伦敦城多雾的一天,夜莺鸣唱。记忆的骗术。那女孩光滑得像颗蛋,口红从来不会渗进她嘴巴四周的细小纹路裂痕,因为那时候她嘴巴四周根本没有细纹。

"所有女人的悲剧就是,"我们打量自己绘制的杰作时,诺拉说,"过了某个年龄,她们看起来都像假扮的女人。"

告诉你,我们这辈子可见识过不少可爱的假扮女人。

"那男人的悲剧又是什么?"我想知道。

"就是看起来不像啊,奥斯卡。"她说。她依然有本事让我惊讶。没想到她知道奥斯卡·王尔德。我帮她涂指甲油,她帮我涂;我们争论了一会儿——颜色该不该搭配口红?——最后决定用银色,搭配我们的腿。她帮我梳头,我帮她梳;不幸头发也是银色。香水在空中喷出一阵雾,我们穿雾走出,模样正符合这么多年来天杀的罕择家人对我们的看法:浓妆艳抹的娼妇,而且还是过了气的娼妇。

"哦,我说!"轮椅喃喃说着,涂了兰蔻"玫瑰林"的嘴唇抿抿面纸定色。"你们不觉得打扮得有一点过火吗?"

身穿白色宴会服,配戴珍珠项链的她看起来十分可爱,与其说像赫文榭小姐,不如说更像过往圣诞的鬼魂。[1]

"总得赶上时代呀,亲爱的。"诺拉说。

"我可不。"轮椅说。"如今我大多活在过去。那里比较好。"

她眼神崇敬地转向那幅梅齐尔画像,她搬来时坚持带着它,不过我们得把它锯短才挂得下,而且画前也不再供花,因为我们断然拒绝帮她摘,她自己又不能去外面摘。

所以,过了这么多年,她依旧对梅齐尔念念不忘,是吧?别把她想成伪君子,几十年饱受冷落忽视仍爱着他,年轻时却又红杏出墙,生下一对来自另一个人DNA的好宝宝。如果你把她想成伪君子,那你对女人真是屁也不了解。不。她确实爱着老梅齐尔没错,而且,可怜的婆娘,她也仍爱着那两个坏心女儿,因为她床边几上就放着她们的照片,在一罐罐药片和半瓶莫尔文[2]泉水旁,装着花梨木相框,天杀的五月亲亲小花蕾,好像连奶油都不会在她们嘴里融化的样子。

下雨了,雨滴落在窗上。四月阵雨。四月二十三日。是的!梅齐尔一出生就订好了人生目标,他注定非戴那顶硬纸板王冠

---

[1] 皆典出狄更斯,前者为《远大前程》(*Great Expectations*)中失去爱人后一直穿着新娘礼服的老贵妇,后者为《圣诞颂歌》(*A Christmas Carol*)中造访主角守财奴的三个鬼魂之一。

[2] Malvern,英国地名,有天然涌泉,19世纪初曾因水疗法闻名一时。

不可,因为,他不正是在莎士比亚生日那天呱呱坠地的吗?

当然,我们俩也是。但我们出生那天,莎翁路的小孩都在唱一首查理·卓别林的颂歌,阿嬷抱我们走到窗前,看着整个兰贝斯区的衬衫和灯笼裤在晾衣绳上跳舞。差别就在这儿了,你知道,我们注定非唱歌跳舞不可。

然后我们打理轮椅的指甲,只需修剪然后磨光即可;她虽从来没说过,但我知道她认为指甲油很粗俗。我们给她喷了一点"光韵"。电话始终没响。我一直转头看电话,但它没响。布兰达也始终没再过来。

5

我们过河到对岸。河像一把剑，挡在布里克斯顿和光鲜亮丽之间。我纳闷，大家为什么要叫它泰晤士河老爹。

摄政公园里，灌木丛像熊一样缩身蹲者，黄水仙和郁金香苍白如幽魂，在我们的生日之风中摇曳，雨后的风恢复清新，湿润而微温。罕择家外的街上可真热闹！大批箱型车，架起来的炽亮灯光，满地能绊倒你的电缆，还有各式人员——戴眼镜穿连帽外套的秃头男人群聚交谈，穿牛仔裤的女孩拿着写字板到处走来走去，加上影迷、闲人、好奇的人，全在那儿伸长脖子猛张望。

罕择宅十分气派。我们曾不经意地路过一两次，只是想去看一下……满腔的爱被拒于门外，宝贝儿。灰泥粉刷，柱子和柱廊，前方凸出一扇八角窗，门口一道石阶，我们以前常梦想走上那石阶，现在真的可以俨然名正言顺走上去，不过得先找来一个身强体壮的家仆应付轮椅。

但是看到电视台的人，轮椅退缩不前，在计程车后座——

我们叫了辆传统大黑头车,普通出租车绝对没办法连人带椅装下她——啜泣哀鸣。什么?透过九点新闻让全国人看到她像一篮待洗衣物被推来推去?多可怕的公开羞辱!看哪,当年第一美女如今沦落得何等悲哀!她哀哭起来,但幸好诺拉先前在金丝手提包里塞了条白色雪纺纱大方巾,怕这可怜的老东西晚上肩膀会冷,于是这时掏出来往轮椅头上一盖。顿时安静无声。我叫住一个身穿古装背心紧身裤的仆役。

"麻烦你抱这位女士上楼梯,我们会带着轮椅跟上。"

"没问题。"他说着露出微笑,对轮椅柔声劝哄,人们对待非常老的老人和小孩都是这样。她实在太轻,他毫不费力抱起她。在他怀中,一身白礼服披面纱的她看来像修女,或者鬼魂,或者非常年迈的新娘,直到那双琳德蓝眼隔着面纱对他一亮,他突然脸红了,直起腰,惊讶又骄傲地抱着她往前走去,四周摄影机咻咻运转,闪光灯此起彼落,一阵窃窃私语:"那是谁?她是谁?"因为,当她眼睛闪亮,美丽的老骨架突显出来,便突然又变回好久以前的那位艾夫人,迷得众人目瞪口呆。

诺拉正在跟轮椅奋战,试图折叠起来,我则付钱给运将。

四周正在发生的一切,全是可怜的爱尔兰一定会痛恨的那种场面。拉风名车开来,吐出燕尾服和长礼服,门一开车内小灯就会亮,因此每对男女的亮相虽为时短暂但气势十足。群众为之疯狂,尽管目前为止,所有宾客看起来跟我们一样都是老废物,但我得说其中没有任何旧相识,无疑因为他们全是正宗嫡传。

然后我感觉有人拉我袖子,某个衣衫褴褛的老家伙。我一看到他就觉得有些眼熟,却想不起在哪儿见过他。

到我这把年纪,记忆变得非常挑三拣四。是的,感官印象我记得很清楚,鲜明清晰得有如幻觉。一只按在我乳房上的手,尽管我想不起手的主人到底是谁;培根三明治的滋味,那年头培根在平底锅里嗞嗞作响,就像蜜蜂嗡嗡飞在薰衣草丛;第一次剪头发那天,阳光照在我们细嫩颈背上的感觉。但是除此之外,要挖起任何记忆都得费一番功夫。前几天,我死也想不起爱尔兰最喜欢的酒是哪个牌子,尽管我们分手时他朝我丢了一瓶代替道别。而且还是满满的一瓶,撞墙摔碎,酒汁流淌下来。"哦,你看,"我说,"爱尔兰地图耶。"他领略不出其中的幽默。"他一定很爱你,才会拿满满的一瓶丢你。"我告诉诺拉这事时,她说。

但那牌子叫什么名字?只要把这类细节搞对,你说什么人家都会相信。

"灌木老磨坊"?也许是"灌木老磨坊"。可怜的老爱尔兰,好多年前就去天上那个大酒厂了。

某些方面,我的记忆力正常得很,但其他方面就不行了。我就这么站在那儿绞尽脑汁,而他哑声说道:"施舍半镑让咱喝杯茶吧,太太。"

他伸出手,这时,在那袭前陆军大衣的污垢衣领下,在那件脏得不忍卒睹,纽扣全掉光的衬衫缝隙中,我瞥见了欧洲和非洲的轮廓,当场恍然大悟。我面前站的是炫彩乔治的遗迹。

嗟乎,伟人堕落至何等境地。虽说《仲夏夜之梦》那时我便已看出他未来的走向,奇的是他竟然又撑了半个世纪。想起来,他一定跟梅齐尔一样老了;也跟佩瑞一样老,要是佩瑞还活着的话。

我发现我又让自己想起了英年早逝的人,一直勇敢努力制造的欢乐心情当场烟消云散。

但是,说到这,既然我们的心刚碎,为什么今晚又穿得花不溜丢地出门?问得好。我想是看在我们老头的分上吧。为我们之存在的作者庆生,尽管他把我们归类为"闲杂人等"。

就算我跟父亲从来算不上熟稔,但至少我知道他是谁。我是个明智的孩子,不是吗?

我呆站瞪着炫彩乔治,但他没认出我。

"不然五便士也好。"他说,放弃了一部分(但并非全部)希望。岁月和酒精毁了他的声音,黄色街灯的无情灯光让他身上那些大洲失去粉红。我手中拿着一张二十镑,本来要付给运将,但钞票上的莎士比亚说:"好心一点。"

"拿去吧。"我说着把莎翁的文学文化塞进那个曾扮演织工线团儿的人手里。"念在《仲夏夜之梦》的分上。唯一的条件是,你必须把这笔钱全拿去买酒。"

他当然一把抓过那张钞票,但很老派地瞪我一眼。

"你不会以为咱们老兵那么堕落吧。"他责备道。

"快去吧。"我说。"你不知道今天是莎士比亚的生日吗?为英格兰、哈利和圣乔治高呼上帝。去吧,为私生子喝一杯。"

听到这话他乜斜我一眼,似乎误会了我的意思[1],但他当然不会因此争吵,既然一句侮辱可以换来酷酷一张二十镑。于是他蹒跚走开,紧捏着战利品,简直不敢相信自己的好运。

"你不应该助纣为虐。"计程车司机责备我。

"我以前认识他,很久很久以前。"我说着又掏出另一张莎士比亚,递给他,补偿我先前对不值得施舍的穷人的慷慨。我听得懂暗示。

"快点啦。"诺拉说,急得跳脚。

我们并肩迈步走上台阶,毫不顾忌展露出虽年迈但还不算太糟的腿;彼此一个暗号,我们同时脱下银狐大衣搭在身后,所

---

[1] 朵拉此处以 bastard 一词指私生子,但此词亦有"王八蛋"之类的骂人意思。

有闪光灯立刻大作。我感觉好像活了过来。

门厅有穿着低胸古装的年轻小姐为宾客保管外套和大衣,名人美女四处走动。古装的鲁特琴手——我们父亲的派对总少不了他们——聚集在楼梯间平台,古老音乐飘下楼来。另外,幸福呀!还有一道波浪花纹似的向上楼梯,就像梅·蕙丝的华丽线条。

"轮椅呢?那小子把她弄哪儿去了?"

"我也不知。"

我们放弃寻找轮椅,交出毛皮大衣,再度以好莱坞架势走上楼梯,但上去后看见一面镀金大镜子,镜中的我俩让我狠狠吃了一惊——两个滑稽的老女孩,浓妆足有一寸,衣服比人年轻了六十岁,丝袜上满是星星,又短又小的裙子勉强盖住屁股。好一副戏仿画面。诺拉也同时看见我们的倒影,脚步也为之一停。

"哎呀呀,阿朵。"她说。"我们可真是过火啦。"

我们忍俊不禁,笑我们把自己弄成这模样,然后,在姊妹之情撑腰下,我们大胆招摇跨进宴会厅。我们还是很有看头的,即使他们受不了看见我们。

屋里有一间宴会厅,宴会厅可好看了。八角窗下方正临公园,另一头有若干长窗。金顶红色大理石柱撑起天花板,天花板上雕刻各式各样石膏像，有爵床科植物叶冠、凤梨、竖琴、棕榈叶、葡萄串和四处埋伏的小天使。一座吊灯用链子垂挂，活像超大结婚蛋糕，插着真的蜡烛，明亮辉耀闪闪烁烁，投射出彩虹般七彩光芒。厅内其他地方也插满蜡烛，墙架上，分枝烛台上，单独一枝或成群结队，让空气中充满热蜡味，让我们全暖和起来，让大家肤色好看许多——在场每个人都上了年纪，只有侍者例外，他们身穿古装背心紧身裤，用银托盘端着窄长杯泡泡香槟，穿梭在众人之间，头下脚上倒映在拼花地板，仿佛变戏法。

然后我的心跳停顿，我又回到十七岁，还是个用粉扑拍鼻子、心跳不已的处女，因为这里有紫丁香，到处都是紫丁香。成钵、成瓶、成束的白色紫丁香，今晚的花饰主题。紫丁香的香味让我恍恍惚惚，我们加入长长队伍朝父亲的方向移动，他坐在一处壁龛，类似王位的座椅上。

他没有像大多数宾客那样身着西装或燕尾服，而是穿一袭土耳其式紫长袍，满是刺绣，气派十足。我心想，结肠造瘘术；但那长袍跟他仍然浓密茂盛的、略长的白蜡色头发十分相称。他手上好几枚戒指，像国王或教宗，脖上戴着一面大金牌，看来犹如君王，但不失喜庆气氛。我的心猛然一蹬，开始愈跳愈快。

我们耐心排队，等着祝他"生日快乐"，前后分别是封爵的演员和电视节目主持人，他们隔着我们彼此闲扯淡，让我们很火大,但我们决定忍耐老太太所受的视而不见待遇——注意,尽管打扮俗丽花枝招展,我们的年龄和性别仍然使他们对我们视若无睹——因为今天场合特殊,换做平常我们可是会激烈抗议。香槟来回穿梭,我前后伸手抓了两杯,我紧张死了,我可以告诉你。

我环顾四周找轮椅,但到处看不见她的人影,几乎开始担心她——但我先担心起自己,确切讲来是担心我的膀胱容量,因为那个封爵的演员吻了梅齐尔的手一下,然后两下,然后又一下,因为摄影机没拍到,先是这里出问题,又是那里出问题,就这么像录像带循环放下去,我真希望自己没喝第二杯香槟,因为记起第一次见他时我紧张得尿了裤子。但诺拉保持镇静,尽管那些鲁特琴手演奏的曲子足以让人心碎:《永远的道兰,永远的道伦斯》《垂泪》[1]。

第三任罕择夫人穿着一套以她年龄而言太过俏皮的薇薇安·韦斯特伍德[2],守在丈夫身旁,戴满钻石的一手保护性地按在他肩上,但眼神满室逡巡。空气里,昂贵的香水与胡后水跟紫

---

[1] 这两首歌原名分别为"Semper Dowland, Semper Dolens"及"Lachrymae",都是英国著名鲁特琴家约翰·道兰(John Dowland, 1563? —1626)的作品。
[2] Vivienne Westwood(1941—),英国服装设计师,常在作品中融入其对历史的考据成果及街头批判元素。

丁香和蜡烛味较劲,美食香味也开始飘上楼来。一个古装背心紧身裤的侍者端着沉沉一托盘鸡腿摇摇晃晃走过,我饿死了,我们午餐就没吃,但总不能手拿鸡腿跪在父亲面前祝寿吧?乳玛林夫人阁下脸上的微笑之僵,简直快绷破拉过皮的脸,看得出来她并不开心。

当然啦!她正在张望崔斯专来了没。

而他不见踪影。

我纳闷,不知神秘的耶稣会士葛瑞司·罕择神父是否打算现身,如果是,他又是否打算穿神职礼服。我对葛瑞司神父好奇得不得了,我从没见过他,而身为罕择家族的非官方史家,我实在很想见到他,因为,以家族里这些父亲的表现看来,我们也该有个独身的神父了——可说是非战斗人员。

摄影师到处都是,活像苍蝇,你永远不知道什么时候会发现有一只正把他的虫吻伸进你的饮料。我向一名侍者打听到,原来这整场宴会,从第一句哈啰到最后一声打嗝,都要录下来流传后世;我们的父亲一心要展示自己,至死方休。

"豌豆花!"他叫道,"还有芥菜籽!"

他一手揽住我们一个,乳玛林夫人阁下继续坚持不懈的微笑,并不因宾客不同而改换笑容,而且她无疑心有旁骛,否则一定会问我们他妈的是哪根葱,哪来这两个身穿迷你裙,脚踏颤巍巍高跟鞋的年长公民。她已经分不出我们跟亚当之间有什么差别[1],但我们对她记得可清楚,星期天在琳德园专属农庄,穿着拼布宽褶裙,对萨丝琦亚说的某句尖酸刻薄的话报以奉承阿谀的笑声。但坐着的梅齐尔尽可能给了我们一人一个大拥抱,然后闭上眼,深深吸口气。

"唉,亲爱的,你们得帮我恢复一下记忆……你们哪一个擦'一千零一夜',哪一个擦'蝴蝶夫人'来着?"

那个微笑!要命的是,我们再度爱上他了,就像多年前那个八月的假日,当时又害怕又年轻又愚蠢的他第一次伤了我们的心。我们看得出他现在三者皆非。我们为他神魂颠倒。我们不需要任何言语,言语多说无益,只要他的微笑。诺拉抽抽嗒嗒哭得稀里哗啦,他伸出那青筋毕露、满是老人斑的老手,迟疑、颤抖地摸摸她的脸颊,足以让人心碎。

"别哭呀。"他说,"这是我们的生日宴会啊。"

这下可好,我也哭了起来。

"爸。"诺拉说,我也说:"爸。"他又抱了我们一下。"我可爱的女娃儿。"我不知道是什么改变了他。也许……也许,在那游

---

[1] 英文里一般形容完全不认识某个(男)人,可说分不出他和亚当谁是谁;这里作者把此词用在女性角色身上,是幽默的口吻,也呼应前文说她们老去后仿佛只是假扮女性。

戏节目看到心神涣散的可怜小蒂蒂,使他几十年来第一次想起"漂亮小咪"。也许。他让自己侧面保持某个角度,如此一来摄影机就拍不出他的双下巴,这是情不自禁的反应,流在他血管里的本能。只因他在半个英格兰的众目睽睽下公开悔过,并不表示就不够真心。他又抱我们一下,然后再抱一下,弥补多年来我们从不曾得到的那些拥抱。我十七岁那年,一个充满白色紫丁香的美好夜晚,他向我邀舞,而现在,照理他应该完成这个圆圈,带诺拉走进舞池,但我们身后那个电视节目主持人一直猛推猛搡,于是我们说:"爸,待会儿见。"然后走开。

我们又拿了杯酒,躲在一根柱子后恢复镇定。我们情不自禁,咧嘴笑个不停,活像柴郡猫[1]。并不是他说了什么,也并不是事情有了任何改变,但我们得到了一点点爱。

鸡肉经过,她拿起一根鸡大腿。"我简直吃得下一匹马。"她咬了一口。"好吃。"她逐渐恢复沉着。一根香草卡在门牙间,她用指甲挑出来,看了看。

"迷迭香。"她说。"《托斯卡尼的餐桌》,BBC 一台,星期五晚上八点半。这外烩是萨丝琦亚做的。"

---

[1] 典出《爱丽丝梦游奇境》(*Alice's Adventures in Wonderland*),柴郡猫会逐渐消失,只剩微笑留在空中。

她把吃了一半的鸡腿丢进烟灰缸。

"你的睫毛膏花得一塌糊涂。"我说。而且我尿急得不得了,于是我们前往女厕,在那儿发现了艾夫人。她仿佛被某个坏心咒语又变回轮椅,躲在洗身盆后,仍罩着面纱,全身颤抖,打扮成朱丽叶奶妈的老保姆则在一旁柔声劝慰安抚。显然,他们安排老保姆守在厕所,就是为了让她应付喝醉的客人。

"我无法面对他。"艾夫人说。"因为我对他做过那种事。我爱他,却背叛了他。"

"她需要来点烈的。"诺拉说。老保姆起先撅起嘴唇不以为然,但诺拉从镀金丝手提包拿出琴酒后,她也立刻喝了一口。最后我们终于一左一右把轮椅带回宴会厅,但只要人群稍微分开,让她看见梅齐尔,她就抖得好厉害,整个人简直抖得快散了,因此我们把她安置在一座卡诺瓦[1]裸体像后面,她又喝一口琴酒,定下心,看看接下来发生什么事。

接下来发生的是,黛西·达克。

一阵巴洛克式号角声。不骗你,打从《仲夏夜之梦》的杀青派对之后,我就没再亲耳听过巴洛克式的号角。众人噤声,窃窃私语,人群后退,但艾夫人突然激动起来,伸长脖子拼命往前,还

1　Antonio Canova(1757—1822),意大利雕刻家。

想掀掉面纱,但我按住她的手——我有种感觉,时机还没到,她还不该露出脸。她又是咕哝又是嘟哝,仍遮好自己,安心坐稳看那王室般的入场架势,尽管像雾里看花。

那可真是王室般的架势。叭叭,叭叭,叭叭,叭!小号吹奏。然后鲁特琴手——音没调准,夹杂许多走调的音符——试着演奏《哈啰,朵莉!》,她就这么进来了,众人一阵喝彩,还有人站在椅子上争睹。我必须承认,她看来足有百万美金[1],尽管都是旧钞。仍然娇小,穿上高跟鞋也只有五尺,但我得说,好一个荷尔蒙替代疗法的惊人活广告,皮肤没有半条皱纹,不过话说回来,鲨鱼皮又不会起皱纹是吧,嘴巴别这么坏了,朵拉。她棕色皮肤闪闪发亮,就像周日的烤牛肉,棕色肩膀丰润,亮棕色头发掺杂几抹灰白——她很聪明,没有试图扮成三十五岁,四十岁就行了。一口牙齿活像贝希斯坦平台钢琴,笑起来亮得让我猛眨眼。她一袭紧身滑亮白绸礼服,身后摇摇摆摆走来一个小身影,抱着百朵玫瑰的大花束几乎看不见人。我心想那一定是黛西养的小白脸,走进来活像事后才加上的附注,不过他可不是我想象中的小白脸模样——迷你小个子,不合适的漂染假发,一套会在黑暗中发光的灰色丝质意大利西装,脸孔像个老小孩。为

---

[1] 英文中说人"看来足有百万美金",表示光彩夺目、美丽耀眼等,此处直译,因与下文相关。

了她好,我希望他有些不足为外人道的长处。

好个老黛西。我一眼就看出来,她已经灌饱了一肚子酒。

她走到厅中央,停下脚步,开朗地高举双臂过头,朝四面八方送出那不间断的、比白还白的微笑,然后才朝梅齐尔轰炸。《哈啰,朵莉!》终于停了,谢天谢地。如雷掌声响起。

梅齐尔摇摇摆摆起身,晃悠悠走下座台,拥抱她,多年后终于公开与她和好,就像刚才跟我们和好一样,不过他们比我们花了更多时间为自己摆出最上相的侧面角度,而黛西赢了,因为,尽管远渡重洋,她依然头脑清醒。

这点让我哀伤,但我必须承认——我们父亲的心肠变软,恐怕跟他的大脑变软不无关系。老保姆告诉我们,有一天他搭地铁前往加里克俱乐部,某个怪老头一把抓住他的手,叫得整个车厢的人都听见:"我的老天爷啊,你以前不是梅齐尔·罕择吗?"从此之后,他就不对劲了,开始颓唐,对自己没把握,拒绝出门,甚至藏起那顶宝贝硬纸板王冠,指天誓日说自己已经太老,不能再戴它。他脑袋变得有点糊涂了。但事情就是这样,没有乌云哪来的银边[1]。

1　英文谚语说"每片乌云都有一道银边",指祸福相倚,坏事亦有其光明一面。这里朵拉把话反过来说,好事不会平白无故地出现,必然带有倒霉之处。

亲爱的老黛西。镜头拍到一半,她发现了我们,就这么抛下跟她拥抱到一半的梅齐尔。媒体记者在她身后大叫:她跑去亲那两个皱巴巴的穷老太婆干吗?很久很久以前,我们曾经比她年轻,但她现在不显老,当然也颇有身价。

那小白脸老大不高兴地跟着上前几步,又老大不高兴地后退,抱着玫瑰不知所措,直到梅齐尔好心招手要他过去,接过玫瑰,然后,以自然而然的即兴演出手法交给乳玛林夫人,她看起来大吃一惊,又把花塞给那个仍在一旁徘徊的电视节目主持人,后者把花丢给一个穿尚保罗·高缇耶猫装的汗淋淋的悲剧演员,于是那束玫瑰开始在全厅四处传接,最后一名侍女接过它拿到女厕,永远有办法的老保姆把它插进一个马桶直到宴会结束,因为除此别无其他够宽的容器装得下。

黛西瞥见披着尸衣般面纱的轮椅,高兴得尖叫起来,但她没时间叙旧,因为此时媒体人又抛下我们全部人,转而跑向门口——乳玛林像只猄犬指向那里,开始颤抖呜咽:浪子终于回家了!

怎能有人以为崔斯专会狠心不参加父亲的百岁大寿,尽管这一天他已经双双失去了情人和小孩?这不是很温馨吗?温馨个屁。在我看来,小崔斯专唯一能做的像样举动就是切腹谢罪。但表演总得继续下去,不是吗?

崔斯专看起来心力交瘁。身穿晚礼服没错,但脸色发青,仿佛呕吐了一整天,而且步伐非常不稳,被两个姑姑一人一边搀扶。打从亲亲小花蕾那场倒霉的二十一岁生日会,我们就不曾再跟她们说过话,只偶尔在百货公司碰见。艾夫人呻吟一声,紧抓轮椅扶手。"冷静一点!"我们嘶嘶说道。她咬面纱堵住自己的嘴,黛西从手提包拿出银质随身小扁瓶,示意她来一口,但艾夫人咬着雪纺纱摇摇头。我很高兴看到时间已抚平了这两人之间的伤口。

但时间并不一定能抚平一切。看见萨丝琦亚,我又感到历来熟悉的那一种厌恶的哆嗦。她的头发红得不能再红,梳成法国结式[1],穿一袭尚·缪伊设计的某种油灰色衣服。至于伊莫珍打扮得实在太过火,头上顶着一个鱼缸,里面有条鱼。不哄你,一条活生生的鱼。闪光灯噼啪炸亮活像盖·福克斯之夜[2],伊莫珍转向四面八方,点头、鞠躬、微笑接受众人注目,金鱼随着缸里的水东冲西摇,险象环生。我拼命思考这鱼是什么意思,然后灵光一现:《金鱼阿金》——她的儿童节目。她打扮成自己的广告来参加这场宴会。她一身青铜色长衫用亮片缀成鱼鳞,向父亲

---

1 French pleat,将头发在脑后梳束成直卷。
2 盖·福克斯(Guy Fawkes)为英国17世纪初密谋炸毁国会的反叛分子,于11月15日被捕,后此日演变为节日,有燃放烟火鞭炮、焚烧福克斯替身像的习俗。

打招呼的方式也很符合角色:不停开合嘴巴。她穿戏服来此,用金鱼方式无声向他祝寿倒也好,气氛因而轻松了一点。

两个女孩——我还叫她们"女孩"呢,但她们早就过了六十;免费公车证拿出来给我们看看吧,两位女士——一人一边亲吻老头的脸颊,祝他生日快乐之后,他又哭了,然后她们退下,留下崔斯专站在他面前。这就是狗仔队久等的一刻,看他跌跌撞撞上前跪下,脸埋在梅齐尔膝头,肩膀抖动。凄切的鲁特琴声中,我听见他在啜泣。摄影师纷纷涌上前,抢拍特写。

他母亲蹲下来抱住他,梅齐尔揽住他的头。老梅齐尔做了个可悲的动作,挥手试图赶开摄影机,要媒体让他们独处,让他们自己承受这一刻,不想被全世界阖家大小旁观,但他们的人生至此才要求隐私已经来不及了。在众目睽睽下笑,在众目睽睽下哭,在众目睽睽下生,在众目睽睽下死。他们脸上赤裸裸的情绪是演员脸上看不到的。今晚,他们是新闻影片的主角。最难受的莫过于看见自己的孩子受苦。

但接着我想起今天早上布兰达的脸,于是知道还有比这更难受的事,巴不得亲手宰了崔斯专·罕择。

但天杀的表演仍然要继续。

萨丝琦亚把情况掌握得很好,因为她是冷血婆娘,此时用眉毛向乐手示意,巴洛克号角再度响起。一群意大利康提戏剧学院的小男孩,穿戴着迷你襞领和蓬蓬短裤,四处跑来跑去捏熄烛火,留下几十阵辛涩烟雾。

蛋糕推进来了。

我早该想到蛋糕是萨丝琦亚烤的。这是她的杰作,非常巨大,做成环球剧院[1]模型,不骗你。蛋糕呈球体,分为好几层,屋瓦是有波纹的巧克力糖霜,大得足以将一百枝蜡烛插满屋顶一圈,此时烛火正熊熊燃烧,蛋糕被十二名小小随从用类似轿子的抬法扛出来。四周掌声雷动,黛西把提包和随身酒瓶塞给小白脸之后也热烈拍手,但艾夫人在面纱后静静悄悄啜泣,我们也不想拍手,一点也不想,一点也不。

一名随从交给萨丝琦亚一把剑,就是用来比剑的那种。诺拉和我猛然倒抽一口气,想起另一个生日、另一个蛋糕、突然爆发的惊人暴力——但,这步骤显然已排练过很多次,她将剑柄朝外递给梅齐尔,而梅齐尔一脚轻轻把崔斯专移到一侧(真巧妙,舞台老手!),颤巍巍站起身。

蛋糕上摇曳的生日蜡烛是全厅唯一光源,照出怪异的影子,让老头看起来憔悴。

---

[1] Globe Theatre,即莎士比亚当年作品演出的主要剧场,1613年烧毁,近年在伦敦原址附近依原设计重建。

众人噤声,一轮鼓声响起。

乳玛林夫人阁下正分心拍抚崔斯专的手,这时迟一步才想起轮到她开口了。

"祝你百岁生日快乐,亲爱的!"从她脸上的笑容看,那蛋糕不是奶油做的。又一个称职的剧团成员。

我们的父亲举起剑。我为他感到难过,看得出他很吃力。他举起剑,然后——

然后——

我很希望自己能说,在这刺激的一刻,鼓声、祝贺、火光、突然噤声中,那大蛋糕炸开或裂开,从中跳出——

但我若这样讲,就是撒谎。

实际情况是这样:鼓、火光、噤声,蛋糕刀高举,但还来不及切下,前门就响起震耳欲聋的敲门声。*震耳欲聋*。那敲门声之强劲,连生日蜡烛都震得东倒西歪,烛泪滴在巧克力瓦片上;一束束紫丁香也随之摇晃,散落串串花朵;甚至我们脚下的拼花地板似乎都在颤抖,快要翘起。

一阵兴奋之情传遍全厅。某件不按脚本来的事要发生了。

门开处,风吹进来。就是今天早上那奇异的风,曾刮起树叶,吹动朵拉·欠思疲惫的细胞,此刻咆哮着冲上楼,冲进宴会厅,掀起裙子使女人纷纷尖叫,将烛火几乎吹灭殆尽又重新刮亮,阵阵翻卷艾夫人的面纱,几乎整个吹开,她仍把面纱咬在嘴里。甜美雷声般的笑声随风抢先而来,每个人都转头去看来者是谁,是谁带着一阵欢乐的风暴迟到。

还可能是谁呢?

记得他以前常跟爱尔兰唱那首老歌:"都柏林城住着麦可·芬尼根……"然后守灵时,尸体跳起来,复活了。歌词最后一句是——

"天老爷啊!"我们的佩瑞格林唱道。"你们以为我死了吗?"

他足有仓库那么大,甚至更大,活像座塔,身上穿的似乎就是我们小时候第一次见到他时那件磨损老旧的飞行夹克,咧嘴微笑,发色一如红椒——没有半点灰白,显然丝毫未受岁月摧残。

他明明可以从机场打个电话,通知一声他会到,对不对?而且,这年头就算巴西一定也有电话了。但要是他事先来电,就会破坏惊奇效果——典型的佩瑞格林作风,抢去自己兄弟的风头。

话说回来,今天也是我们佩瑞叔叔的百岁生日啊。

我早就打从骨子里知道,今天会发生奇奇怪怪的事。

跟佩瑞一起随风而来的,是几十、几百只蝴蝶,有红,有黄,有棕与琥珀相间,有无比神秘的紫罗兰配黑,有绿色小小只,有大理石蓝与卡其色相间的庞然大物,在厅里四处飞旋,停在女人的裸肩上,男人的秃头上。诺拉和我的发上各停了两只。

梅齐尔丢下剑,突然坐倒,脸色白得像纸,这回摄影机竟也停拍了,仿佛佩瑞格林不但抢去兄弟的风头,更超出一切可能性。被十二双腿扛着待切的蛋糕在梅齐尔的面前徘徊,不知如何是好,四周一阵交头接耳疑问声,因为在场当然已经没有认识佩瑞的人了,只有她和我和他和她们,说不定梅齐尔甚至以为自己见了鬼。

但这鬼是多么实质,甚至脚步沉重。吊灯颤抖,紫丁香掉落,佩瑞格林向前走来,蛋糕往一侧歪去。他头上停满花冠般的蝴蝶,他非常非常轻地取下一只,色彩鲜红亮丽,轻盈翅膀展开约有六寸,在他手中轻轻颤动。他将蝴蝶递到梅齐尔面前。

"我们每一个女儿,"他说,"都各有一种以她们名字命名的蝴蝶。我还把这一种以你命名,你这没用的糟老头。"

完全是男人表达感情的语言。原因:多年不见使感情变好?或者该归为模棱两可?但我很高兴看见他们和好。梅齐尔看着那只美丽得如此不真实的蝴蝶,接着抬头看着他的兄弟,露出微笑。然后动物园蝴蝶馆的馆长拿着大网子进来了,网住所有美丽蝴蝶另带到温暖舒适的地方,因为佩瑞格林很关心它们的福祉。众人一片喧腾混乱,但我们挤上前去索吻。

"小花朵拉!你一点都没变!"

我正想说非也,想向他指出我的鱼尾纹、灰白头发、火鸡皮似松垮的脖子,但我从他眼神看出他这么说是真心的,他是真的真的爱我们,因此看不出我们有任何改变;在时间强加给我们的瘦巴巴、皱兮兮外壳下,他看见我们永远是那两个小女孩。因为他虽处处留情却也忠实,对他爱的人永不变心,看不出对方有任何改变。这时,我纳闷,我是否也是这样的人?看见佩瑞的时候,我看见的是否也是我所爱之人的灵魂,而非身体?而或许,在我的欲望的魔法圈圈之外,他的肉体皮囊其实也跟侄女们一样已经老得不成形状?

但我注意到自己用了"我的欲望"这个词,**粉快**就停止朝那方向去想。这时轮到诺拉上前让佩瑞拥抱亲吻,然后是黛西·达克,如此这般,但我把自己吓了一大跳,赶快再喝一杯香槟冷静下来,因为打从停经"巨变"时起,本人下面那儿就不曾像现在这样突感一阵热血汹涌。

萨丝琦亚保持疏远,态度冷淡;伊莫珍试图溜掉,但被头饰阻碍,于是他一把抓住她紧紧拥抱,金鱼当场滑出鱼缸,她连忙跪下,想从那摊水里捉起它,但鱼滑溜得像块肥皂,让他们满舞池一阵好追。电视拍摄小组和摄影师和记者都不知道该拍哪里,有这么多哀伤、欢乐、怨恨和追逐在同时发生,众人吵吵嚷嚷手忙脚乱,直到佩瑞格林瞥见藏在一根柱子后,罩着一层厚纱的某个身形,突然停下脚步,手里还捧着那只喘不过气的金鱼。

"该不会是……"他说。

"快放回来!"伊莫珍猛催,跪在他脚边。佩瑞心不在焉把鱼放回缸里,这时噤声安静在人群中一圈圈扩散,最后全厅一片沉寂,所有眼光都集中在不见庐山真面目的艾夫人身上。她手指在轮椅扶手上一下紧握,一下放开,然后把自己往后推,仿佛想离开舞台,回到没人能看见她的侧幕,但轮椅撞上了墙,因为这里再也无处可退。

梅齐尔感觉到有事发生,伸长脖子张望,大半个身子倚着乳玛林,因此他清楚看见了佩瑞拉开面纱的那一刻。然后是一阵迷惑的暂停,梅齐尔再度坐回宝座,神情不解,脸色累得发灰,尽管好戏这才即将开始。我想他一点也不知道轮椅上这位女士是谁。只听乳玛林直问:"那是谁?那是谁?"但萨丝琦亚和伊莫珍惊恐后退,是嘛,当然啰。

佩瑞轻声说:"你好啊,亮眼睛。"

艾夫人说:"哎,是佩瑞格林呀!"眼中亮光闪动。

他把她转过来面对众人。

"各位女士各位先生,"他说,"这位是艾塔兰妲·罕择夫人。当年第一美女。"

突然她又恢复了往日风采,不过因为一头白色卷发,在我看来比以前更像绵羊,但显然绵羊的魅力无法挡,因为每个人都一阵惊呼。佩瑞带头鼓掌,众人随即跟上。她探抓着面纱,仿佛有点想再度遮起自己,但我看得出她很高兴。梅齐尔吃了一惊。

"小艾!"

于是,现在三任罕择夫人同处一室。我在想,不知我们母亲的鬼魂是否也在这里某处,飘在蛋糕上方烟雾蒙蒙的空中。蛋糕有点摇晃,因为抬的人手臂开始酸了。

"我带了一样特别的东西给你,装在箱子里。"佩瑞格林对梅齐尔说。"麻烦给我们一点灯光好吗?"小小随从四处奔跑,重新点燃蜡烛,直到厅里大亮。

佩瑞一定事先给了巴洛克号角手小费,因为他们再度吹起一阵响亮,此时六名矮壮结实、棕色皮肤、戴阳具套、身披羽毛的男人——显然是佩瑞的巴西朋友——抬进一口箱子,箱上贴满早已关门大吉的旅馆和船运公司的标签。他们将箱子抬到宴会厅中央,放在拼花地板上。佩瑞格林在掌心吐口口水,摩拳擦掌,大拉拉走上前去,起初我想:他打算变戏法,因为他摆出了睽违已久的变戏法架势:"各位女士、各位先生,我袖子里什么也没有。"步伐灵活敏捷。一百岁?怎么也不像!

"他跟魔鬼签了约。"诺拉小声说。

他对着梅齐尔发话,挺着大肚子尽可能深深鞠了一躬。

"梅齐尔,我亲爱的兄弟,"他说,"我送给你……罕择家族的未来。"

他掀开箱盖。

"这是说,"他补充道,"如果她愿意接受你的话。"

我们凭直觉猜到了里面是谁。

箱中跨出咱们小蒂蒂,神清气爽,一点也没有憔悴痕迹,只不过眼神不再像温驯的鸽子(不管是切过的,还是整只的),看来身心健全得几乎过头。她换了衣服,穿着一身工作服和一双大大的马丁靴,但看来比以前更可人,简直艳光四射。依然是我们的小蒂,我们的心头肉。

我们又哭又笑,踩着脚下的荒唐高跟鞋,半滑半跑过简直像溜冰场的地面,同时巴洛克号角吹个不停,我心想:也许我们已经死掉,上天堂了。但最初的激动情绪平息后,我们还在这里。

崔斯专的反射神经倒是很发达,一眨眼就跪到她面前,又是笑又是哭,或者说他演同时又笑又哭的样子演得不错。

"我爱你,蒂芬妮。原谅我。"

她低头瞪着他看,仿佛陷入沉思,这点让我看了很高兴——她以前从不仔细思考什么。她用手指抹抹鼻子,她不知怎么得了重感冒,总之不是因为沉在河里。

"门儿都没有。"最后她宣布。

崔斯专呆了,往后跌坐在自己脚跟上。

"可是,蒂芬妮,我愿意娶你啊!"

"死都不要,你这王八蛋。"她就这么在众人面前说道。天啊,那一刻我多以她为傲!"你在大庭广众下那样羞辱我,就算你是全世界最后一个男人,我也不会嫁你。改娶你姑姑吧。"

很明显地击中了。萨丝琦亚脸色煞白,失手掉了酒杯。可怜的老梅齐尔丈二金刚,当然搞不清楚这番流水板台词过招,但儿子遭拒的模样令他心痛不已。

"哦,亲爱的孩子。"他那宛如陈年波特酒的浓郁醇厚声音说,"怜悯他吧,怜悯你尚未出世的孩子吧。"

我蛮为梅齐尔感到难过,这孙子还没出生就得而复失。他看起来那么可怜,而且今天毕竟是他生日,小蒂本可能有所动摇,但崔斯专破坏了一切,突然戏剧化起来。

"我的宝宝!想想我的宝宝!"他揪扯头发,捶胸顿足。

"振作点,像个男人吧你,或至少试着像个男人。"蒂芬妮犀利地说。"你没资格当父亲。当父亲不是只会打炮就够了,你知道。"

我们俩一人紧握她一只手,她也紧紧回握。我心想,到时候我们要教这宝宝跳踢踏和芭蕾。然后屋外又有人大声敲门。

"一定是我爸妈来了。"她自信地宣布。现在所有仆役都聚在宴会厅,看这整场现实人生的好戏看呆了,没人去开门,但一阵破碎哗啦声传来,显示锁住的前门对名列前茅的轻重量级拳手不成问题。蒂芬妮临走抛下最后几句话。

"等宝宝出生,我们倒很欢迎你爸妈来看,但你长大成熟之前别想来凑热闹。"

他仍呆跪原地,这时布兰达和里洛伊绕过他,走去拥抱女儿,四周闪光灯大作。鲁特琴声又起——《某某勋爵的粉扑》——我想佩瑞也塞了点钱给他们。挺像往日时光,有灯光,有音乐,有剧情。小蒂、布兰达和里洛伊在噼啪掌声中离开,搭计程车回家去也,摄影记者本来都要追上去,但里洛伊把其中一人揪着耳朵丢下楼之后,他们就此止步。

佩瑞说他凑巧碰上咱们小蒂,前一天晚上他从机场进入市区的路上,看见她在街上乱逛,差点被他搭的计程车撞倒。

"所以我把她带回'旅行者俱乐部'——"

"哦,佩瑞格林!"我叫道,突然想到一个可怕的可能。"你该不会吧!"

"我当然绝对没有。"他生气了。"这是什么话!我才不会趁落难少女之危。"

崔斯专靠在萨丝琦亚肩上哭。从他母亲的眼神,我看得出她也恨死了萨丝琦亚,尽管她们 N 年前在那 RA 什么 DA 曾是**最好**的朋友。结果现在天杀的萨丝琦亚又把她挤出她本该与儿子共同演出的这个激动场面。乳玛林全身熊熊燃烧着受挫的母爱,伸手抓起一块蛋糕(蛋糕已经累得沉到地上),拔掉一根烧尽只剩短短残余的蜡烛,把那块蛋糕塞进儿子手里。

"吃点东西吧,亲爱的。"她说,"吃一口也好,让你恢复点体力。"

一声刺耳尖叫,碎屑四处飞散,因为萨丝琦亚挥手打掉送到崔斯专唇边的蛋糕,崩溃地倒在妹妹怀里,而她妹妹立刻又开始那著名的金鱼模仿,嘴巴一开一合,哦!哦!哦!但发不出声音。佩瑞向来反应快,一把抓起伊莫珍的金鱼缸,把水往萨丝琦亚泼去,她立刻清醒过来,马上疯狂乱扭身子,好不容易把金鱼抖出她的 V 领上衣。

是的,她承认了,她亲手为父亲烤的这个生日蛋糕**确实**掺了东西,不过那东西究竟会让他生病,生重病,还是直接完蛋大吉,我来不及听到,因为这下现场哗然,灯光、摄影机、可怜老头的哀鸣、他妻子的反唇相讥、他儿子的惊呼,其他所有人也七嘴八舌加入混乱。连佩瑞都脸色凝重,仿佛这该怪他,一副良心不安的样子——可能是百年来第一次。他和艾夫人这两个始作

俑者相互靠近。此时,萨丝琦亚对着梅齐尔哀嚎:

"你从来没爱过我们!"

萨丝琦亚也该明智一点了。还记得多年前布莱顿码头上的炫彩乔治,以及他那则笑话的关键句吗?我实在忍不住了,冲口而出:

"别担心,亲爱的,他不是你父亲!"

要是霍雷肖在第一幕第一场就对哈姆雷特如此耳语,会怎么样?再想想这话会让考狄利娅的人生多么不同。反过来说,莎翁那最后几出喜剧会变得黑暗许多,你不觉得吗,如果玛丽娜[1]以及——尤其是——佩蒂达其实并非她们父亲的亲生女儿……

喜剧是发生在*别人*身上的悲剧。

炫彩乔治说出"他不是你父亲"时,布莱顿码头几乎笑翻;当我在罕择宅里说出同一句话,四下静得简直可以听见一根针掉地的声音。然后,我真希望自己没开口,让全世界继续保持不知情,因为等那时间仿佛暂停的沉默一秒过去,众人领会这句话的意思之后,若说先前现场一片哗然,现在则是一片大乱。萨丝琦亚扑向佩瑞格林握拳乱打,艾夫人以轮椅的极速用自己身体

---

[1] 《泰尔亲王配力克里斯》一剧配力克里斯的女儿,与父亲乱伦。

挡在他们之间,发出可怜的叫喊,伊莫珍(谢天谢地,现在她头上没有鱼缸了)追着艾夫人要听更多当时情况细节,还发出歇斯底里的低能的哧哧笑声,诺拉和黛西·达克显然拿黛西的随身酒瓶好好喝了几大口,现在正互相撑靠着对方,而且——我很遗憾地必须说——简直快笑破肚皮。

梅齐尔朝艾夫人看了"你怎能做出这种事"的一眼,艾夫人则抓着轮椅撑起上身——何止"亮眼睛"!现在她更像蛇发女妖美杜莎,胸中郁积的不平一口气全发泄出来,好一场精彩演出。来得及抢到四周散置的镀金小椅的人就此坐下,其他人不顾弄脏礼服和长裤席地而坐,全变成完美的观众:安静一如老鼠,在紧张时刻窸窸窣窣,听见惊人秘密时倒抽一口气,有时阵阵含蓄发笑;侍者则靠墙闲站,态度比较没那么投入,本身就是专业人士,对表演投以评论的眼光,而非忘情入戏。

"难道她们身上流的不是罕择家的血?"她叫道,声音洪亮饱满,宛如小号。"罕择家的血!罕择家那珍贵独特的血,让父母认不出自己的孩子,让女儿背叛母亲!"

梅齐尔咳嗽,结巴,在宝座上扭动。她已把他的尴尬装瓶封存太多年,如今"砰!"泡沫源源涌出,或者该说波涛汹涌翻江倒海,全泼洒在地。佩瑞以单臂扼颈的摔跤招式制住萨丝琦亚,她安静下来直盯着艾夫人,眼睛瞪得如小盘子么大;她从没想到她母亲个性有这么激烈的一面,我也是。

"你把我丢在家里,独守着你无法填满的空虚子宫,梅齐尔!"

众人一阵震惊。

"你无法填满我的子宫,梅齐尔,不过在我之前你倒是另外播了种,对一个天真无辜的女孩始乱终弃,丢下她独自死去,更变本加厉背叛抛弃她的女儿——"

——她手势比向我们,诺拉迅速板起一张扑克脸,众人又惊得倒抽一口气,所有眼睛都转向我们,好像温布尔登网球赛的现场观众。我纳闷,我们是否该鞠个躬?

"——没错!你从不承认这两个女儿,仿佛你认为罕择家的血一旦跟打扫房间的女仆的血混合,就失去了所有价值——"

他激动地比个手势表示否认,她厉声抢白:

"没错,你就是这么认为!"

一点杂剧似的动作,想开口说台词:"才不,我没有!"但他没这么走运,现在什么也拦不住她。

"灌注在这双'五月的亲亲小花蕾'身上的是你的血,罕择家的血,你多么爱这两个女儿,尽管她们抢走了她们母亲的家和钱——"

阵阵倒抽气、掩口惊呼声,所有眼睛这下转向萨丝琦亚和伊莫珍,她们为之退缩,面有怯色。

"'五月的亲亲小花蕾'身上流的是你的血,罕择家的血,但她们根本不是梅齐尔·罕择的种!"

众人纷纷"哦!""啊!"惊呼。至于我,先前一直纳闷措辞文雅的艾夫人要怎么形容她通奸行为的技术层面。对"血"和那实际具有生殖力的液体做出区分之后,她该如何称呼后者?"浆"?"精"?以她此刻的措辞语气,精子和精液太像专业术语。我很高兴她采取有品位的中庸之道——"种",不过这让我再一次想到,罕择家族的两支系间存在严重的语言问题。

别误会我。我们对她已经很有感情,始终很欢迎她住在我们地下室前半部分,有什么吃的都不忘她一份;我也知道她是身不由己——我真的认为,要是能改变她一定会改。但她讲话永远是那种华丽高调,连今日此刻也不例外,尽管她正在发泄一切,让几十年来的轻描淡写全化为乌有。现在她说的内容重点其实就是:很久以前,她跟小叔来了一下,因此,世界上就有了两个女孩。对不起,抱歉,梅齐尔。但她不能就这么说出来,是吧?她就是得好好发挥一番。当然,她说的东西有些我也不知道,现在听了,让许多其他事变得清楚,但她的口气那么严重,好像这是什么生死攸关的事,我们欠思姊妹怎能相信这一点?我们早就知道没有什么事攸关生死,除非是生与死本身。

"不是你的种,梅齐尔,但这两个女儿的品性确实跟你如出一辙!她们偷走我的钱,把我赶出我自己的家,将我对她们的爱弃如敝屣,一如你曾做过的那样,梅齐尔!"

她痛哭起来。同情的众人纷纷传去手帕,佩瑞格林脸上也淌着泪,亲亲小花蕾紧靠彼此,充满羞愧与哀伤。艾夫人恢复镇定,拿诺拉那皱兮兮的面纱抹抹脸、擤擤鼻子,仿佛重新打起精神,继续说下去:

"你丢下我孤单寂寞,梅齐尔,只顾没完没了地饥渴追求名声,只顾继续跟你死去的父亲进行庞大的竞赛——"

庞大的竞赛?这可是第一次听说,我嗤之以鼻。但回想起来,我先前又怎么可能听说?我们的父亲跟我从来就不是那种所谓能交谈的关系。

"——我被抛下,孤单寂寞,只有空虚的子宫为伴。然后——"

但她是完美的上流仕女,无法讲完这个句子。她抬起头,恳求地看向佩瑞格林,他一个箭步来到她身旁揽住她的肩,而两个女儿也哭着凑过来缩在她脚边,表示悔悟。佩瑞格林直直看向梅齐尔。

"这两个小怪物是我的女儿,梅齐尔。原谅我,梅齐尔。原谅我们每个人。"

一阵啪啪掌声,但又逐渐消退,因为人们醒悟到这一切都是真的。孱弱、可爱的艾夫人耗尽力气,精疲力竭地接过黛西的小酒瓶喝了一口,同时录影带为后代记录下每一举每一动。黛西很是印象深刻,开口问迷你影集的版权签给了谁。

这时,萨丝琦亚和伊莫珍都抓着艾夫人的裙子亲吻,哀求她原谅她们,既往不咎,等等。接下来是情绪激动的母女和好场面,可怜的老佩瑞被冷落在一旁,我也稍稍退开,径自思索:母亲永远是母亲,因为母亲是一项生理事实,而父亲则是可以转移阵地的流水席。梅齐尔头埋在双掌中,看起来好颓唐,乳玛林空自挥动双手,不知该怎么逗他高兴。

黛西和诺拉头凑在一起商量了一会儿,然后黛西手肘碰碰小白脸,让他活回来——他先前看起来好像暂时陷入恍惚状态。她们与鲁特琴手讨论一阵,然后音乐齐声奏起,而那个声音!那个天使般的声音直上云霄,轻轻摇动吊灯——男童女高音,如此纯洁,如此有力。这声音我以前在好莱坞听过,但这次歌声不是要警告我们避开小花蛇。

"哦,"他唱道,"我深爱的父亲……"

黛西的男伴不是小白脸,而是当年她和梅齐尔婚礼上的伴郎。他戴着假发,脑袋也糊涂了,但那嗓音仍足以打动铁石心肠。她在奥斯卡颁奖典礼与他重逢,他负责颁给她"终身成就奖"。他有钱得要命,头脑迷糊,她一吩咐他就会唱歌。"这是我最棒的一次婚姻。"她说。黛西·达克变成了黛西·迫克。

"我爱您,是的,我爱您……"

诺拉以眼神向我示意。我们该公开认父了。我们把往上跑得已经快走光的裙子朝下拉一拉,摸摸头发,高跟鞋在地毯上踩出嗒、嗒、嗒的性感声响,但我们看来像皱巴巴的小孩大胆穿起妈妈的衣服,我们的心快乐得几乎满溢。我们把脸颊贴在梅齐尔手上,这下他忍不住了,就这么融化在大家面前。

"哦,我深爱的父亲——"

迫克光辉的咏叹词唱到最后几个音符,吊灯上的水晶随之响动。梅齐尔抬起头,给了女儿们一个颤巍巍的含泪微笑,在座没有人不眼泪汪汪。

"该哭的人是我。"他说着,亲吻我们。

我简直可以发誓,就在这时幕落了,灯亮了,观众全体起立鼓掌,但诺拉稍后指出,那里没有幕,灯本来就亮着,而且那批观众若鼓掌就太没礼貌了。因此这些都是我想象出来的。但总之,这场感人无比的大和解之后,接着是一小段中场休息。每个人都站起来伸伸腿,热烈讨论到目前为止的剧情,侍者则带走蛋糕。这个生日没有人吹蜡烛,蜡烛是自己熄的,但我们所有的愿望都实现了,我们就那么坐在那儿,微笑不停。

鲁特琴演奏一段普契尼[1],然后暂停,怀旧时间到了。我竖起耳朵:遗忘的旋律从记忆中飘出……这几首曲子选自——还会是什么——《你愿意》,我们随着音乐哼歌,轮到《哦我的情妹》时,他们演奏成狐步舞曲,于是,诺拉手肘碰了碰梅齐尔。

"喂,老爸。"她说。"跳支舞怎么样?给咱这个荣幸吧。"

她一手伸向他,领他走进舞池。很久以前,我十七岁生日那一夜,他曾与我共舞。今晚,在我们父亲的百岁大寿,他与苹果的另一半走进舞池,乐队演奏的音乐来自男人还习惯戴帽的年头。再一次,在座没有人不眼泪汪汪。他转圈有点不稳,容易摇晃,但她知道怎么带舞,两人脸上都带着傻傻的暖心微笑,为了一样失而复得的东西,如此这般。

但佩瑞垂头丧气,每一场团聚都没他的份。他出现在我身旁,神色消沉。"她们还是不想理我。"他说。"这也怪不得她们。天啊,朵拉,我真是个烂人。"

看着爸和诺拉,我变得十分多愁善感。

"你对我们一直很好,亲爱的。"我提醒他。"诺拉一直觉得你应该娶阿嬷。"

---

[1] 此处指意大利歌剧作曲家贾科莫·普契尼的歌曲。普契尼的代表作有《波希米亚人》《蝴蝶夫人》。

"什么?!?"

"那样,我们就真的是一家人了。"

他吃惊地沉默思索,然后大笑起来。

一旦诺拉开了头,其他人也成双成对走进舞池。乳玛林牵着崔斯专,崔斯专脚步仍有点发抖,但逐渐恢复一点血色,黛西抱起她的迫克,带着他做动作,幸好如此,因为他不唱歌时看起来都挺不清醒的。艾夫人和两个女儿忙着言归于好,没有分神理会,但此外每个人不久都跳起舞来,佩瑞也向我伸出熊掌:

"怎么样,朵拉?"

"我不想跳狐步舞,佩瑞。"我说。"不过倒是挺想来场——"

我没多想,话就脱口而出。我并不因此自豪,也不因此羞愧,尽管他确实是我叔叔(不过当时我心想,明天早上被诺拉知道可有得瞧了)。也别以为我不知道他受伤的老男性自尊从中得到一点安慰,但我那么做并非只是为了逗他高兴,才不是,而且我发誓,那么做也不是想报复萨丝琦亚。不。只是那音乐,那月光,还有紫丁香的芬芳,我已经二十年不曾有过这种感觉。没人注意到我们溜走,大家都在跳舞。

白天令人兴奋的风,插手让这一晚变得活泼之后,现已减弱成轻轻耳语,从公园方向吹来,充满潮湿泥土和春天的气味,把卧室的白亚麻窗帘吹得朝房内鼓起如帆。风挺凉的,我打个寒噤,佩瑞走过去正要关窗,突然停步。"听狮子吼!"隔着摇曳树梢,远方的动物园里,狮子正吼唱高歌。

这是间光秃秃的白房间,四壁活像手术室,一根金属棍顶着白皮革圆盘就算扶手椅,壁板空无一物,一张神秘的钢架床看似具备医疗用途。乳玛林找了个戴耳环、剪平头的室内设计师弄的。宴会宾客的几件多余外套放在床上,破坏了一切效果——这地方就连一只拖鞋摆错位置都不行。之前我剪过一则《装潢世界》关于这房间的介绍报道,加进我的罕择档案夹,而奇怪的是,尽管它彻底发挥寡淡低调的风格,看起来却跟琳德园那间早就烧光的卧房一样,显得太过自觉——这房间是设计给人家看的,就像梅齐尔的一生,但现在所有藏在壁柜里的肮脏秘密终于都跑出来了,事实上,还跑来这儿在他的床上打炮。我们甚至没费神拨开那些外套。

即使佩瑞已经老了,但还是不难看出他为什么总是那么受女人欢迎。

"久违了吧,朵拉?"

"太久啰,老公鸡!"我热情回答,不过就算绞尽脑汁,就算要我的命,我也想不起以前什么时候跟他睡过,而我震惊于自己竟然会忘掉这种事——这是说,如果真有过这回事的话。他也许只是泛指一般活动而非专指这件事,但此时此地总不好要他详加阐述吧？可是，就算忘了那么多其他的事，那么多其他的名字，所有一去不复返的桥下逝水——但若说我真的忘记自己是否曾跟亲爱的佩瑞睡过，还是很难以置信……然后我想到，或许他也不记得了。但，还是。

但是别以为当时这些思绪出现得井井有条，思路清晰。差远了。

你永远不会忘记第一次。我也永远不会忘记最后一次。

至少，我相当确定这会是最后一次，不过未来会发生什么事没人晓得。

他挺着他的老背，发出咻咻喘息。"缓着点，老家伙！你总不想在生日当天挂掉吧！"

"那也无所谓。"他说，满脸通红，满身大汗。"以一个百岁老头而言，不差吧？"

我环抱住他，虽然双手够不到一起，说："我爱你超过以前爱任何穿短裤，妈妈不知道他溜出门的年轻小子。"

以一个百岁老头而言，不差。

一点也不差。

不差。

不——

后来诺拉告诉我，那张钢架床的震动使楼下位于它正下方的水晶吊灯颤抖起来,于是鲁特琴——正起劲弹奏各出音乐剧的选曲,让宾客跳得很开心——的乐声中多了一点几乎无法察觉的玎玲、玎玲、玎玲,一层层闪闪发亮的水晶玻璃开始左摇右晃,热蜡也随之滴在底下跳舞的人身上;起初晃得缓慢,然后节奏愈来愈坚定,最后晃得活像约瑟芬·贝克[1]的屁股——

"响亮得很哪!"诺拉说。"跟铙钹一样,亲爱的。你难道以为我猜不到你们干吗去了?"

她说,她一时非常兴奋,以为楼上那张床的弹跳——别忘了,佩瑞块头很大——会把插满蜡烛的吊灯震垮下来,稀里哗啦,乒里乓啷,噼里啪啦,刻有饰带的天花板也一起塌陷;震倒房子,打炮打倒房子,全砸在高贵礼服和西装和掺毒蛋糕和情人、母亲、姐妹身上,砸碎那些把我们人生变成偷窥秀的镜头,把小小烛火像顿悟散洒在每个人头上,将所有家人、朋友、摄影小组全盖在石灰尘埃和精液和火里。

但这种事没有发生。笑声的力量有限,尽管我不时以暗示接近那限度,但并不打算跨越。

当然,佩瑞和我浑然不知楼下的情况。

---

[1] Josephine Baker(1906—1975),生于美国,后定居巴黎并入法籍的知名歌舞表演者,将美国黑人歌舞艺术引进欧洲。

以一个百岁老头而言不差,一点也不差。

但别以为我带上床的是那个一小时前用箱子装来我亲爱干女儿的色老头。才不是。抱着我的是那个身穿旧夹克、一头锈红发的年轻飞行员,他敲开了莎翁路四十九号的门,拯救我们免于消沉,在那场"结束所有战争的战争"结束的那一天(但短短二十年后,下一场战争又爆发了)。而战争是事实,不能靠打炮打掉,也不能靠笑声笑掉,佩瑞。

听到我说的话没,佩瑞?

没有。

他又是年轻时的他了;此外,我们做爱时,他竟变成那个始终不知道我真正名字的蓝眼男孩。然后——还会有谁?——爱尔兰短暂从床上经过;没想到会遇见你。一阵"川普牌莱姆精华"香味,但这次不是佩瑞,是那个自由波兰人,我在丽兹酒店被跳蚤咬的那一夜。然后钢琴先生也来了,不过用强效漱口水漱了口,谢天谢地。别以为我做到一半又陷入回忆。今晚佩瑞不是单独一个亲爱的男人,而是许多面孔、手势、爱抚的万花筒;不是我人生中的最爱,而是我人生中爱过的人的总和,是我恋爱生涯的谢幕鞠躬。

而我又是谁?

我看见自己映在他那双欧洲蕨色的眼睛里。我是个瘦长的女孩,鼠棕色头发绑着绿蝴蝶结,在布莱顿码头的阳光下眨着眼,眨去人生中最初也最糟的失望。

那时我才十三岁耶,佩瑞!你这个老不羞!

显然,此时楼下的宴会厅里,吊灯经过最后一阵可怕剧烈的痉挛后,逐渐开始减速,直到最后一声叮玲,然后恢复向来的哀怨静止,蜡烛不再乱晃,大家又喝了一杯泡泡香槟。

"那你当时在干吗,诺拉?"

"坐在我们爹爹的膝上,在老爸生日当个乖女儿啊,朵拉。"

若我们真的震垮房子,会发生什么事?一切全毁,屋顶坍塌,地板凹陷,所有人从灯火熄灭的窗户被吹出去……一切高高抛上天,摧毁所有合约的一切条款,烧掉所有旧书,整个从头来过。就像年轻国王在《亨利四世·第二部》与杰克·法斯塔夫重逢时,并没赶走他,而是往分肋骨捅了一下,说:"有样差事非你莫属!"

我必须说,我们做的当下,一切似乎都可能发生。但那只是这行为造成的幻象。我记得很清楚,当时我感觉一切似乎可能发生,但动作一停就不然了,仿佛打炮本身就是幻象的来源。

"人生是场嘉年华。"他说。别忘了他是幻象大师。

"嘉年华总有一天要结束,佩瑞。"我说。"只要听听新闻,你就笑不出来了。"

"新闻?什么新闻?"

我看出他无可救药了,但还是给他大大一吻。他缓过气来,伸手从地上抓起一条丝巾,古驰还是璞琪[1]还是什么鬼,擦擦我,擦擦他自己。这是萨丝琦亚的丝巾,一定是从她大衣口袋掉出来的。我发现自己正躺在她的貂皮大衣上。她不放心把毛皮大衣交给楼下拥挤杂交的衣帽间,是吧,她一定认为那样可能会被下人偷走,结果看看它在楼上沾到多要命的污渍!看到萨丝琦亚的大衣被我弄成这样,我的幸福之杯满得溢出。

而后我突然一阵惊慌,一个疑虑吓得我双脚发软。

"唉,佩瑞……那个,你该不会是我父亲吧?"

一时间,他吓了一跳,然后大笑不止,笑岔了气,我连忙拍拍他的背。他边笑边摇头,边笑边咳,笑得上气不接下气。

"朵拉,朵拉,我还是**有点原则**的!我发誓,休战纪念日之前,我从没见过你们或你们阿嬷!"

"我想还是问问比较保险,"我说,"其他人好像都是你的小孩。"

他伸手拿起长裤。

"我不是你父亲,朵拉。七十多年来我一直引以为憾,但此

---

[1] 古驰(Gucci)与璞琪(Pucci),皆为意大利的时装奢侈品牌。

时此刻我可高兴得很。"永远一语中的,我们的佩瑞。他站起身,开始穿衣。

"可是……你有没有想过,你们的母亲可能不是你们的母亲?"

我正穿着丝袜,一颗星星底下绽了线。这时我呆住了,一条腿还举在空中。

"什么?"

"她见过你们母亲的坟墓吗,朵拉?"

"你到底要说什么,佩瑞?"

"我也不确定。"他慢慢说道。"我没有确切的证据。但以前我有时纳闷会不会是你们阿嬷。"

"阿嬷?"

"她的最后一段韵事。"佩瑞提出。"把梅齐尔按倒在床垫上,然后——"

"我得说,你的思想可真脏,佩瑞。"我把奶子整整齐齐塞回豹纹背心。"有可能,但可能性很低。我们出生时阿嬷足有五十了,如果我们是她的孩子,她一定骄傲得像只孔雀,绝不会编出什么女仆怀孕的荒唐故事来解释我们的存在,不是吗?"

"只是想想罢了。"他说。"她从来不谈你们的母亲。我问过她两三次,但她嘴闭得死紧。她喜欢保密。有次我问她打哪儿来,她说:'我打瓶子里来,像个天杀的精灵,亲爱的。'"

"算了吧,佩瑞。'父亲'是假设,但'母亲'是事实。我们母亲没有土葬,阿嬷认为人不该把自己用完的身体到处乱丢制造脏乱,所以将她火化了,骨灰撒在花园里。我们也把阿嬷的骨灰撒在那儿。对玫瑰有够滋养的。"

"母亲不只是生育,更是养育。"佩瑞说。"她爱你们就像——"

"别又害我哭了。还真是四月阵雨。"我小心轻轻按按眼睛。因为眼皮上涂了三层眼影。他穿上他的飞行夹克,我们上上下下打量对方,忍不住微笑不停。我就知道,打从骨子里知道,今天会是值得庆祝的一天。

"咱们回楼下吧。"他说。"我有小礼物要送给你和诺拉。我怎么可能忘记你们的生日?"

"等一下——"

因为这时我知道自己必须做什么了。

我并不相信心灵感应这种事,但佩瑞立刻反应过来,我们合力把房间翻了个遍。倒不是说这儿有很多东西可以翻,极简风格嘛,但我们发现乳玛林把梅齐尔存在的所有证据全塞在隔壁一个小房间,房里空气闷浊,一张窄窄小床,发黄的剧院海报,还有淡淡的味道透露失禁。《装潢世界》的摄影记者可从来不知道这房间的存在。

看到墙上那幅画,一开始我还以为是梅齐尔本人,因为画中是一名紫衣老人,看起来跟他一个样。但接着我发现画上涂的厚厚清漆已经发黄,笔法非常堂皇大气,非常 19 世纪,而且这个男人戴着一顶王冠。这幅画比梅齐尔老得多,画框上标明:"兰纳夫·罕择,'永远,永远,永远,永远,永远不回来了……'[1]"。

那身君王般的悲剧戏服原来出自这里——紫袍、戒指、胸前的金牌。活到一百岁生日,一个人想怎么纵容自己都可以了:梅齐尔穿上了父亲的服装。饱受污蔑、遭到辜负、戴了绿帽的兰纳夫;杀死妻子、杀死朋友、杀死自己的兰纳夫。"说亲上加亲,倒不如说是陌路人"[2],可不是吗。儿子穿上了失去的父亲的衣服,看到他这么做,我简直想哭,因为我从没想过他也有他自己的家庭问题。他的童年在十岁戛然而止,就像老爷钟再也不走(不过不是我们的老爷钟,它还健朗得很,多谢关心),没有爱,什么也没有。于是,在这最最特别的一夜,他选择变成自己的父亲,不是吗,仿佛在说:虽然当年的孩子没有成为男人的父亲[3],但在他这漫长的一生,男人一直等待成为自己的父亲。

1　《李尔王》第五幕第三景。
2　《哈姆雷特》第一幕第二景。
3　"The child is the father of the man."一语出自华兹华斯《我心雀跃》("My Heart Leaps Up")一诗,原指儿童为人类的未来。

后来,经过那充满奇妙事件的一夜,我们终于回到家时,我对诺拉透露了这些思绪。她皱起眉头。

"如果孩子是男人的父亲,"她问,"那女人的母亲是谁?"

说到这,你是否曾偶然想过:死去的李尔太太是什么样的角色?难道你从没想过,说不定考狄利娅最像母亲,其他两个女儿则……

梅齐尔打扮成他父亲的样子,但没有戴上那顶王冠。佩瑞格林站上一只凳子,在梅齐尔衣橱的架子最高层四处翻找,起初找到一盒硬领,然后是一盒鞋套,然后是一个曾用来装丝质高礼帽的盒子,王冠就在里面。梅齐尔在地铁遇到那个以为他死了的人那天,回家后一定就把它跟其他"死后"服装一并藏了起来。

王冠又旧又破,金漆都快掉光,但佩瑞变魔术般一只手在它前后左右挥了挥,它便又恢复昔日光彩。

"我曾经逼他跳起来够它。"他说。"今天你可以免费给他。"

楼下只剩家人了,没有半个媒体记者或宾客,只有东倒西歪的脏酒杯,揉皱的纸巾,鸡骨头,凋萎的紫丁香,烧融倒下的蜡烛。鲁特琴手走了,侍者走了,侍女走了,随从走了,佩瑞的巴西朋友回到他们在旅行者俱乐部的房间,但老保姆从女厕所出来了,在我们之间占据她应得的一席之地,大伙儿全坐在一起,高高高兴兴吃着一大盘剩下的鸡腿。看见鸡腿,我有点饿了,但吃之前我得先进行一项小小仪式。

我从一张镀金椅上拿起一个垫子,抖了抖,掉下碎玻璃。他们全以非常周到的有礼态度对我们视而不见,只有诺拉朝我眨眨眼,因此大家都没看见我把垫子拍松,端端正正放上那顶老王冠。现在我需要乐手奏乐了,那些巴洛克号角都上哪儿去啦?但当我说:

"父亲,看我找到了什么!"

并高举垫子朝他走去时,佩瑞开始以完美的口技模仿一轮鼓声:"咚咚隆咚咚。"诺拉坐在他膝上,表情多愁善感。黛西打掉老迈丈夫摸上她屁股的手(他只是旧习难改),露出庄重尊敬的神色。每个人都坐在那里,正送往嘴巴的鸡腿停在半途,听佩瑞精彩奏完这段假想的鼓声,然后以最适合这个场面的,浑厚、浓醇、桃花心木色的声音说:

"剧场王子!前来领回你的王冠!"

我踮脚站起,把王冠放在他一头灰白长发上。有时候,你知道这只是多愁善感,但有时候你就是不在乎。我扮考狄利娅有点太老了,但总之事情就是如此。

"我的公主。"他说。"我的两位跳舞的公主。"真的,他这么说了。真的!要是我们的母亲能在场看见就好了。但是——哪一个母亲？漂亮小咪？阿嬷？这是个问题。我不知道漂亮小咪会怎么说，但阿嬷一定会讲出够毒的话。艾夫人看起来很高兴；乳玛林夫人阁下看来很不爽；亲亲小花蕾看来收敛多了。

然而，诺拉和我心满意足。我们终于钻进了这个我们一直想归属的家庭中心。他们请我们上台，让我们加入，终于名正言顺了；我们所有人共有一栋名叫过去的屋子，尽管以前各住在不同房间。然后佩瑞带着变戏法的微笑，说：

"看看我口袋里有什么，诺拉。"

她啃鸡腿啃得满脸口红，头发也散了，看起来好不风骚。我敢说我也是。

"口袋里，是吧？"她大拉拉说着，伸手一摸。然后她的表情变了。在一起这么多年，我从没看过她这副模样，仿佛即将坠入爱河，在爱河边缘摇摇晃晃——但不只如此；仿佛即将最后一次永久坠入爱河，仿佛终于遇上完美的陌生人。

"哦，佩瑞！"她一声叹息，掏出口袋里的东西。

棕色一如鹌鹑，圆滚一如鸡蛋，熟睡一如梨子。我永远也猜不到他怎能把它装进口袋。

"你来看看另一边的口袋，朵拉。"

一边一个。他们是双胞胎，当然。看起来约三个月大。

"哦，佩瑞！"诺拉说。"这正是我一直想要的。"

"葛瑞司的。"佩瑞格林对梅齐尔说。这下子,罕择王朝不但没有奄奄一息,反而正朝四面八方蓬勃发展,而且,在我们家族历史上,除了假设性的、有争议的、缺席的父亲已成为一大特色之外,现在又可以加上一个"神"圣的"父"亲。就说这是解放神学吧。

乳玛林一把抓住佩瑞:你见到他了吗?他还好吗?孩子的母亲是谁?在哪里?

但她的身份和他们两人的所在,都不属于喜剧世界。佩瑞当然有告诉我们,因为我们是家人,但我不打算告诉你,至少不是现在,现在荒地开花,几乎熄灭的火又重新燃旺,七十五岁的诺拉终于做了母亲,众人一片笑声,原谅,慷慨,和解。

是的。

很难下咽,是吧?

唔,你早该知道会碰上什么了,既然你让一身寒酸旧皮草,浓妆艳抹活像海报、蛇皮凉鞋里的脚指甲涂成橘色("波斯哈密瓜")、浑身酒气的朵拉·欠思在"车与马"酒馆拦住你,讲个故事给你听。

没错,我有的是好故事可讲!

但是,说真的,在我们人生那些嘈杂但互补的叙述中,这些光辉灿烂的暂停有时确实会出现,如果你选择在这样一个暂停之处结束故事,拒绝让故事继续,那么就可以称之为圆满结局。

我们挤进萨丝琦亚的箱型车,摄政公园上空一轮满月。先前她开辆车载来食物,车里仍有迷迭香的味道。以佩瑞格林的强势个性,连名正言顺身为祖母的乳玛林,甚至连老保姆,都一刻也不敢想跟诺拉抢罕择家这对最新的双胞胎。这两个孩子——她帮他们换尿布时发现,叫嚷起来——一男一女,这可是我们家族里头一回。

不只如此。乳玛林亲自从阁楼拿来一个双人婴儿推车,是崔斯专和葛瑞司小时候用过的,让我们的宝宝能够以王室架势舒舒服服回到家。我们打算在皮卡迪利广场那家通宵营业的博姿买奶粉和奶瓶。

佩瑞把崔斯专拉到一旁,问他要不要一起回南美洲,帮忙找葛瑞司。崔斯专猛咽一口,说:"好。"于是这便是崔斯专的未来。也许他回来时已经有资格负起做父亲的责任,也许不。乳玛林和梅齐尔看起来害怕又骄傲:他们爱他。我不确定这是个圆满结局,只能交叉手指暗自祈祷。

司机来了,跟黛西一起把迫克抬回黛西的大礼车。他已经飘到很远的地方,被自己歌声的美妙之风吹到九霄云外。

> 我打打高尔夫
> 有时可能玩玩杆弟——

他下楼去了。我走过去开窗透气,看见他们正把他抬上车,他还在唱:

"……但我的心属于爹地。"

"嘿,还真切题。"诺拉说,但我觉得很没品位。

我们忙着架起婴儿推车,艾夫人坐在轮椅上打着盹了,因为她的身体已经很孱弱,可怜的老东西,这一夜折腾当然累坏了她,于是佩瑞抱起她走到楼上客房,那情景真感人。萨丝琦亚问我们要不要搭便车,而我因为被今晚弥漫的良善精神征服,于是说,载我们到"大象"[1]好了,我们可以从那儿走回家,因为今晚夜色真美,散散步让头脑清醒一下也不错。

我们告辞时,乳玛林正四处熄灭蜡烛,她亲吻宝宝,好像也想亲吻我们,但还是决定不要,退开了。她儿子的血缘问题还没结论,但我心底认为,不可能。她和佩瑞,绝不可能。他在冈特林的朋友一定是别人。梅齐尔还戴着王冠(不过现在已经歪了),走到窗旁向我们挥手道别,然后我们进了箱型车,车后还放

---

[1] 此处应是指 Elephant & Castle,伦敦地铁的一站。

着好几个塑胶桶的沙拉,萨丝琦亚忘记上菜了,发生了太多事。

今晚崔斯专在自己的老房间过夜,这让他母亲焕发满意的柔光。萨丝琦亚也不笨,知道什么时候不该逼他,但我从她眼神看得出来,如果一切都停留在这一刻,对她而言就不是圆满结局,绝对不是!她跟那男孩还没完没了哪,所以我心想,他愈快去亚马孙河流域愈好。

然而,那一夜,欠思姊妹和罕择姊妹停战了,不管这份和平可能多脆弱或多短暂。我们一个字也没提起过去,奚落、农舍、蒙骗、楼梯。伊莫珍坐在前座,鱼缸放在膝上,不时动动嘴巴,做出金鱼似的动作。

"她在说什么?"萨丝琦亚问她。

"阿金说:'晚安!再会!'"她说。我一阵反胃。停战!我提醒自己。停战!

诺拉推着婴儿车,我提着博姿的购物袋,妈呀,真重。夜色中,咱们诺拉浑身散发出心形光晕,但你也别以为我就对这两个宝宝不高兴。

但他们在我们人生中出现得这么晚,这么意外……

"我们该把那些猫怎么办,诺拉?"

"我想我们可以清理出阿嬷的旧房间当育婴室。"诺拉说,没理会我的问题。"那堆废物全丢掉,找人来把墙全部刷白,也许贴上碧翠丝·波特[1]图案的饰条。你觉得怎么样?"

"这下我们晚上就不能出门了,诺拉。"

"你可以出门呀,亲爱的。"她慷慨大度地说。"我很乐于待在家里陪这两个小天使。"

她一定是以为听见了宝宝的呢喃,连忙俯身朝推车顶篷里看。

"宝宝!"她说,高兴得嘎嘎直笑。

"出门没有你也不好玩。"我说。

"好了啦,朵拉。长大吧。"

"对你来说一切当然都很好,诺拉。你一直都想要小孩,现在终于有了。"

她又嘎嘎笑了。

"我们两个都是母亲也都是父亲。"她说。"他们当然会长成明智的孩子。"

她又朝宝宝探看,他们继续安睡。四下无声,只有橡胶轮子的转动,还有某处一只猫叫春。我把脑袋里的想法告诉诺拉。

"唉,诺拉……"

她侧头看我。

---

[1] Helen Beatrix Potter(1866—1943),英国儿童绘本作家,笔下的著名角色包括彼得兔等。

"诺拉……你不觉得我们的父亲今晚看来有点平面吗?"

她看了一眼,意思是说,继续讲。

"太仁慈,太英俊,太悔过自新。先前那么多年却一声不吭。你还记不记得那个可怕的假日,他当着我们的面假装以为我们是佩瑞的女儿? 今晚,他看来有种假假的感觉,哭的时候也是,尤其哭的时候更是,像以前诺丁山游行那些混凝纸做的大头,大过真实尺寸,不真实。"

诺拉思考了一百码。

"你知道吗,有时候我纳闷,他会不会一直都是我们编出来的。"她说。"会不会只是我们的希望和梦想和午后白日梦的组合。只是我们用来调校自己人生的东西,就像门厅那座老钟,本身很真实没错,但得要我们上发条才会走。"

"哦,很深刻。真是深刻。"

"你想想。"她说。"如果佩瑞找不到这两个小宝贝的爹妈,我们要把他们父母说成什么人都行,但不管我们怎么说,他们还是会从中编出自己的传奇。"

但是想到这对双胞胎,让我想起比家族传奇更紧要的事。

"唉,诺拉……如果我们要照顾这对双胞胎,就至少还得二十年不能死。"

"幸好我们家的人都很长寿。"这点她已经想到了。

我们经过"椭圆球场"[1]。我们注定得活一世纪了。本来我还想差不多该落幕了呢。这再度证明你永远不知道每一天会带来什么,而且我自己也得到了一点红利对吧,但诺拉完全没有探问,因为我们虽是双胞胎,却很尊重对方的秘密。就这样,我们终于回到莎翁路,这时推车深处传出细小的动静。

"怎么啦,小朋友?"

他们发出喵咪声,动来动去。

"我说,朵拉,咱们唱首歌给他们听吧。我们毕竟是歌舞女郎啊,不是吗?"

"我们是跳舞的公主。"诺拉说。"他真是个老骗子!"

"但你也不希望他是别的样子。"

"以前我常希望他死了算了。"

我们把手提包放进推车,以策安全。然后我们等不及了,当场唱起合音,对这两个新来的宝宝唱:

> 我们能给你的只有爱,宝贝,
>
> 这是我们唯一富有的东西,宝贝……

---

[1] The Oval,伦敦肯宁顿区一处板球场地。

莎翁路四十一号三楼的前窗开了,一颗头探出来。辫子头。那个拉斯塔法里教徒。

"又是你们两个。"他说。

"好心点吧!"我说。"我们今晚有喜事值得庆祝。"

"嗯,你们小心点就是了,免得碰上巡逻车。"他说。"这么大把年纪,还酒驾婴儿车。"

我们不理他,我们有好多歌要唱给我们的宝宝听,好多老歌。《哎呀,我们希望你们容光焕发,宝贝!》,接着是罕择家族主题曲:《你呀你究竟是不是》。然后还有那出没别人记得的戏的歌。《送到 2b 或不关 2b》《嘿不不天杀的不》《哦我的情妹》,还有百老汇歌曲,《纸月亮》、《春天的紫丁香》(再一次)。我们继续又跳又唱。"大卖场可没卖钻石手镯的。"何况今天是我们生日呀,不是吗,我们当然得唱那首蠢蠢的老歌给他们听,关于查理·卓别林和他的可笑鞋子,我们出生那天整条街的小孩都边跳边唱那首歌。那一天整条莎翁路又跳又唱,我们也会继续又唱又跳,直到就这么倒下咽气,对吧,小鬼。

唱歌跳舞是多开心的事!

人物表[1]（依出场次序排列）

朵拉·欠思 诺拉·欠思	同卵双胞胎，梅齐尔·罕择的私生女，但官方说法为佩瑞格林·罕择之女
蒂芬妮	她们的干女儿
梅齐尔·罕择（爵士） 佩瑞格林·罕择	异卵双胞胎，为艾丝黛拉与兰纳夫·罕择夫妇（详见后文）之子
艾塔兰妲·罕择夫人（原姓琳德）	梅齐尔·罕择第一任妻子，萨丝琦亚与伊莫珍之母
岱丽雅·迪蕾尼（原名黛西·达克）	梅齐尔·罕择第二任妻子，原为"成吉思汗"（详见后文）的第二任妻子
萨丝琦亚·罕择 伊莫珍·罕择	同卵双胞胎，法律上为梅齐尔·罕择之女，生理上为佩瑞格林·罕择之女
崔斯专·罕择 葛瑞司·罕择	异卵双胞胎，梅齐尔·罕择第三度婚姻所出
"乳玛林夫人阁下"	梅齐尔·罕择第三任妻子，崔斯专与葛瑞司之母
欠思"阿嬷"	诺拉·欠思与朵拉·欠思的监护人
"星舞"艾丝黛拉·罕择	梅齐尔·罕择与佩瑞格林·罕择之母
"路易斯·卡罗尔"	一个给小孩拍照的人

---

1 原文为拉丁文 dramatis personae。

兰纳夫·罕择	艾丝黛拉·罕择之夫
卡西乌斯·布司	艾丝黛拉·罕择的男友
"漂亮小咪"	一名孤女,诺拉·欠思与朵拉·欠思之母
"咱家阿欣"	一名孤女,梅维丝之母,布兰达的外祖母,蒂芬妮的曾外祖母
沃辛顿老师	一名舞蹈教师
沃辛顿太太	她的母亲,负责伴奏
炫彩乔治	爱国喜剧演员
"杂剧的鹅"	诺拉·欠思的第一个男友
主男	"杂剧的鹅"之妻
记不起名字的金发男高音	朵拉·欠思的第一个男友
"钢琴先生"	音乐家,作曲家,朵拉·欠思的男友
"成吉思汗"	一名电影制作人
他的第一任妻子	一个善妒的女人
东尼	意大利裔美国人,诺拉·欠思的未婚夫
罗斯·欧弗拉赫提(外号"爱尔兰")	美国作家,朵拉·欠思的男友
流亡好莱坞的德国激进分子(未提及姓名)	朵拉·欠思的男友
"迫克"	男性女高音,岱丽雅·迪蕾尼第三任丈夫
布兰达	"咱家阿欣"的外孙女,蒂芬妮之母
里洛伊	她的丈夫

此外尚有(不按出场序排列):野孩子,猫,歌舞团女生,歌舞团男生,裸体女郎,跑龙套的,喜剧演员,影迷,自由法国人,自由波兰人,自由挪威人,各国的陆、海、空三军官兵,媒体名人,电视节目工作人员,市场摊贩,意大利康提学院学生,亚马孙河流域原住民,摄影师,电影发烧友,群众,临时演员。